ein Ullstein Buch

Ullstein Buch Nr. 20265
im Verlag Ullstein GmbH,
Frankfurt/M – Berlin – Wien

Ungekürzte Ausgabe

Aus dem Englischen von
Maria Gridling, Gertrud J. Klett
und Lena Neumann

Umschlagentwurf: Hildegard Morian
Umschlagillustration:
Theodor Bayer-Eynck

Printed in Germany 1984
Druck und Verarbeitung:
Ebner Ulm
ISBN 3 548 20265 9

November 1984

CIP-Kurztitelaufnahme
der Deutschen Bibliothek

Wells, Herbert G.:
Die Perle der Liebe: Erzählungen /
H. G. Wells.
[Aus d. Engl. von Maria Gridling . . .]. –
Ungekürzte Ausg. – Frankfurt/M; Berlin;
Wien: Ullstein, 1984.
(Ullstein-Buch; Nr. 20265):
ISBN 3-548-20265-9
NE: GT

H. G. Wells

Die Perle der Liebe

Erzählungen

ein Ullstein Buch

Die Perle der Liebe

Inhalt

Die Perle der Liebe

Die Perle ist schöner als der herrlichste Edelstein, weil sie durch das Leiden eines lebendigen Wesens entsteht, — sagen die Moralisten. Ich selbst kann darüber nicht urteilen, denn ich bin dem Zauber der Perle nicht unterworfen. Ihr verschleierter Glanz rührt mich nicht. Ebensowenig kann ich für mich jenen uralten Streit entscheiden, ob die ‚Perle der Liebe' die grausamste aller Geschichten ist, oder nur ein anmutiges Gleichnis von der Unsterblichkeit aller Schönheit.

Sowohl die Geschichte als auch der Streit, der um sie entbrannte, wird Kennern der mittelalterlichen persischen Dichtung vertraut sein. Die Geschichte selbst ist kurz, doch die Kommentare dazu bilden einen ansehnlichen Bestandteil der Literatur jener Zeit. Sie wurde als Erfindung eines Dichters aufgefaßt, aber ebenso als Allegorie, die alles mögliche bedeuten könnte. Theologen haben ihre weitschweifigen Interpretationen abgegeben, die sich vor allem mit der Frage einer Auferstehung des Menschen nach dem Tode beschäftigten, die Ästheten wiederum haben sie gerne und häufig als Parabel verwendet. Und viele Menschen haben sie als die Erzählung einer wirklichen Begebenheit betrachtet, als schlicht und einfach wahr.

Die Geschichte spielt in Nordindien, in dem Land, das mehr unvergleichliche Liebesgeschichten kennt als alle anderen Länder der Welt. In einem Land des Sonnenscheins, der Seen und dichten Wälder, der Hügel und fruchtbaren Täler trug sie sich zu. Weit in der Ferne ragen die mächtigen Berge in den Himmel, unbezwingbare Gipfel, Grate und Kämme in ewigem Schnee. Dort lebte einst ein junger

Prinz, Herr über alles Land; und er begegnete einem Mädchen von unbeschreiblicher Schönheit und Anmut, und er machte sie zu seiner Königin und legte ihr sein Herz zu Füßen. Ihre Liebe war voller Seligkeit und Süße, voller Hoffnung, eine herrliche, mutige und unfaßbare Liebe, die alles übertraf, was je von Liebe geträumt worden ist. Sie währte ein ganzes Jahr und noch den Teil eines Jahres; und dann starb die Königin, starb jäh an einem giftigen Stachel aus dem Dickicht.

Sie starb, und eine Weile war der König wie vernichtet. Der Schmerz machte ihn reglos und stumm. Man fürchtete, er würde sich das Leben nehmen, und er hatte doch weder Söhne noch Brüder, die ihm auf den Thron hätten folgen können. Zwei Tage und zwei Nächte lag er fastend, das Gesicht zur Erde gekehrt, am Fußende des Lagers, auf dem der starre, schöne Leichnam ruhte. Dann erhob er sich und aß und ging sehr ruhig umher, wie einer, der einen großen Entschluß gefaßt hat. Er ließ ihren Leichnam in einen Sarg aus Blei und Silber legen, diesen in einen zweiten, reich mit Gold verzierten Schrein aus kostbaren, wohlriechenden Hölzern, und zuletzt wurden beide Särge in einem edelsteinbesetzten Alabastersarkophag geborgen. Während seine Befehle ausgeführt wurden, verbrachte er seine Tage an den Teichen, in den Gartenhäusern, Pavillons und Grotten und in jenen Räumen des Palastes, wo sie sich gewöhnlich aufgehalten hatten, und trauerte ihrer verlorenen Schönheit nach. Er zerriß seine Gewänder nicht, hüllte sich nicht in Sack und Asche, wie es der Brauch verlangte, denn seine Liebe war zu tief für solche äußeren Zeichen. Endlich trat er wieder unter seine Ratgeber und vor sein Volk und tat kund, was er beschlossen hatte.

Er sagte, daß er niemals mehr eine Frau berühren oder auch nur an eine Frau denken würde. Deshalb wolle er einen edlen Jüngling an Kindes Statt annehmen und auf seine hohe Aufgabe vorbereiten; er selbst würde seine Herrscherpflichten geziemend erfüllen. Was ihm aber an Macht und Stärke und Reichtümern dann noch verbleibe, alles, was ihm noch zu Gebote stehe, wolle er darauf verwenden, seiner unvergleichlichen, geliebten, verlorenen Herrin ein Denkmal zu errichten, das ihrer würdig sei. Ein Bauwerk sollte es werden von vollendeter Anmut und Schönheit, herrlicher als je eines gewesen war oder sein würde. Bis ans Ende der Zeit sollte es ein Wunder bleiben, die Menschen würden es verherrlichen und preisen und aus allen Teilen der Welt zusammenströmen, um es zu sehen, und so den Namen und das Andenken seiner Königin bewahren. Und ‚Perle der Liebe' sollte es genannt werden.

Räte und Volk gaben ihre Zustimmung, und so ging er ans Werk.

Jahr folgte auf Jahr, und er widmete sich ohne Unterlaß der Erbauung und Ausgestaltung der ‚Perle der Liebe'. Ein tiefes Fundament wurde aus dem lebendigen Fels gehauen, genau dort, wo der Blick über das ‚Tal des Lebens' hinweg bis zur Schneewüste des großen Berges reichte. Dörfer und Hügel grenzten an, ein Fluß zog vorbei, und in weiter Ferne lagen drei große Städte. Dort wurde der Alabastersarg in einem Pavillon von vollendeter Kunst aufgestellt. Pfeiler aus seltenem, prächtigem Stein wurden errichtet, zierliches Gitterwerk bildete die Wände — ein von einer Kuppel gekrönter Schrein mit Bögen und Fialen, erlesen wie ein Juwel. Anfänglich sah der Entwurf nicht dieses kühne und kunstvolle Bauwerk vor, das schließlich daraus entstand. Anfänglich war alles kleiner, dafür aber schmuckvoller und reicher verziert; da gab es unendlich fein gearbeitete Gitter, elegante Gruppen rosafarbener Säulen, und der Sarkophag ruhte in der Mitte, wie ein Kind, das unter Blumen schläft. Die erste Kuppel war mit grünen, in Silber gefaßten Ziegeln gedeckt, aber man entfernte sie wieder, weil sie zu eng war und dem Prinzen, dessen Vorstellung sich immer mehr ins Phantastische weitete, zu niedrig erschien.

Denn zu jener Zeit war er schon nicht mehr der anmutige Jüngling, der die mädchenhafte Königin geliebt hatte. Er war zum Mann geworden, ernst und entschlossen, dessen ganzes Sinnen und Trachten der ‚Perle der Liebe' galt. Mit jedem Jahr entdeckte er neue Arten von Bögen, Stützmauern und Strebepfeilern. Er bearbeitete das Material nun mit weit größerem Geschick und hatte hunderterlei verschiedene Gesteinsarten, Farbtöne und Gestaltungsweiseeen kennengelernt, an die er anfangs nie gedacht hätte. Sein Farbsinn war feiner und maßvoller geworden, er hatte nichts mehr übrig für die emaillierte, goldgeränderte Farbenpracht, die ihn früher so entzückt hatte, nichts galt ihm mehr der bunte Glanz bebilderter Gebetbücher; nun suchte er nach einem Blau wie das des Himmels, nach den weichen Schattierungen großer Entfernungen, nach geheimnisvollen Schatten und jähen Fluten purpurnen Schillers, nun suchte er nach Erhabenheit und Weite. Er war der Schnitzereien und Bilder und eingelegten Ornamente müde, und all des niedlichen Zierrates der Menschen. „Das war recht hübsch", sagte er von dem früheren Schmuckwerk und ließ alles auf Nebengebäuden anbringen, wo es seinen gewaltigen Plan nicht störte. Sein Kunstsinn verfeinerte sich immer mehr. Die Menschen sahen mit Schauder und Staunen, wie sich die ‚Perle der Liebe' vom anfänglichen schmuckverzierten Kleinod zu einem Grabmal von übermenschlicher Größe und Pracht entfaltete. Sie wußten nicht genau, was sie erwartet hatten, aber etwas ähnlich Erhabenes hätten sie sich niemals träumen lassen. „Unermeßlich sind die Wunder, die die Liebe tut", flüsterten sie einander zu, und alle Frauen der ganzen Welt, wem immer ihr Herz auch gehören mochte, liebten den Prinzen für seine herrliche Treue.

In der Mitte des Gebäudes lag eine große Halle, ein Ausblicksort, der dem Prinzen mehr und mehr ans Herz wuchs. Vom inneren Portal des Gebäudes aus blickte er durch einen riesigen Säulengang, durch den Mittelraum, aus dem die rosafarbenen Säulen längst verschwunden waren, über das Dach des Pavillons, unter dem der Sarkophag lag, und hinaus durch eine prachtvolle Fensteröffnung auf die Schneewüste des großen Berges, des Herrn aller Berge. Die Pfeiler und Bögen und Kuppeln und Säulengänge ragten zu beiden Seiten empor, vollkommen und doch schlicht wie die gewaltigen Erzengel, die Gott im Schatten dienen. Als die Menschen diese Schönheit in ihrer strengen Einfachheit zum ersten Mal erblickten, waren sie überwältigt, ein Schauer durchlief sie, und sie neigten sich in tiefer Demut. Der Prinz kam regelmäßig und betrachtete die Aussichtshalle, tief bewegt und doch nicht vollkommen zufrieden. Es blieb noch etwas zu tun, das fühlte er deutlich, ehe seine Aufgabe erfüllt war. Immer wieder ließ er kleine Neuerungen anbringen, oder jüngst durchgeführte Änderungen wieder beseitigen. Und eines Tages entschied er, daß der Sarkophag ohne den Pavillon deutlicher sichtbar war und einfacher wirkte. Lange und unverwandt blickte er ihn an, dann ließ er ihn abtragen.

Am folgenden Tag kam er und sagte kein Wort, und auch am nächsten und übernächsten. Dann blieb er zwei Tage gänzlich fern. Darauf kam er mit einem Baumeister und zwei der geschicktesten Handwerker und einer kleinen Gefolgschaft wieder.

Alle standen sie schweigend inmitten der klaren, gewaltigen Pracht ihres Werkes. Aber nichts an dieser Vollendung ließ die unendliche Mühe erkennen, die sie gekostet hatte. Es war, als hätte die göttliche Schönheit der Natur dies Menschenwerk in sich aufgenommen.

Nur eines störte die vollendete Harmonie: der Sarkophag. Er war nie vergrößert worden — wie hätte das auch geschehen sollen? Er beleidigte das Auge, unterbrach die fließenden Linien. In diesem Sarkophag lag der Sarg aus Blei und Silber, und in dem Sarg aus Blei und Silber lag die Königin, der geliebte, unvergängliche Ursprung all dieser Schönheit. Jetzt aber war der Sarkophag wie ein kleiner dunkler Fleck, der die Harmonie der Aussichtshalle in der ‚Perle der Liebe' störte. Als hätte jemand einen kleinen Tornister über dem kristallenen Blau des Himmels ausgeschüttet.

Lange sann der Prinz vor sich hin, aber niemand konnte seine Gedanken erraten.

Endlich begann er zu sprechen. Er hob die Hand.

„Schafft das Ding da fort!" sagte er.

Das Herz der Miss Winchelsea

Miss Winchelsea sollte nach Rom fahren. Ein Monat oder länger hatten sich ihre Gedanken eifrigst mit diesem Vorhaben beschäftigt, und so überschwänglich und beharrlich hatte sie davon gesprochen, daß eine beträchtliche Anzahl von Leuten, die gewiß nicht nach Rom fuhren und solche, die aller Wahrscheinlichkeit nach nicht nach Rom fahren würden, es ihr als persönliche Beleidigung übelnahmen. Manche hatten ganz vergeblich versucht, sie zu überzeugen, daß Rom nicht annähernd so schön war, wie manchmal behauptet wurde, und andere waren sogar so weit gegangen, hinter ihrem Rücken zu tuscheln, sie sei „maßlos eingebildet" auf „ihr Rom". Und die kleine Lily Hardhurst hatte zu ihrem Freund Mr. Binns gesagt, wenn es nach ihr ginge, könne Miss Winchelsea „ruhig in ihr antiquiertes Rom fahren und dortbleiben,"; *sie* (Miss Lily Hardhurst) würde ihr sicher nicht nachtrauern. Und die Art, wie Miss Winchelsea im Ton innigster Vertrautheit über Horaz, Benvenuto Cellini, Raffael, Shelley und Keats — nicht einmal Shelleys Witwe hätte ein brennenderes Interesse an seinem Grab zeigen können — sprach, stieß auf allgemeines Befremden. Ihr Kleid war ein Traum an schlichter Eleganz, geschmackvoll aber nicht zu „touristisch" — Miss Winchelsea empfand eine tiefe Abscheu vor allem „Touristischen" —, und ihr Baedeker wurde in einen grauen Umschlag gesteckt, damit man nicht den roten Einband sehen konnte. Als dann schließlich der große Tag anbrach, an dem sie die Reise nach Rom antreten konnte, machte sie auf dem Bahnsteig von Charing Cross trotz ihres schwellenden Stolzes einen ebenso ordentlichen wie reizenden Eindruck. Der Tag war schön, die Fahrt über den Kanal würde angenehm werden, und alle Vorzeichen verhießen Gutes. Alles an dieser beispiellosen Abreise glich einem äußerst heiteren Abenteuer.

Zwei Freundinnen, Studienkolleginnen von der Lehrerakademie, nette anständige Mädchen, die zwar nicht so in Geschichte und Literatur glänzten wie Miss Winchelsea, begleiteten sie. Beide schauten grenzenlos bewundernd zu ihr auf, obwohl sie — physisch gesehen — zu ihr herabschauen mußten, und Miss Winchelsea freute sich schon darauf, in den beiden dieselbe hohe Begeisterung für Kunst und Geschichte zu ‚entfachen', von der sie selbst beseelt war. Sie hatten sich bereits die Plätze gesichert und begrüßten sie überschwänglich an der Wagentür. Eine augenblickliche kritische Einschätzung der Begegnung ließ sie erkennen, daß Fanny einen leicht „touristischen" Ledergürtel trug und Helen sich zu einer Sergejacke hatte hinreißen lassen, in deren Seitentaschen sie ihre Hände gezwängt hatte. Aber sie waren viel zu vergnügt und glücklich über diese Reise, als daß Miss Winchelsea es über sich gebracht hätte, in diesem Augenblick eine Bemerkung darüber fallen zu lassen. Als der erste Freudentaumel vorüber war — Fannys Begeisterung war ein wenig lärmend und gewöhnlich, und bestand hauptsächlich in emphatisch wiederkehrenden Ausrufen wie „*Stellt* euch nur vor! Wir fahren nach Rom, meine Lieben! — Rom!" —, widmeten sie ihre Aufmerksamkeit den Mitreisenden. Helen wollte unbedingt ein eigenes Abteil und stellte sich entschlossen vor die Tür, um Störenfriede zu verscheuchen. Miss Winchelsea lugte über ihre Schulter und machte kleine spitze Bemerkungen über die Leute, die sich in immer größerer Zahl auf dem Bahnsteig drängelten, was Fanny mit fröhlichem Gelächter quittierte.

Sie fuhren in einer Reisegruppe von Mr. Thomas Gunn — vierzehn Tage Rom für vierzehn Pfund. Natürlich gehörten sie nicht zu den Reisenden, die von einem Führer betreut wurden — darauf hatte Miss Winchelsea geachtet —, sondern hatten sich nur des günstigen Reisearrangements wegen angeschlossen. Es war eine wunderlich gemischte und köstlich unterhaltsame Gesellschaft. Da gab es einen lautstarken rotgesichtigen Führer, der mehrere Sprachen beherrschte und der einen schwarz-weiß gesprenkelten Anzug trug, auffallend lange Arme und Beine hatte und eine erstaunliche Rührigkeit an den Tag legte. Kundmachungen gab er mit brüllender Stimme bekannt. Wenn er mit jemandem sprach, hielt er ihn so lange am Arm fest, bis er seine Schuldigkeit getan hatte. Mit der anderen Hand umklammerte er die Papiere, Fahrkarten und Gepäckscheine seiner Touristen. Die Leute, die er zu betreuen hatte, waren, wie es schien, von zweierlei Art: solche, die er brauchte, aber nicht fand, und solche, die er nicht brauchte, die ihm aber in einem ständig anwachsenden Schweif den Bahnsteig hinauf und hinunter folgten. Letztere glaubten anscheinend, ihre einzige Chance, nach Rom zu gelangen, bestehe darin, daß sie ihm einfach nicht mehr von den Fersen wichen. Drei kleine alte Damen verfolgten ihn mit ganz besonderer Hartnäckigkeit und brachten ihn schließlich so zur Raserei, daß er sie in ein Abteil verfrachtete, und ihnen verbot, sich noch einmal zu zeigen. Von dem Zeitpunkt an schoben sich dann ein, zwei, oder alle drei Köpfe aus dem Fenster und jammerten, sobald er sich ihnen näherte, um einen kleinen Flechtkorb. Weiters gab es da einen sehr dicken Mann mit einer sehr dicken Frau in glänzendem Schwarz und einen kleinen Mann, der wie ein bejahrter Stallknecht aussah.

„Was *können* solche Leute in Rom wollen?“ fragte Miss Winchelsea. „Was kann es ihnen bedeuten?“ Auch ein hochgewachsener Kurat mit einem sehr kleinen Strohhut befand sich in der Menge, desgleichen ein kleiner Kurat, der durch ein riesiges Photostativ behindert wurde. Dieser

Gegensatz amüsierte Fanny außerordentlich. Da hörten sie jemanden „Snooks“ schreien. „Ich habe immer gedacht, solche Namen kämen nur in Romanen vor“, sagte Miss Winchelsea. „Stellt euch vor, Snooks! Ich bin gespannt, *wer* dieser Mr. Snooks ist.“ Schließlich entdeckten sie einen stämmigen, resoluten kleinen Mann in einem weiten karierten Anzug. „Wenn der nicht Snooks heißt, dann müßte man ihn eigentlich so taufen“, sagte Miss Winchelsea.

Bald bemerkte der Schaffner Helens Versuch, ein ganzes Abteil zu besetzen. „Platz für fünf“, bellte er und gab mit den gespreizten Fingern seiner Hand das entsprechende Signal. Eine Gruppe von vier Leuten — Mutter, Vater und zwei Töchter — stolperten herein, alle höchst aufgeregt. „Schon gut, Ma — laß *mich* das machen“, sagte eine der Töchter und schon stieß die Tasche, die sie mit größter Anstrengung ins Gepäcknetz zu verfrachten suchte, gegen den Hut ihrer Mutter. Miss Winchelsea verabscheute Leute, die herumdrängten und ihre Mutter „Ma“ nannten. Als nächstes kam ein junger Mann, der alleine reiste. Miss Winchelsea bemerkte, daß er absolut nicht „touristisch“ aussah. Seine Reisetasche war aus gutem schönen Leder, versehen mit Plaketten aus Luxemburg und Ostende, und seine Stiefel waren wohl braun, aber nicht gewöhnlich. Ein Überzieher hing über seinem Arm. Bevor es sich die Leute in ihren Sitzen bequem gemacht hatten, erfolgte noch die Kartenkontrolle, dann ein Türenschlagen und — Himmel! der Zug rollte langsam aus dem Charing-Cross-Bahnhof hinaus in Richtung Rom.

„Stellt euch vor!“ rief Fanny, „wir fahren nach Rom. Oh, du meine Güte! Ich kann es gar nicht glauben, noch immer nicht!“

Miss Winchelsea drosselte Fannys Gefühlsausbrüche mit einem kleinen Schmunzeln, und die Dame, die „Ma“ genannt wurde, erzählte allen Anwesenden, weshalb sie den Zug „so knapp geschafft hätten“. Die zwei Töchter nannten sie mehrmals „Ma“, dämpften ihren Mitteilungsdrang auf taktlose, aber wirkungsvolle Weise, und brachten sie schließlich so weit, daß sie sich murmelnd an die Bestandsaufnahme ihrer Reiserequisiten machte. Gleich darauf hob sie den Kopf. „Gott!“ sagte sie, „ich hab' *sie* vergessen!“ Beide Töchter sagten „Oh, Ma!“, aber *sie* tauchte nicht auf. Bald darauf holte Fanny Hares „Spaziergänge durch Rom“ hervor, einen mittelmäßigen Reiseführer, den Rombesucher gerne benützen. Und der Vater der beiden Töchter begann, die Fahrkarten ganz genau zu untersuchen, offensichtlich um irgendwelche englischen Worte darauf zu entdecken. Als er die Karten eine geraume Weile betrachtet hatte, drehte er sie um. Dann nahm er eine Füllfeder und datierte sie mit beträchtlicher Sorgfalt. Der junge Mann, der die ganze Zeit über seine Reisegefährten unaufdringlich gemustert hatte, ergriff nun ein Buch und widmete sich der Lektüre. Als Helen und Fanny in Chislehurst zum Fenster hinausschauten — der Ort interessierte Fanny, weil die liebe arme Kaiserin der Franzosen sich hier aufzuhalten pflegte —, nützte Miss Winchelsea die Gelegenheit, einen Blick auf das Buch des jungen Mannes zu werfen. Es war kein Reiseführer, sondern ein dünner Gedichtband — *gebunden*. Sie streifte sein Gesicht mit einem Blick — ein feines, gefälliges Gesicht, soweit sie wenigstens mit diesem kurzen Blick erkennen konnte. Er trug ein Pincenez mit Goldrand. „Glaubst du, sie ist jetzt hier?“ fragte Fanny und setzte damit Miss Winchelseas kritischer Prüfung ein Ende.

Für den Rest der Reise sprach Miss Winchelsea wenig, aber dieses Wenige war geprägt von der höchsten Liebenswürdigkeit und Gewähltheit, deren sie fähig war. Ihre Stimme klang eigentlich immer sanft und klar und angenehm, aber sie achtete darauf, daß sie gerade jetzt besonders sanft und klar und angenehm klang. Als sie sich den Kreidefelsen näherten, legte der junge Mann seinen Gedichtband beiseite, und als dann der Zug die Fähre erreicht hatte, zeigte er sich reizend um das Gepäck von Miss Winchelsea und ihren Freundinnen bemüht. Miss Winchelsea haßte „albernes Getue", war aber dennoch recht angetan von der Tatsache, daß der junge Mann zu begreifen schien, daß er es mit Damen zu tun hatte, und ihnen ohne gezwungene Liebenswürdigkeit beim Aussteigen half; und auf welch nette Art ließ er doch durchblicken, daß er seine Höflichkeit keineswegs als Freibrief für weitere Zudringlichkeiten betrachtete. Keiner von ihrer Gruppe war jemals im Ausland gewesen, und so machte sich während der Fahrt über den Kanal eine allgemeine Erregung und Nervosität breit. Sie bildeten eine kleine Gruppe in der Mitte der Fähre, an einem günstigen Platz — der junge Mann hatte Miss Winchelseas Reisetasche ergriffen und ihr versichert, daß es ein günstiger Platz sei —, sahen Albions weiße Gestade entschwinden, zitierten Shakespeare und belustigten sich auf die zurückhaltende englische Art über die Mitreisenden.

Besonders amüsant fanden sie die Vorsichtsmaßnahmen, mit denen sich die beleibteren Passagiere vor Seekrankheit zu schützen suchten: Zitronenscheiben und Flakons herrschten vor, eine Dame lag flach ausgestreckt in einem Liegestuhl, ein Taschentuch auf dem Gesicht, und ein dikker, resoluter Mann in einem hellbraunen „touristischen" Anzug spazierte die ganze Strecke von England bis Frankreich auf dem Deck herum, wobei er seine Beine so weit wie möglich auseinanderspreizte. Alle Vorsichtsmaßnahmen erwiesen sich als ausgezeichnet, und niemand wurde seekrank. Die Reisegesellschaft, die der Obhut des Führers anvertraut war, verfolgte diesen mit Anfragen über das ganze Deck, und Helen kam bei diesem Anblick der recht vulgäre Vergleich mit einem Schwarm Hennen, die um ein Stück Speck herumgackerten, in den Sinn. Schließlich flüchtete der Führer in einen Schlupfwinkel unter Deck.

Und der junge Mann mit dem schmalen Gedichtbändchen stand am Heck, betrachtete das entschwindende England und schien Miss Winchelsea einsam und traurig zu sein.

Schließlich kam Calais, aufregend Neues kündigte sich an; aber der junge Mann vergaß darüber keineswegs Miss Winchelseas Reisetasche und die anderen Kleinigkeiten. Alle drei Mädchen empfanden dumpfe Scham über ihren Akzent, obwohl sie alle Staatsprüfungen in Französisch absolviert hatten, und der junge Mann erwies sich als äußerst nützlich. Und er erlaubte sich keine Annäherungsversuche. Er setzte sie in ein bequemes Abteil, zog seinen Hut und ging davon. Miss Winchelsea dankte auf ihre anmutigste Art — eine reizend kultivierte Art übrigens — und Fanny sagte, fast noch in Hörweite, er sei „nett". „Ich wüßte gerne, welchen Beruf er hat", sagte Helen, „er fährt nach Italien, denn ich habe grüne Fahrkarten bei ihm gesehen." Miss Winchelsea hätte ihnen fast von den Gedichten erzählt, entschied sich dann aber dagegen. Gleich darauf nahm sie schon die vor den Fenstern vorbeigleitende Landschaft gefangen, und der junge Mann war vergessen. Sie hatten das Gefühl, etwas überaus Bildungsträchtiges zu tun, wenn sie so durch ein Land fuhren, wo sogar die gewöhnlichsten Anzeigen in geschliffenstem Französisch abgefaßt waren, und Miss Winchelsea zog unpatriotisch Vergleiche, denn statt der riesigen Reklametafeln, die in unserem Land die Gegend verunstalteten, sah man entlang der Bahnlinie nur unauffällige kleine Reklameschilder. Trotz allem aber ist der Norden Frankreichs wirklich uninteressant, und so versenkte sich Fanny nach kurzem wieder in Haves „Spaziergänge", während Helen sich dem Lunch widmete. Miss Winchelsea erwachte aus seligen Träumereien. Sie hätte sich, sagte sie, ganz der Vorstellung hingegeben, endlich nach Rom zu fahren, war aber dann durch Helens Beispiel darauf aufmerksam geworden, daß sie ebenfalls Hunger hatte. So verzehrten sie gutgelaunt ihren

Reiseproviant. Am Nachmittag waren sie müde und schweigsam, bis Helen Tee zubereitete. Miss Winchelsea hätte gerne ein bißchen gedöst, weil sie aber wußte, daß Fanny mit offenem Mund schlief, übernahm sie die Aufgabe, Fanny wachzuhalten. Dies geschah aus Rücksicht auf ihre Mitreisenden — zwei nette, anspruchsvoll wirkende Damen unbestimmten Alters, die das Französische so weit beherrschten, daß sie sich in dieser Sprache verständigen konnten. Das Rütteln des Zuges wurde eintönig, und die draußen vorbeifliegende Landschaft schmerzte bald die Augen. So kam es, daß sie des Reisens schon schrecklich müde waren, bevor sie noch den Ort, wo sie übernachten sollten, erreicht hatten.

Dieser Zwischenaufenthalt wurde durch das Auftauchen des jungen Mannes verschönert, dessen Manieren sich als vollendet erwiesen und dessen Französisch ebenfalls recht brauchbar war. Er hatte Essenscoupons für dasselbe Hotel und saß im Speisesaal zufällig — so schien es wenigstens — neben Miss Winchelsea. Trotz ihrer Begeisterung für Rom hatte sie eine Möglichkeit wie diese einigermaßen in Erwägung gezogen, so daß sie, als er sich eine Bemerkung über die Langweiligkeit des Reisens gestattete — er hatte dazu noch die Suppe und den Fisch abgewartet —, nicht einfach nur zustimmte, sondern sogleich eine weiterführende Bemerkung daran anknüpfte. Bald verglichen sie ihre Reiserouten, wobei in ihrem Gespräch Helen und Fanny grausam übergangen wurden. Es stellte sich heraus, daß sie ein und dieselbe Reiseroute hatten: einen Tag für die Museen in Florenz — „soweit ich informiert bin", sagte der junge Mann, „wird das kaum ausreichen" — und den Rest in Rom. Er erzählte sehr gefällig von Rom, war offenbar ziemlich belesen, und zitierte Horaz über den Berg Soracte. Miss Winchelsea hatte eben dieses Buch von Horaz für ihre Aufnahmsprüfung „durchgeackert" und war entzückt, daß sie ihn beim Zitieren noch übertreffen konnte.

Solche Momente verliehen dem ganzen einen gewissen Stil — einen Hauch von Kultiviertheit, der einer gewöhnlichen Plauderei fehlte. Fanny gab einige Gefühlsäußerungen zum besten, und Helen schob etliche feinsinnige Bemerkungen ein, aber die Hauptlast des Gespräches auf seiten der Mädchen fiel natürlich Miss Winchelsea zu.

Bevor sie noch Rom erreichten, hatte sich ihnen dieser junge Mann stillschweigend angeschlossen. Sie kannten weder seinen Namen noch seinen Beruf, aber anscheinend unterrichtete er, und Miss Winchelsea kam der schlaue Gedanke, er könne ein Lektor an einer Universität sein. Irgendetwas dieser Art war er jedenfalls, irgendetwas Vornehmes und Kultiviertes, ohne sagenhaften Reichtum. Ein- oder zweimal versuchte sie, herauszufinden, ob er von Oxford oder aus Cambridge war, aber er ging auf ihre zarten Anspielungen nicht ein. Sie wollte ihm Bemerkungen über diese Orte entlocken, um zu erfahren, ob er „dort hinaufgefahren" oder „da hinuntergefahren" sagte — sie wußte nämlich, daß man so mit einem Mann von der „Uni" sprach. Übrigens sagte er ganz richtig „Uni" und nicht „Universität".

Von Mr. Ruskins Florenz sahen sie so viel, wie es ihre kurze Zeit erlaubte; im Palazzo Pitti schloß sich der junge Mann ihnen wieder an, plauderte unterhaltsam und war anscheinend sehr dankbar, daß sie ihn wiedererkannten. Er wußte eine Menge über Kunst, und alle vier genossen diesen Morgen in vollen Zügen. Es war auch wirklich herrlich, herumzuschlendern, alte Lieblinge wiederzuerkennen und neue Schönheiten zu entdecken, vor allem, während so viele Leute hilflos mit ihrem Baedeker herumirrten. Bei alledem war er jedoch kein bißchen pedantisch, behauptete Miss Winchelsea, denn, um ehrlich zu sein, sie haßte Pedanten. Er hatte einen ausgeprägten Sinn für Humor und machte sich z. B., ohne gemein zu werden, über den Aufwand der absonderlichen Werke eines Beato Angelico lustig. Und dennoch lag ein tiefer Ernst hinter all seinem Frohsinn, und er erfaßte den moralischen Gehalt der Bilder rasch. Fanny bewegte sich zaghaft zwischen diesen Meisterwerken, gab zu, „so wenig darüber zu wissen", gestand, daß ihr „alle schön" vorkamen. Miss Winchelsea fand Fannys „Schön!" bald ein wenig eintönig. Allein die Stakkatos von Fannys Entzückensschreien stimmten froh, nachdem sie die letzten sonnenbeschienenen Berge der Alpen hinter sich gelassen hatten. Helen sagte wenig, aber dies wunderte Miss Winchelsea keineswegs, denn sie hatte schon früher bemerkt, daß es Helen an ästhetischem Feingefühl mangelte; manchmal lachte sie über die köstlichen Scherze, die der junge Mann zögernd vorbrachte, dann lachte sie wieder nicht, und manchmal schien sie für all die Kunst um sie herum vollkommen verloren zu sein und nur mehr die Kleidung der anderen Besucher im Auge zu haben.

In Rom leistete ihnen der junge Mann nur zeitweilig Gesellschaft. Manchmal hielt ihn ein ziemlich „touristischer" Freund davon ab. Scherzhaft beklagte er sich bei Miss Winchelsea darüber. „Da bleiben mir nun zwei kurze Wochen für Rom", sagte er, „und mein Freund Leonard will einen ganzen Tag in Tivoli zubringen und einen Wasserfall betrachten."

„Was macht ihr Freund Leonard?" fragte Miss Winchelsea plötzlich. „Er ist der begeistertste Wanderer, den ich je gesehen habe", erwiderte der junge Mann — amüsant, aber nicht sehr zufriedenstellend, wie Miss Winchelsea fand.

Sie erlebten wirklich eine großartige Zeit, und Fanny konnte sich nicht vorstellen, was sie ohne ihn getan hätten. Miss Winchelseas Interesse und Fannys enorme Begeisterungsfähigkeit waren unersättlich. Sie kannten keine Müdigkeit, begeisterten sich unverdrossen an Bildern, Skulpturen, ungeheuer überlaufenen Kirchen, Ruinen, Museen, Judasbäumen und Feigendisteln, Karren mit Weinfässern und Palästen. Sie betrachteten weder eine Pinie noch einen Eukalyptus wirklich, aber sie benannten und bewunderten sie, auf den Berg Soracte warfen sie nicht einen Blick, waren jedoch begeistert. Alltägliches wurde durch ihre Phantasie ins Wunderbare gesteigert. „Hier ist vielleicht Cäsar gegangen“, mochten sie sagen. „Raphael könnte den Berg Soracte genau von diesem Punkt aus betrachtet haben.“ Als sie zufällig auf das Grabmal des Bibulus stießen, sagte der junge Mann: „Guter, alter Bibulus“, und Miss Winchelsea hakte sofort ein: „Das älteste Denkmal der Römischen Republik“.

„Ich bin schrecklich ungebildet“, sagte Fanny darauf, „aber wer *war* dieser Bibulus?“

Eine merkwürdige kleine Pause folgte. „War nicht er derjenige, der die Mauer gebaut hat?“ sagte Helen. Der junge Mann warf ihr einen kurzen Blick zu und lachte. „Das war Balbus“, sagte er. Helen errötete, aber weder er noch Miss Winchelsea lüfteten das Geheimnis um Bibulus.

Helen war schweigsamer als die anderen drei; aber schließlich war sie immer schweigsam. Sie kümmerte sich gewöhnlich um die Straßenbahnfahrscheine und ähnliche Dinge, oder wachte darüber, wenn sie einmal der junge Mann aufbewahrte und sagte ihm dann, wo sie waren, wenn er sie suchte. Großartige Zeiten verlebten sie, die jungen Leute, in der fahlen düsteren Stadt der Erinnerungen, die einmal die Welt gewesen war. Ihr einziges Problem war, daß ihnen so wenig Zeit zur Verfügung stand. Sie behaupteten, daß die elektrischen Straßenbahnen, die Gebäude aus den siebziger Jahren und die sträfliche Reklame, die über dem Forum prangte, ihr ästhetisches Empfinden aufs gröbste beleidigten; aber das war nur die eine Seite. Denn Rom ist ja wirklich eine so wunderschöne Stadt, daß sogar Miss Winchelsea bisweilen auf manche ihrer sorgfältigst vorbereiteten enthusiastischen Höhenflüge vergaß, und Helen plötzlich ganz überrascht die Schönheit unerwarteter Dinge eingestand. Aber Fanny und Helen hätten wohl auch eine Auslagendekoration im Engländerviertel oder Ähnliches schön gefunden, hätte nicht Miss Winchelseas unerbittliche Feindseligkeit gegen alle englischen Reisenden diesen Bezirk als unmöglich verworfen.

Unmerklich wuchs aus der geistigen und ästhetischen Partnerschaft zwischen Miss Winchelsea und dem gebildeten jungen Mann ein tieferes Gefühl. Die überschwängliche Fanny tat ihr Bestes, um mit der tiefgründigen Bewunderung der beiden Schritt halten zu können, schmetterte mit Nachdruck ihr „Schön!", und rief bei jeder Erwähnung eines neuen interessanten Ortes sogleich voll flammender Begeisterung: „Ja, gehen wir hin!" Helen hingegen entwikkelte gegen Ende zu eine gewisse Teilnahmslosigkeit, was Miss Winchelsea ein wenig enttäuschte. So weigerte sie sich, zum Beispiel, im Palazzo Barberini „irgendetwas am Gesicht der Beatrice Cenci zu finden" — Shelleys Beatrice Cenci! —, und eines Tages sagte sie, als sie sich über die elektrischen Straßenbahnen beklagten, ziemlich schnippisch, „daß die Leute sich eben irgendwie damit abfinden müssen" und es sei besser, „als Pferde diese schrecklichen kleinen Hügel hinaufzuquälen." Die Sieben Hügel Roms nannte sie „schreckliche kleine Hügel!"

Und an dem Tag, an dem sie auf den Palatin gingen — obwohl Miss Winchelsea davon nichts wußte —, bemerkte sie plötzlich zu Fanny: „Beeil' dich nicht so; *die* wollen sicher nicht, daß wir sie einholen, und schließlich sagen wir ohnehin nie das Richtige, wenn wir *wirklich* einmal in ihrer Nähe sind."

„Ich wollte sie doch gar nicht einholen", sagte Fanny und verlangsamte ihre raumgreifenden Schritte. „Wirklich nicht!" Worauf sie eine Minute lang außer Atem war.

Aber Miss Winchelsea war dem Glück begegnet. Erst später, da sie auf die darauffolgende Tragödie zurückblikken mußte, konnte sie ganz ermessen, wie glücklich sie gewesen war, als sie zwischen zypressenüberschatteten Ruinen umherschritt, Gedanken austauschen durfte, die zum Höchsten gehörten, was der menschliche Verstand je ersonnen hatte und den edelsten Regungen, deren ein Mensch nur fähig sein mochte, Ausdruck verleihen konnte. Bald mischten sich unmerklich Gefühle in ihr Verhältnis, wurden ohne Scheu, ja sogar mit Begeisterung geäußert, wenigstens solange Helens Modernität sie nicht behinderte. Unmerklich schweifte ihr Interesse von den schönen allgemeinen Bemerkungen über sich zu intimeren, persönlicheren Gefühlen. Zaghaft wurden diese Mitteilungen eingestreut, anspielungsreich erzählte sie von ihrer Schule, ihren Prüfungserfolgen und der Freude, daß die Tage des „Büffelns" vorüber waren. Er gab offen zu, daß auch er Lehrer war. Sie sprachen über die Erhabenheit ihrer Berufung, darüber, daß man Verständnis zeigen mußte, um die verdrießlichen Kleinigkeiten meistern zu können — und über eine gewisse Einsamkeit, die sie manchmal empfanden.

Das war im Kolosseum, und weiter kamen sie an diesem Tag nicht, denn Helen kehrte mit Fanny zurück — sie hatte sie auf die oberen Ränge geschleppt. Aber die geheimen Träume der Miss Winchelsea, die ohnehin bereits lebhaft und deutlich genug gewesen waren, nahmen nun äußerst präzise Gestalt an. Sie sah diesen hübschen jungen Mann, wie er seinen Studenten höchst lehrreiche Unterweisungen erteilte, und sich selbst, wie sie als geistige Stütze und Gefährtin auf zurückhaltende Art wirksam war; sie sah ein geschmackvolles kleines Heim, mit zwei Arbeitszimmern, mit weißen Regalen voller gediegener Bücher, mit Drucken von Rossetti und Burne-Jones, mit Tapeten von Morris und Blumen in handgetriebenen Kupfertöpfen. Sie stellte sich tatsächlich mancherlei vor. Auf dem Monte Pincio waren ihnen einige kostbare Augenblicke gegönnt, während Helen Fanny zum *muro Torto* schleppte. Plötzlich redete er ganz offen. Er hoffe, sagte er, daß ihre Freundschaft erst der Anfang sei, daß ihm ihre Gesellschaft schon jetzt sehr viel bedeutete, ja, in Wahrheit mehr als das.

Er wurde nervös, nestelte mit zitternden Fingern an seinen Gläsern, so als fürchte er, seine Gefühle beeinträchtigten ihre Stabilität. „Ich sollte Ihnen natürlich etwas über mich erzählen", sagte er. „Ich weiß, es ist recht ungewöhnlich, so mit Ihnen zu reden. Nur, unser Zusammentreffen ist so zufällig gewesen — oder vorherbestimmt —, und ich ergreife einfach die Gelegenheit beim Schopf. Ich habe mich nach Rom aufgemacht in Erwartung einer einsamen Reise . . . und so glücklich bin ich dann gewesen, so überaus glücklich. Bis vor kurzem habe ich mich in einer Lage befunden — ich habe gewagt anzunehmen . . . und . . ."

Er blickte über seine Schulter und blieb stehen. „Verdammt!" sagte er sehr deutlich — und sie verachtete ihn keineswegs für dieses männliche Abgleiten in profane Bereiche. Sie schaute sich um und sah seinen Freund Leonard auftauchen. Er kam näher, zog seinen Hut vor Miss Winchelsea, und sein Lachen war beinahe ein Grinsen. „Ich habe dich überall gesucht, Snooks", sagte er. „Du hast versprochen, vor einer halben Stunde auf der Piazza-Treppe zu warten."

Snooks! Der Name traf Miss Winchelsea wie ein Schlag ins Gesicht. Seine Antwort hörte sie nicht mehr. Später kam ihr in den Sinn, daß Leonard sie für sehr zerstreut gehalten haben mußte. Bis heute weiß sie weder, ob sie Leonard vorgestellt worden ist, noch, was sie zu ihm gesagt hat. Eine geistige Lähmung lastete auf ihr. Von allen abstoßenden Familiennamen ausgerechnet Snooks!

Helen und Fanny kehrten zurück, man tauschte Höflichkeiten aus und die jungen Männer entfernten sich. Mit äußerster Mühe bewahrte sie Haltung, um die fragenden Blicke ihrer Freundinnen zu ertragen. Den ganzen Nachmittag lang meisterte sie das Leben wie eine Heldin angesichts der unbegreiflichen Schimpflichkeit dieses Namens, plauderte, beobachtete, während ihr immer wieder dieses „Snooks" am Herzen nagte. Von dem Augenblick an, da sie diesen Namen gehört hatte, war ihr Traum vom Glück zerstört. Alle höhere Kultur, die ihr vorgeschwebt hatte, war durch die unerbittliche Vulgarität dieses Namens zerstört und geschändet.

Was konnte ihr nun dieses gepflegte kleine Heim noch bedeuten, mit den Drucken, den Morris-Tapeten und den Arbeitszimmern? Über all dem flammte mit feurigen Buchstaben die unglaubliche Inschrift: „Mrs. Snooks". Der Leser mag dies für eine unbedeutende Kleinigkeit halten, aber er möge die Dezenz einer Persönlichkeit wie Miss Winchelsea bedenken. Seien Sie einmal so unvorstellbar dezent und überlegen Sie dann, was es heißt, mit „Snooks" unterzeichnen zu müssen. Sie stellte sich vor, wie sie von allen Leuten, die sie am wenigsten mochten, mit „Mrs. Snooks" angeredet werde, stellte sich deren für sie so beleidigende Herablassung vor. Sie sah eine Karte in Silber und Grau mit dem Namen „Winchelsea" darauf, der von Cupidos Pfeil triumphierend zugunsten von „Snooks" getilgt war. Welch entwürdigender Beweis für weibliche Schwäche! Sie stellte sich das entsetzliche Frohlocken gewisser Freundinnen vor, gewisser Cousinen aus dem Kaufmannsmilieu, von denen sie sich schon lange ihrer zunehmenden Dezenz wegen entfremdet hatte. Wie sie es grell auf den Umschlag schreiben würden, der ihre sarkastischen Glückwünsche enthielt. Würde seine auch noch so angenehme Gesellschaft sie für dies alles entschädigen? „Es ist unmöglich", murmelte sie, „unmöglich. *Snooks!*"

Sie bedauerte ihn wohl, aber noch mehr sich selbst. Sie empfand sogar eine leichte Entrüstung, wenn sie an ihn dachte. So nett zu sein, so gebildet, und dabei die ganze Zeit über „Snooks" zu heißen, unter anmaßender Vornehmheit den unseligen Makel eines solchen Namens zu verbergen — das grenzte an Verrat. Um es mit anderen Worten auszudrücken: Sie hatte das Gefühl, er habe sie „hereingelegt“.

Natürlich gab es auch Momente der Unschlüssigkeit, eine Zeit gar, da fast etwas wie Leidenschaft sie beschwor, alle Dezenz in den Wind zu schlagen. Und etwas regte sich, ein Rest ungetilgter Gewöhnlichkeit, welcher mühselig zu beweisen suchte, daß Snooks letztendlich kein so verwerflicher Name sei. Aber jede schwankende Unschlüssigkeit wurde durch Fannys Gehaben zerstreut, als diese, wie unter dem Eindruck einer Katastrophe berichtete, daß sie das Entsetzliche auch schon wisse. Beim Namen „Snooks“ sank ihre Stimme zu einem Flüstern. Als Miss Winchelsea ihn schließlich in der Villa Borghese alleine traf, wollte sie ihm nicht Rede und Antwort stehen, versprach aber, einige Zeilen zu schreiben.

Sie übergab ihm diese Nachricht in dem schmalen Gedichtbändchen, das er ihr geliehen hatte — in dem Büchlein, das sie eigentlich zusammengeführt hatte. Ihre Absage war unklar, nur angedeutet. Sie konnte ihm ebensowenig sagen, weshalb sie ihn zurückwies, wie sie einem Krüppel von seinem Buckel reden konnte. Er mußte schließlich auch das Unaussprechliche seines Namens irgendwie empfinden. Wenn sie es sich jetzt überlegte, so hatte er bei Dutzend Gelegenheiten vermieden, seinen Namen zu nennen. Deshalb schrieb sie von „Hindernissen, die sie nicht ausdrücken könne“ — „von Gründen, welche ihr das, wovon er sprach, unmöglich erscheinen lassen. Schaudernd schrieb sie auf die Nachricht den Namen des Empfängers: ‚E. K. Snooks‘. Aber die Sache war schlimmer, als sie befürchtet hatte; er forderte Erklärungen. Wie aber *konnte* sie das erklären? Die letzten beiden Tage in Rom waren schrecklich. Seine erstaunte Fassungslosigkeit quälte sie. Sie wußte, daß sie in ihm intime Hoffnungen genährt hatte, aber das volle Ausmaß dieser Ermutigungen gründlich abzuschätzen, dazu fehlte ihr der Mut. Sie wußte, daß er sie für das wankelmütigste Geschöpf halten mußte. Nun, da sie den vollen Rückzug angetreten hatte, durfte sie auf seine Andeutungen hinsichtlich eines möglichen weiteren Kontaktes gar nicht erst eingehen. Aber gerade in dieser Situation tat er etwas, was ihr seinen Zartsinn und seine romantische Seele offenbarte. Er machte Fanny zur Vermittlerin. Fanny konnte das Geheimnis nicht für sich behalten und erzählte ihr des Nachts alles unter dem fadenscheinigen Vorwand, Rat zu suchen,: „Mr. Snooks will mir schreiben. Stell dir vor! Das hätte ich nie gedacht. Aber soll ich es ihm erlauben?" Sie erwogen es ausführlich und ernsthaft, und Miss Winchelsea war streng darauf bedacht, den Schleier über ihrem Herzen nicht zu lüften. Sie bereute es bereits, seine Anspielungen mißachtet zu haben. Warum sollte sie nicht zuweilen etwas von ihm hören? — wenn ihr auch sein Name qualvoll in den Ohren klingen mußte. Miss Winchelsea entschied, daß die Erlaubnis erteilt werden sollte, und Fanny gab ihr mit ungewöhnlicher Inbrunst einen Gutenachtkuß. Nachdem sie gegangen war, saß Miss Winchelsea noch lange am Fenster ihres kleinen Zimmers. Der Mond schien, und auf der Straße unten sang ein Mann mit beinahe herzzerreißender Innigkeit „Santa Lucia" . . . Sie saß ganz still.

Ganz sanft hauchte sie ein Wort. Das Wort war „Snooks". Dann erhob sie sich mit einem tiefen Seufzer und ging zu Bett. Am nächsten Morgen wandte er sich bedeutungsvoll an sie: „Ich werde über Ihre Freundin von Ihnen hören."

Mr. Snooks begleitete sie zum Bahnhof, immer noch diese mitleiderregende, ratlose Verwirrung im Blick, und wäre Helen nicht gewesen, er hätte Miss Winchelseas Reisetasche zurückbehalten als eine Art enzyklopädisches Andenken.

Auf ihrer Rückreise nach England nahm Miss Winchelsea Fanny sechsmal das Versprechen ab, ihr den allerlängsten Brief zu schreiben. Fanny, so schien es, stünde Mr. Snooks ja sehr nahe. Ihre neue Schule — sie wechselte ständig ihre Schulen — würde nur fünf Meilen von Steeley Bank entfernt sein, und dort in Steeley Bank am Polytechnikum und in ein oder zwei weiteren erstklassigen Schulen war Mr. Snooks beschäftigt. Vielleicht sah er sie sogar manchmal. Sie konnten nicht viel über ihn reden — sie und Fanny nannten ihn immer nur „er", nie „Mr. Snooks" —, denn Helen war nur zu geneigt, geringschätzige Bemerkungen über ihn zu machen. Seit den alten Tagen in der Lehrerakademie hatte sich ihr Wesen verhärtet; dies war Miss Winchelsea aufgefallen, sie war roh und zynisch geworden. Ihrer Meinung nach hatte er ein weichliches Gesicht — sie verwechselte Dezenz mit Weichlichkeit, wie es Leute ihres Schlages gerne tun —, und als sie erfuhr, daß er Snooks hieß, behauptete sie, so etwas erwartet zu haben. Nach dieser Äußerung war Miss Winchelsea darauf bedacht, ihre Gefühle für sich zu behalten, Fanny allerdings war weniger vorsichtig.

In London trennten sich die Mädchen, und Miss Winchelsea kehrte mit neuem Interesse am Leben an das Mädchengymnasium zurück, an dem sie sich im Laufe der drei Jahre, die sie dort angestellt war, als immer fähigere Lehrkraft erwiesen hatte. Dieses neue Lebensinteresse schöpfte sie aus der Korrespondenz mit Fanny, und um ihr mit gutem Beispiel voranzugehen, schrieb sie ihr schon innerhalb der folgenden vierzehn Tage einen ausführlichen, etwas langatmigen Brief. Fannys Antwortschreiben war entmutigend. Fanny besaß nicht den Funken literarischer Begabung, aber Miss Winchelsea konnte so die neue Erfahrung machen, daß sie Freundinnen hatte, denen es an Talenten mangelte. Dieser Brief wurde in der abgeschirmten Einsamkeit von Miss Winchelseas Arbeitszimmer sogar laut kritisiert, und das bittere Urteil lautete: „Gewäsch!" Der

Brief wimmelte von ebendenselben Dingen, die auch Miss Winchelseas Brief enthalten hatte: Einzelheiten aus dem Schulalltag nämlich. Und von Mr. Snooks nur so viel: „Ich habe einen Brief von Mr. Snooks erhalten, und er hat mich an zwei aufeinanderfolgenden Samstagnachmittagen besucht. Er sprach über Rom und über dich, und wir beide haben über dich gesprochen; du mußt es ja direkt gespürt haben . . ."

Miss Winchelsea unterdrückte das Verlangen, eingehendere Informationen zu erbitten und schrieb erneut einen höchst liebenswürdigen langen Brief. „Erzähl mir alles über Dich, meine Liebe. Die Reise hat unsere uralte Freundschaft wieder aufgefrischt, und ich hoffe so sehr, mit Dir in Kontakt zu bleiben." Bezugnehmend auf Mr. Snooks schrieb sie nur auf der fünften Seite, daß sie sich darüber freue, daß Fanny ihn gesehen habe, und daß sie ihn aufs *herzlichste* (unterstrichen) grüßen lasse, *falls* er nach ihr fragen sollte. Fanny antwortete äußerst stumpfsinnig, ganz in dem Ton der „uralten Freundschaft" und erinnerte Miss Winchelsea an ein Dutzend närrischer Dinge aus ihren Studienjahren an der Lehrerakademie, und erwähnte kein Wort über Mr. Snooks!

Fast eine Woche lang war Miss Winchelsea über Fannys Versagen als Vermittlerin so verärgert, daß sie ihr nicht schreiben konnte. Und als sie schließlich schrieb, geriet der Brief weniger überschwänglich, ja sie fragte ganz unumwunden: „Hast Du Mr. Snooks gesehen?" Fannys Brief war unerwartet zufriedenstellend. „Ich *habe* Mr. Snooks gesehen", schrieb sie, und da sie ihn nun schon einmal erwähnt hatte, blieb sie gleich bei diesem Thema; alles drehte sich um Snooks. Snooks hin und Snooks her. Unter anderem erwähnte Fanny, daß er eine öffentliche Vorlesung halten werde. Aber trotz allem: Nachdem die erste Glut der Genugtuung vorüber war, fand Miss Winchelsea auch diesen Brief nicht ganz zufriedenstellend. Fanny machte keine

Andeutung, Mr. Snooks habe irgend etwas über Miss Winchelsea gesagt, und ebensowenig schrieb sie, daß er blaß und erschöpft aussah, wie es sich eigentlich gehört hätte. Und Himmel! Noch bevor sie geantwortet hatte, kam ein zweiter Brief von Fanny über denselben Gegenstand, ein recht schwärmerischer Brief, — sechs ganze Seiten von ihrer zwanglosen weiblichen Hand.

Und mit diesem Brief hatte es etwas recht Merkwürdiges auf sich, was Miss Winchelsea erst bemerkte, als sie ihn das dritte Mal las. Fannys natürliche Weiblichkeit hatte sich sogar gegen die strengen und eindeutigen Traditionen der Lehrerakademie durchgesetzt; sie gehörte zu jenen weiblichen Geschöpfen, die dafür geschaffen sind, alle ihre M und N und U und R und S ähnlich zu schreiben, ihre O und A nicht zu schließen und keinen Punkt auf das I zu setzen. So gelang es Miss Winchelsea erst nach einem mühseligen Vergleich aller Worte, mit Gewißheit herauszufinden, daß Mr. Snooks gar nicht wirklich Mr. Snooks hieß. In Fannys schwärmerischem Brief war er „Mr. Snooks", in ihrem zweiten verwandelte er sich zu einem „Mr. Senoks". Miss Winchelseas Hand zitterte regelrecht, als sie das Blatt wendete, bedeutete es doch so viel für sie! Es war ihr nämlich schon in den Sinn gekommen, daß sie einen zu hohen Preis zahlen mußte, nur um den Namen „Mrs. Snooks" zu umgehen. Und plötzlich — eine solche Möglichkeit! Sie blätterte die sechs Seiten noch einmal durch, alle gesprenkelt mit diesem bedenklichen Namen, und überall hatte der erste Vokal die Form eines E! Eine Weile ging sie im Zimmer auf und ab, die Hand aufs Herz gepreßt.

Einen halben Tag lang erwog sie die veränderten Umstände, dachte an briefliche Erkundigungen, die gleichzeitig diskret und wirksam sein sollten, überlegte gleichzeitig, was sie nach Erhalt der Antwort tun sollte. Sie war entschlossen, sofort an Mr. Snooks zu schreiben, falls die geänderte Schreibweise mehr als ein launischer Einfall Fannys sein sollte. Sie war jetzt an dem Punkt angelangt, wo die geringfügigeren Raffinessen im Benehmen verschwinden. Zwar blieb sie sich eine Entschuldigung schuldig, aber sie hatte klare Vorstellungen vom Inhalt eines diesbezüglichen Briefes, der sogar die Andeutung enthalten mochte, gewisse Umstände in ihrem Leben hätten sich ganz entschieden verändert seit der Zeit, da sie miteinander gesprochen hätten. Aber dazu kam es nie. Ein dritter Brief von Fanny, dieser unberechenbaren Brieffreundin langte ein. Schon in der ersten Zeile erklärte sie sich zum „glücklichsten Mädchen der Welt".

Miss Winchelsea zerknüllte den Brief in der Hand — der Rest blieb ungelesen — und saß da mit plötzlich steinernem Gesicht. Sie hatte ihn vor dem Vormittagsunterricht erhalten und geöffnet, als die Mathematiker der Unterstufe gerade gut vorankamen. Mit dem Anschein größter Gelassenheit fing sie an zu lesen. Aber nach der ersten Seite setzte sie auf der dritten fort, ohne daß sie ihr Versehen bemerkt hätte: „sagte ihm frei heraus, daß ich seinen Namen abscheulich finde", begann die dritte Seite. „Er sagte mir, daß er ihn auch nicht mag — Du kennst ja diese plötzliche Freimütigkeit an ihm." — Miss Winchelsea kannte sie. „Also schlug ich ihm vor: Könntest du ihn nicht ändern? Zunächst leuchtete ihm das nicht ein. Nun, weißt Du, meine Liebe, da hat er mir dann gesagt, was der Name wirklich bedeutet: Er bedeutet Sevenoaks und ist einfach auf Snooks zusammengeschrumpft — beides, Snooks und Noaks, obwohl schrecklich vulgäre Namen, sind nichts anderes als entstellte Formen von Sevenoaks. Deshalb sagte ich — sogar ich habe manchmal meine hellen Momente — „wenn er von Sevenoaks auf Snooks zusammengeschrumpft ist, weshalb sollte Snooks nicht wieder zu Sevenoaks werden?" Kuz und gut, meine Liebe, dagegen konnte er nichts einwenden, und so änderte er für die Ankündigung seiner neuen Vorlesung den Namen auf Senoks. Und nachher, wenn wir verheiratet sind, werden wir das Apostroph einfügen und Se'noks daraus machen. War es nicht lieb von ihm, dieser Laune von mir nachzugeben? Wo doch viele Männer in einem solchen Fall gleich angriffslustig werden? Aber so ist er immer, ebenso liebenswürdig wie klug. Er wußte ja, daß ich ihn trotzdem genommen hätte, und wäre er zehnmal Snooks gewesen. Und dennoch hat er's getan!"

Die Klasse schreckte durch das Geräusch von Papier, das wütend zerrissen wurde, hoch, alle blickten auf und sahen Miss Winchelsea, weiß im Gesicht und in der Hand einige winzige zerknüllte Papierfetzen. Einige Sekunden lang starrte Miss Winchelsea zurück, dann nahm ihr Gesicht wieder einen vertrauteren Ausdruck an. „Hat jemand das Beispiel Nr. 3 fertig?" fragte sie in gleichmütigem Tonfall. Dann blieb sie ruhig. Aber dieser Tag verlangte ihr viel ab. Zwei anstrengende Abende verbrachte sie damit, Briefe der verschiedensten Art an Fanny abzufassen, bevor sie die Glückwünsche in eine passende Form bringen konnte. Ihre Vernunft kämpfte vergeblich gegen die Überzeugung an, daß Fanny einen ausgesprochenen Verrat begangen hatte. Jemand mag äußerst dezent sein, dennoch kann er ein Herz haben, das des Leidens fähig ist. Miss Winchelseas Herz litt entschieden große Qualen. Sie hatte Anwandlungen geschlechtsbedingter Feindseligkeit, in denen sie die ganze Menschheit unbarmherzig verurteilte. „Bei mir hat er sich vergessen", sagte sie zu sich. „Aber Fanny ist robust und hübsch und sanft und eine Närrin — eine ausgezeichnete Partie für einen Mann." Und als Hochzeitsgeschenk sandte sie Fanny einen schmuckvoll gebundenen Gedichtband von George Meredith, und Fanny dankte mit einem abgeschmackt-freundlichen Brief, in dem sie versicherte, es sei „alles schön". Miss Winchelsea hoffte, daß Mr. Senoks dieses kleine Buch eines Tages zur Hand nehmen und einen Augenblick lang an die Spenderin denken würde. Fanny schrieb mehrmals vor der Hochzeit, und mehrmals über die Hochzeit, ganz im legendären Ton ihrer „uralten Freundschaft“ und verlieh ihrem Glück bis ins kleinste Detail Ausdruck. Und Miss Winchelsea schrieb zum ersten Mal seit ihrer Romreise an Helen, ohne die Heirat auch nur zu streifen, dafür aber im Ton innigster Herzlichkeit.

Zu Ostern waren sie in Rom gewesen, und Fanny heiratete in den Augustferien. Sie schrieb Miss Winchelsea einen geschwätzigen Brief, in dem sie ihre Heimkehr und die erstaunlichsten Vorkehrungen, die in ihrem winzigkleinen Häuschen getroffen wurden, schilderte. Mr. Se'noks gelangte in Miss Winchelseas Erinnerung zu einer Dezenz, die jedes realistische Maß überschritt, und sie versuchte ohne Erfolg, sich seine erhabene Größe in einem „winzigkleinen“ Häuschen vorzustellen. „Bin damit beschäftigt, einen kuscheligen Winkel zu verschönern“, schrieb Fanny am Ende der dritten Seite, „entschuldige deshalb, daß ich schließe.“ Miss Winchelsea antwortete in ihrem elegantesten Stil, wobei sie, in der Hoffnung, Mr. Se'noks würde den Brief lesen, leise über Fannys Betriebsamkeit scherzte. Allein diese Hoffnung war es, die sie überhaupt zum Schreiben befähigte und sie nicht nur diesen Brief beantworten ließ, sondern auch einen im November und einen zu Weihnachten.

Die beiden letzten Schreiben enthielten dringliche Einladungen, in den Weihnachtsferien nach Steeley Bank zu kommen. Sie versuchte sich einzureden, daß *er* sie dazu veranlaßt hätte, die Einladung auszusprechen, aber alles ließ auf Fannys überschwängliche Frohnatur schließen. Sie konnte nicht anders als glauben, daß er nun endlich seinen Fehler bereue; und sie war fast sicher, daß er ihr bald einen Brief schreiben würde, mit der Anrede: „Liebe Freundin!“ Etwas lag in dieser Trennung, ein Hauch von Tragik, was ihr großen Rückhalt gab — ein trauriges Mißverständnis.

Einfach abgewiesen worden zu sein, wäre ihr unerträglich erschienen. Aber dieser Brief, der mit der Anrede „Liebe Freundin“ begann, wurde nie geschrieben.

Zwei Jahre lang vermochte Miss Winchelsea nicht nach Steeley Bank zu kommen, trotz der wiederholten Einladung von seiten Mrs. Sevenoaks — im zweiten Jahr war vollends Sevenoaks daraus geworden. Dann, eines Tages, es war nicht mehr weit bis zu den Osterferien — fühlte sie sich einsam und von aller Welt mißverstanden, und besann sich einmal mehr auf das, was man Platonische Liebe nennt. Fanny war sicher glücklich und emsig in ihrem neuen häuslichen Aufgabenbereich tätig, aber zweifelsohne hatte *er* seine einsamen Stunden. Ob er jemals an jene Tage in Rom zurückdachte, die nun unwiederbringlich vorbei waren? Kein Mensch hatte sie jemals so verstanden wie er, niemand auf der ganzen Welt. Eine wehmütige Freude wäre es, wieder mit ihm zu sprechen — und was konnte es schließlich schaden. Weshalb sollte sie sich verleugnen? In jener Nacht schrieb sie ein Sonett, nur die letzten beiden Zeilen wollten ihr nicht einfallen. Und am nächsten Tag setzte sie einige zierliche kurze Zeilen auf, um Fanny mitzuteilen, daß sie kommen würde.

Und so sah sie ihn wieder.

Sofort bei der ersten Begegnung wurde deutlich, daß er sich verändert hatte; er schien beleibter und weniger nervös, und es wurde schnell offenkundig, daß seine Rede schon viel von der alten Eleganz eingebüßt hatte. Ja, in gewisser Hinsicht bestätigte sich sogar Helens Entdeckung, daß sein Gesicht weichlich wirkte — es *war* weichlich, in bestimmten Momenten. Er schien sehr beschäftigt und von seinen Angelegenheiten in Anspruch genommen zu sein, und es sah fast so aus, als sei er der Meinung, Miss Winchelsea sei Fannys wegen gekommen. Sehr geistreich diskutierte er mit Fanny über sein Abendessen. Sie führten nur ein einziges schönes, längeres Gespräch miteinander, und dabei kam nichts heraus. Rom erwähnte er mit keinem Wort, dafür verwandte er aber geraume Zeit darauf, einen Mann zu schmähen, der ihm die Idee für ein Lehrbuch gestohlen hatte. Die Idee selbst erschien Miss Winchelsea nicht gerade großartig. Sie entdeckte, daß er mehr als die Hälfte jener Maler vergessen hatte, deren Bilder sie in Florenz so entzückt hatten.

Es war eine traurige, enttäuschende Woche, und Miss Winchelsea war froh, als sie zu Ende ging. Unter verschiedenen Vorwänden gelang es ihr, einen weiteren Besuch zu vermeiden. Nach einiger Zeit wurde das Gästezimmer von den beiden kleinen Söhnen in Anspruch genommen und Fannys Einladungen blieben aus. Die Vertraulichkeit war schon lange vorher aus ihren Briefen geschwunden.

Mr. Ledbetters Urlaub

Mein Freund, Mr. Ledbetter, ist ein rundgesichtiger kleiner Mann, dessen von Natur aus sanfter Blick durch Brillengläser noch um vieles sanfter wirkt und dessen tiefe, bedächtige Stimme reizbare Leute reizt. Eine sorgfältige Deutlichkeit der Ausdrucksweise hat er sich von seinen Erzieherjahren an bis zu seinem gegenwärtigen Priesteramt bewahrt, eine sorgfältige Deutlichkeit der Ausdrucksweise und eine ängstliche Entschlossenheit, streng und korrekt in allen Belangen zu sein, in bedeutenden ebenso wie in unbedeutenden. Er ist Kleriker und Schachspieler, und von vielen wird er verdächtigt, sich insgeheim mit höherer Mathematik zu befassen — alles eher achtenswerte als wirklich interessante Beschäftigungen. Sein Gespräch ist weitschweifig und verliert sich in unwesentlichen Details. Tatsächlich bezeichnen ihn viele — um es rundheraus zu sagen — als langweilig; einige schmeicheln mir sogar so weit, daß sie sich wundern, weshalb ich mit ihm verkehre. Auf der anderen Seite gibt es wiederum eine beträchtliche Anzahl von Leuten, die nicht verstehen können, weshalb er mit einer so ungeschliffenen und verrufenen Person wie mir verkehrt. Wenige nehmen unsere Freundschaft mit Gleichmut hin. Dies aber nur deshalb, weil sie das Band nicht kennen, das uns verbindet, jene freundschaftliche Beziehung, die mich *via* Jamaika an Mr. Ledbetters Vergangenheit knüpft. Bezüglich dieser Vergangenheit legt er eine ängstliche Zurückhaltung an den Tag. „Ich weiß nicht, was ich tun würde, wenn es an die Öffentlichkeit gelangte!" sagte er und wiederholt es eindringlich. „Ich weiß nicht, *was* ich tun würde!" In Wirklichkeit aber zweifle ich, ob er überhaupt etwas tun würde, außer bis über die Ohren rot zu werden. Aber davon später; ebensowenig werde ich jetzt schon von unserer ersten Begegnung erzählen, da, einer allgemeinen Regel zufolge — die ich allerdings gerne außer acht lasse —, das Ende einer Geschichte besser erst nach dem Anfang kommt. Und der Anfang der Geschichte liegt weit zurück; tatsächlich ist es jetzt zwanzig Jahre her, daß das Schicksal mir Mr. Ledbetter durch eine Reihe verwickelter und überraschender Zwischenfälle sozusagen in die Hände gespielt hat.

In jenen Tagen lebte ich auf Jamaika, und Mr. Ledbetter war Schullehrer in England. Er hatte sein Studium abgeschlossen und war schon damals sichtlich derselbe Mensch wie heute: dieselbe Rundlichkeit des Gesichts, die gleichen oder ähnliche Brillen und derselbe leise Anflug von Verwunderung in seinen Zügen, wenn sie entspannt waren. Natürlich war er heruntergekommen, als ich ihm begegnete, sein Kragen einer nassen Binde ähnlicher als einem Kragen. Aber dies mag mitgeholfen haben, die natürliche Kluft zwischen uns zu überbrücken — davon, wie gesagt, später.

Die Geschichte begann in Hithergate-on-Sea, gleichzeitig mit Mr. Ledbetters Sommerferien. Er kam dorthin zur Erholung, die er bitter nötig hatte —, mit einem glänzenden, braunen Koffer, der die Initialen F. W. L. trug, mit einem neuen, weiß-schwarzen Strohhut und zwei Paar weißen Flanellhosen. Verständlicherweise war er erleichtert, endlich einmal von der Schule erlöst zu sein — denn er mochte seine Schüler nicht besonders. Nach dem Essen begann er eine Unterhaltung mit einem gesprächigen Herrn, der ebenfalls in der Pension wohnte, die Mr. Ledbetter auf die Empfehlung seiner Tante hin aufgesucht hatte. Jener gesprächige Herr war neben Mr. Ledbetter der einzige Gast im Haus. Ihre Unterhaltung bestand in melancholischen Betrachtungen über das Fehlen von Wundern und Abenteuern in der heutigen Zeit, das Überhandnehmen fanatischer Reisewut, das Schrumpfen der Entfernungen durch Dampf und Elektrizität, die Aufdringlichkeit der Reklame, die Verkümmerung des Menschen durch die Zivilisation und vieles mehr. Besonders beredt zeigte sich der gesprächige Herr, als es um den Verfall jeglicher Kühnheit in einer Welt von organisierter Sicherheit ging, einer Sicherheit, die Mr. Ledbetter ziemlich unüberlegt ebenfalls beklagte. Mr. Ledbetter genoß im ersten Entzücken darüber, aller Pflichten entbunden zu sein, und möglicherweise auch im Bestreben, beherzte Fröhlichkeit zu zeigen, vielleicht unbefangener als ratsam von dem ausgezeichneten Whisky, den der gesprächige Herr zur Verfügung stellte. Aber er war nicht betrunken, darauf besteht er.

Er war nur mitteilsamer als im nüchternen Zustand, und seinem Urteil fehlte die gewisse feinere Schärfe. Und nach diesem langen Gespräch über die große alte Zeit, die für immer vorbei war, ging er allein hinaus ins mondhelle Hithergate, die Uferstraße hinauf, wo sich eine Villa an die andere reiht.

Er hatte sein Schicksal beklagt, und er beklagte es immer noch, weil es ihn zu dem ereignislosen Dasein eines Pädagogen verdammt hatte. Welch prosaische Existenz führte er doch, so eintönig, so farblos! Sicher, planmäßig — jahraus jahrein, wie sollte er da tapfer sein? Neiderfüllt gedachte er des Mittelalters, so nah und doch so fern, mit seinen Streifzügen, mit Abenteuerfahrten und Spähern, mit Condottieri und vielen gefährlichen Waffengefechten. Und plötzlich rührte sich Zweifel in ihm, ein seltsamer Zweifel, der einem zufälligen Gedanken an Folterungen entsprang und der die ganze Pose, in die er sich an jenem Abend hineingesteigert hatte, zunichte machen sollte.

War er — Mr. Ledbetter — nun wirklich so tapfer, wie er sich den Anschein gegeben hatte? Wäre es ihm wirklich angenehm, wenn Eisenbahnen, Polizisten und persönliche Sicherheit plötzlich aus der Welt verschwunden wären?

Der gesprächige Herr hatte voller Neid vom Verbrechertum gesprochen. „Der Einbrecher", hatte er gesagt, „ist der einzige wahre Abenteurer, den die Welt noch kennt. Denken Sie an diesen einsamen Kampf — gegen die ganze zivilisierte Welt!" Und Mr. Ledbetter hatte diesen Neid geteilt. „Die haben wirklich ihren Spaß im Leben!" hatte er behauptet, „Und sie sind wohl die einzigen, von denen man das sagen kann. Was für ein Gefühl muß das sein, Drähte über einen Rasen zu spannen!" Und er hatte boshaft dazu gelacht. Nun — in der offenherzigeren Vertraulichkeit des Selbstgesprächs — sah sich Mr. Ledbetter einen Vergleich ziehen zwischen dem eigenen, flammenden Mut und dem eines Gewohnheitsverbrechers. Er versuchte, diesen heimtückischen Fragen mit nüchternem Tatsachensinn zu begegnen. „Ich wäre zu all dem auch imstande", sagte Mr. Ledbetter zu sich. „Ich möchte es sogar tun. Nur lasse ich meinen kriminellen Neigungen nicht freien Lauf. Meine moralische Standhaftigkeit hält mich davor zurück." Aber sogar während er so zu sich redete, zweifelte er.

Mr. Ledbetter kam an einer großen, vereinzelt dastehenden Villa vorbei. Da stand — günstig über einem ruhigen, niedrigen Balkon — dunkel gähnend ein Fenster offen. Im Moment bemerkte er es kaum, dennoch aber blieb dieses Bild in seinem Gedächtnis haften und mischte sich in seine Überlegungen. Er sah sich den Balkon hinaufklettern und geduckt in das dunkle, rätselhafte Innere tauchen. „Bah! Das würdest du nicht wagen!" flüsterte der Geist des Zweifels. „Die Pflicht meinen Mitmenschen gegenüber verbietet es!" sagte Mr. Ledbetters Selbstachtung . . .

Es war gegen elf Uhr abends. In dem kleinen Seebad war schon alles still. Die ganze Welt schlummerte unter dem Mondlicht. Nur das erleuchtete Rechteck eines Fensters weit unten an der Straße zeugte von wachem Leben. Er drehte sich um und näherte sich langsam der Villa mit dem offenen Fenster. Eine Zeitlang stand er vor dem Gartengitter, eine Beute widerstreitender Motive. „Machen wir die Probe aufs Exempel!“ sagte der Zweifel. „Zeige, daß du es wagst, in das Haus zu gehen, nur um dieser unerträglichen Unsicherheit ein Ende zu bereiten. Simuliere einen Einbruch. Das ist auf keinen Fall ein Verbrechen.“ Sehr leise öffnete und schloß er das Tor und schlüpfte in den Schatten des Gebüsches. „Das ist töricht!“ sagte Mr. Ledbetters Vorsicht. „So etwas habe ich erwartet!“ sagte der Zweifel. Mr. Ledbetters Herz klopfte schnell, aber er hatte sicherlich keine Angst. Er hatte *keine* Angst. Eine geraume Weile blieb er im Schatten. Der Balkon mußte im Nu erklettert werden, so viel war klar, denn der Mond schien hell, und von der Straße aus konnte man alles sehen. Ein Holzgitter, dünn besetzt mit jungen, aufwärtsstrebenden Kletterrosen, machte das Hinaufsteigen lächerlich einfach. Dort, in dem schwarzen Schatten bei der steinernen Blumenvase, konnte man sich niederkauern und einen Blick auf das Fenster, diese Bresche im Bollwerk der Häuslichkeit, werfen. Eine Zeitlang war Mr. Ledbetter still wie die Nacht, dann siegte der heimtückische Whisky. Mr. Ledbetter machte einen Satz nach vorn. Mit schnellen, ruckartigen Bewegungen kletterte er über das Gitter hinauf, schwang sich über das Balkongeländer und sprang keuchend in den Schatten — alles genau wie geplant. Er zitterte heftig, rang nach Luft, sein Herz pochte laut, aber Frohlocken erfüllte ihn. Um ein Haar hätte er laut aufgejubelt, so wenig Angst empfand er.

Eine fröhliche Verszeile kam ihm in den Sinn, als er dort so kauerte: „Wie dem Kater ist mir zumute, der auf den Dächern schleicht!“ flüsterte er bei sich. Das übertraf seine Erwartungen ja noch bei weitem! Dieses abenteuerliche Vergnügen! Alle armen Menschen, die nichts von den reizvollen Aspekten des Einbrechens ahnten, taten ihm leid.

Nichts passierte ihm. Er war vollkommen sicher. Und wie tollkühn er handelte!

Und nun zum Fenster, um den Einbruch perfekt zu machen! Mußte er wirklich auch das noch wagen? Sein Standort über der Eingangstür ließ ihn vermuten, daß das Fenster zu einem Korridor oder Treppenaufgang führte. Nirgends entdeckte er Spiegel oder sonstige Hinweise auf ein Schlafzimmer. Es gab auch kein weiteres Fenster im ersten Stock, hinter dem er einen Schläfer hätte befürchten müssen. Eine Zeitlang horchte er unter der Brüstung, dann blickte er über den Fenstersims in den Raum. Greifbar nahe und ein wenig zum Erschrecken stand auf einem Sockel eine fast lebensgroße Bronzestatue mit erhobenen Armen. Er duckte sich und spähte nach einer Weile neuerlich hinein. Hinter der Statue lag ein breiter, schwach erleuchteter Korridor, das dünne Gewebe eines Perlenvorhanges hob sich dunkel und scharf gegen ein weiteres Fenster ab, eine breite Treppe verlor sich nach unten in einen Abgrund von Dunkelheit, eine andere führte in den zweiten Stock hinauf. Er blickte zurück, aber die Ruhe der Nacht wurde durch nichts gestört. „Verbrechen!“ wisperte er, „Verbrechen!“ und kletterte leise und schnell über das Fenstersims ins Haus. Seine Beine landeten geräuschlos auf einem Fellteppich. Nun war er tatsächlich ein Einbrecher!

Er blieb eine Weile geduckt, ganz Ohr und spähendes Auge. Ein Laufen und Rascheln war draußen zu vernehmen, und für einen Moment bereute er seine Tat. Ein kurzes „Miau“, ein Fauchen und ein Sprung in der Stille deuteten überzeugend auf Katzen hin. Sein Mut wuchs. Er stand auf. Alle waren anscheinend im Bett. So einfach war es, einen Einbruch zu begehen, wenn man nur wollte. Er war froh, daß er es ausprobiert hatte. Er beschloß, eine winzige Trophäe mitzunehmen, nur um zu beweisen, daß ihm jede kriecherische Furcht vor dem Gesetz fehlte, und dann auf dem Weg, den er gekommen war, das Haus wieder zu verlassen.

Er schaute angestrengt um sich, und plötzlich erwachte wieder der Geist der Kritik. Einbrecher unternahmen weit mehr, als bloß in ein Haus einzusteigen, was ja nur zu den ersten Vorbedingungen eines Einbruchs gehörte. Einbrecher drangen in Zimmer ein und knackten Safes. Also gut, er hatte keine Angst! Safes konnte er keine knacken, das wäre eine dumme Taktlosigkeit seinen Gastfreunden gegenüber. Aber er würde ins Zimmer eindringen, er würde ins obere Stockwerk gehen. Und noch mehr als das! Er sagte sich, daß er vollkommen sicher sei. Ein leeres Haus könnte nicht beruhigender still sein. Trotzdem mußte er seine Fäuste ballen und alle Entschlossenheit zusammennehmen, bevor er — sehr leise — die Treppe hinaufging. Auf jeder Stufe verharrte er einige Sekunden lang. Oben befand sich ein rechteckiger Korridor mit einer offenen und mehreren geschlossenen Türen. Für einen Augenblick stand er still und überlegte sich, was geschehen würde, wenn irgendwo ein Schläfer erwachte und plötzlich auftauchte. Die offene Tür zeigte ein vom Mond beschienenes Schlafzimmer mit einem unberührten Bett. In drei endlos scheinenden Minuten schlich er in diesen Raum und erbeutete ein Stück Seife — seine Trophäe. Dann wandte er sich zum Gehen, noch um eine Spur leiser als er gekommen war. Es war so leicht wie . . . Still! Schritte! Auf dem Kies vor dem Haus — dann das Geräusch von Schlüsseln, das Quietschen und Zufallen der Tür, das Aufzischen eines Zündholzes in der Halle unten. Die plötzliche Einsicht in seine dummdreiste Handlungsweise ließ Mr. Ledbetter erstarren. „Wie in aller Welt soll ich hier wieder herauskommen?“ fragte er sich. Der Schein einer Kerze erhellte das Treppenhaus, ein schwerer Gegenstand stieß gegen den Schirmständer, und Schritte kamen die Treppe herauf. Sofort erkannte Mr. Ledbetter, daß ihm der Rückzug abgeschnitten war. Er verharrte einen Augenblick — ein jämmerliches Bild reumütiger Bestürzung. „Gütiger Himmel! Was bin ich für ein Narr gewesen!" flüsterte er und huschte geschwind über den dunklen Korridor in den leeren Schlafraum, den er gerade verlassen hatte. Er lauschte zitternd. Die Schritte erreichten den Korridor im ersten Stock.

Schrecklicher Gedanke! Möglicherweise gehörte dieses Zimmer dem späten Heimkehrer. Keine Minute durfte versäumt werden! Mr. Ledbetter duckte sich neben dem Bett, dankte dem Himmel für den Volant und kroch hinter dessen schützende Falten, keine Sekunde zu früh. Dann verharrte er reglos auf Händen und Füßen. Das Licht kam näher, fiel durch das grobmaschige Gewebe, die Schatten tanzten wild und erstarrten, als die Kerze abgestellt wurde.

„Himmel! Was für ein Tag!" sagte der Neuankömmling, keuchte laut und legte etwas Schweres auf den Tisch, den Mr. Ledbetter dem unteren Teil nach als Schreibtisch einschätzte. Dann schritt der Unsichtbare zur Tür, sperrte sie ab, überprüfte sorgfältig die Fensterriegel, ließ die Rouleaus herunter und setzte sich mit furchterregender Wucht aufs Bett.

„*Was* für ein Tag!" wiederholte er. „Du liebe Güte!" keuchte neuerlich, und Mr. Ledbetter vermutete, daß er sich dabei über das Gesicht wischte. Er trug feste, strapazierfähige Stiefel. Der Schatten seiner Beine hinter dem Volant ließ auf eine ungeheuer massige Erscheinung schließen. Kurz darauf legte er etliche Überkleider ab — einen Mantel und eine Weste schätzte Mr. Ledbetter —, und als er sie über das Bett warf, ging sein Atem schon etwas ruhiger, und er schien sich von einer beträchtlichen Anstrengung langsam zu erholen. Zeitweise murmelte er etwas vor sich hin, dann lachte er plötzlich leise. Auch Mr. Ledbetter murmelte vor sich hin, aber er lachte nicht. „Bei allen guten Geistern!“ sagte Mr. Ledbetter, „was in aller Welt soll ich jetzt tun?“

Seine Sicht war den Umständen entsprechend begrenzt. Der Volant ließ zwar etwas Licht durch, gestattete aber keinen regelrechten Ausblick. Die Schatten auf dem Bettvorhang waren, mit Ausnahme derjenigen der scharf umrissenen Beine, undeutlich und verschmolzen mit dem Blumenmuster des Stoffes. Unter dem Saum des Volants war ein Streifen Teppich zu sehen, und als Mr. Ledbetter den Kopf vorsichtig senkte, wurde der Streifen breiter, bis schließlich der ganze Fußboden ins Blickfeld kam. Der Teppich war kostbar, das Zimmer geräumig und — betrachtete man die Einrichtungsgegenstände — gediegen ausgestattet.

Für Mr. Ledbetter war es schwer, einen Ausweg zu finden. Das einzig Mögliche schien es, zu warten, bis diese Person zu Bett gegangen und eingeschlafen war, dann zur Tür zu kriechen, sie aufzusperren und Hals über Kopf auf den Balkon hinauszustürzen. Aber konnte man überhaupt vom Balkon hinunterspringen? Wie gefährlich! Beim Gedanken an die Widerwärtigkeiten, die sich ihm in den Weg stellten, verzweifelte Mr. Ledbetter. Er war nahe daran, den Kopf neben den Beinen des Mannes hinauszustrekken, hustend wenn nötig — um dessen Aufmerksamkeit zu erregen —, zu lächeln, sich zu entschuldigen und sein unseliges Eindringen mit wenigen, gutgewählten Sätzen zu erklären. Aber solche Sätze ließen sich nur sehr schwer finden. „Zweifelsohne, Sir, ist mein Erscheinen merkwürdig“, oder: „Ich hoffe, Sir, daß Sie mein in gewisser Hinsicht zweideutiges Auftauchen entschuldigen werden!“ war ungefähr alles, was ihm einfiel.

Besorgniserregende Möglichkeiten drängten sich auf. Angenommen, man glaubte ihm nicht? Was würde man dann mit ihm machen? Würde sein untadeliger Ruf denn gar nicht zählen? Faktisch war er ein Einbrecher, das stand außer Zweifel. Er verfolgte diesen Gedankengang weiter und sann auf eine glänzende Verteidigungsrede für dieses „faktische Verbrechen, das ich begangen habe“, die er auf der Anklagebank vorbringen könnte. Da stand der dicke Mann auf einmal auf und ging im Zimmer herum. Er öffnete und schloß Schubladen, und Mr. Ledbetter hegte die flüchtige Hoffnung, er könnte sich ausziehen. Aber nein! Er setzte sich an den Schreibtisch, begann zu schreiben und Schriftstücke zu zerreißen. Bald drang der Geruch verbrannten Papiers und Zigarrenrauch in Mr. Ledbetters Nase.

„Die Stellung, die ich eingenommen hatte“, sagte Mr. Ledbetter, als er mir von diesen Ereignissen erzählte, „war eine in vieler Hinsicht recht unangenehme. Ein Querbalken an der Unterseite des Bettes drückte auf meinen Kopf, was das Gewicht auf meinen Händen beträchtlich vergrößerte. Nach einiger Zeit bekam ich, was man — wie ich gehört habe — einen steifen Nacken nennt. Bald fingen meine Handflächen, die ich auf den groben Teppich pressen mußte, zu schmerzen an. Auch meine Knie, über denen sich die Hose äußerst straff spannte, taten weh. Damals trug ich noch weit höhere Krägen als heute — mindestens sieben Zentimeter — und ich entdeckte etwas, was ich bis dahin nicht bemerkt hatte, daß nämlich der, den ich in jener Nacht trug, unter dem Kinn abgescheuert war. Viel schlimmer als all das war aber der Juckreiz in meinem Gesicht, dem ich nur durch wildes Grimassenschneiden abhelfen konnte — ich versuchte, meine Hand zu heben, aber das Rascheln der Ärmel beunruhigte mich. Bald mußte ich jedoch auch auf diese Erleichterung verzichten, denn ich bemerkte, daß durch die Grimassen die Brille nach und nach über die Nase rutschte. Ihr Herunterfallen hätte natürlich zu meiner Entdeckung geführt. So erstarrte mein Mienenspiel in einer schiefen Verzerrung, die alles andere war, als mein natürlicher, entspannter Ausdruck. Überdies hatte ich eine leichte Erkältung, und das wiederholte Verlangen zu niesen und zu schneuzen verursachte mir zusätzliches Unbehagen. Meine körperlichen Beschwerden, einmal ganz abgesehen von der Peinlichkeit der ganzen Situation, wurden in Kürze ganz beträchtlich. Trotzdem, ich mußte regungslos ausharren."

Nach endlos langer Zeit hörte Mr. Ledbetter ein klimperndes Geräusch, das sich bald in rhythmischer Folge wiederholte: kling — kling — kling — fünfundzwanzigmal kling —, dann ein Scharren auf dem Schreibtisch und ein Brummen vom Besitzer der plumpen Beine. Es dämmerte Mr. Ledbetter, daß dieses Klimpern ein Klimpern von Goldmünzen war. Als es kein Ende nahm, packte ihn skeptische Neugierde. Die Neugierde wuchs. Wenn es sich tatsächlich um Gold handelte, mußte dieser merkwürdige Mann einige hundert Pfund gezählt haben. Zuletzt konnte Mr. Ledbetter nicht mehr widerstehen, begann vorsichtig, die Arme weiter einzuknicken und den Kopf bis zum Boden zu senken, in der Hoffnung, unter dem Volant durchschauen zu können. Er bewegte die Füße, wobei er ein leichtes Kratzen auf dem Boden verursachte. Das Klimpern verstummte. Mr. Ledbetter erstarrte. Nach einer Weile fing das Klimpern wieder an. Dann verstummte es erneut, alles war still, außer Mr. Ledbetters Herz — dieses Herz schlug für Mr. Ledbetters Ohren laut wie eine Trommel.

Die Stille hielt an. Mr. Ledbetters Kopf lag nun auf dem Boden, und er konnte die plumpen Beine bis zu den Waden sehen. Sie bewegten sich nicht. Die Füße waren unter den Sessel gezogen und mit den Zehen auf dem Boden aufgestützt. Alles war vollkommen still. In Mr. Ledbetter regte sich eine verzweifelte Hoffnung, daß der Unbekannte in einer Ohnmacht lag oder plötzlich tot war, mit dem Kopf über dem Schreitisch . . .

Die Stille hielt an. Was war geschehen? Das Verlangen

nachzusehen wurde übermächtig. Sehr vorsichtig schob Mr. Ledbetter seine Hand vor, streckte einen Finger aus — als Pionier gewissermaßen — und hob den Volant unmittelbar vor seinen Augen hoch. Nichts unterbrach die Stille. Nun sah er die Knie des Fremden, die Rückseite des Schreibtisches, und — starrte in den Lauf eines schweren Revolvers, der über die Schreibtischplatte hinweg auf seinen Kopf zeigte.

„Heraus da, du Schurke!" sagte die Stimme des dicken Mannes im Ton ruhiger Entschlossenheit. „Komm heraus! Auf dieser Seite und ein bißchen plötzlich! Und keinen Bluff — sofort heraus!"

Mr. Ledbetter kam sofort heraus, ein bißchen widerstrebend vielleicht, aber ohne Bluff und auf der Stelle, wie es von ihm verlangt worden war.

„Niederknien!" befahl der dicke Mann, „und Hände hoch!" Der Volant fiel hinter Mr. Ledbetter wieder herab. Er erhob sich von allen vieren und nahm die Hände hoch. „Wie ein Pfaffe angezogen", ließ sich der Dicke wieder vernehmen. „Der Teufel soll mich holen! Und ein Knirps noch dazu! Du Schurke! Weshalb zum Teufel tauchst du ausgerechnet heute nacht hier auf? Was zum Teufel suchst du unter meinem Bett?"

Er schien keine Antwort abzuwarten, sondern erging sich stattdessen in einigen sehr ungebührlichen Bemerkungen über Mr. Ledbetters persönliche Erscheinung. Er war nicht besonders groß, kam Mr. Ledbetter aber sehr kräftig vor. Er war ebenso beleibt, wie es seine Beine hatten vermuten lassen. Ziemlich feine, zarte Züge zeichneten sich in seinem weißen, breitflächigen Gesicht ab, und darunter folgte ein Kinn dem anderen. Der Klang seiner Stimme hatte einen wispelnden Unterton.

„Was zum Teufel, habe ich gefragt, suchst du unter meinem Bett?"

Mr. Ledbetter brachte mit Mühe ein mattes, versöhnliches Lächeln zustande. Er hustete. „Ich verstehe vollkommen . . .“, fing er an.

„Was? Was in aller Welt . . .? *Seife!* Nein — du Schurke! Laß die Hand da!“

„Es ist Seife“, sagte Mr. Ledbetter. „Von Ihrem Toilettetisch. Kein Zweifel, wenn . . .“

„Red' nicht herum!“ sagte der dicke Mann. „Daß es Seife ist, sehe ich. Unglaublich, so was!“

„Dürfte ich Ihnen wohl erklären —“

„Keine Erklärungen! Du lügst ja doch bloß, und für Erklärungen haben wir keine Zeit. Was wollte ich dich fragen? Ah! Hast du Komplizen?“

„Wenn Sie mir ein paar Minuten gönnen könnten, würde . . .“

„Hast du Komplizen? Verflucht! Wenn du jetzt anfängst, geschwollen herumzureden, schieße ich! Hast du Komplizen?“

„Nein“, sagte Mr. Ledbetter.

„Vermutlich lügst du!“ sagte der dicke Mann. „Aber das zahle ich dir heim! Warum, zum Teufel, hast du mich nicht auf der Treppe fertiggemacht? Trotzdem kriegst du jetzt keine Chance. Unter das Bett zu kriechen! Das muß man sich vorstellen! Aber es wird wohl zu dir passen.“

„Es scheint mir unmöglich, ein stichfestes Alibi vorzubringen“, sagte Mr. Ledbetter und versuchte, im Gespräch zu zeigen, daß er ein gebildeter Mann war. Eine Pause folgte. Auf einem Stuhl neben seinem Peiniger bemerkte Mr. Ledbetter eine große, schwarze Tasche auf einem Stapel zerknitterter Papiere. Auch auf dem Tisch lagen zerrissene und versengte Papiere und davor, sorgfältig entlang der Tischkante aufgeschichtet, Reihe um Reihe kleiner, gelber Häufchen — hundertmal mehr Gold, als Mr. Ledbetter jemals in seinem Leben gesehen hatte. Das Licht zweier Kerzen auf silbernen Leuchtern fiel darauf. Die Pause dauerte an. „Es ist ziemlich ermüdend, die Arme so in die Höhe zu halten", sagte Mr. Ledbetter mit einem mißbilligenden Lächeln.

„Schon gut!" sagte der dicke Mann. „Aber ich weiß immer noch nicht genau, was ich mit dir anfangen soll!"

„Ich weiß, meine Lage ist etwas zweideutig!"

„Teufel", sagte der Dicke, „zweideutig! Und dabei hat er die gestohlene Seife in der Hand und steckt in diesem gewaltigen Pfaffenkragen. Du bist der abgefeimteste Schurke, der mir je begegnet ist."

„Um ganz genau zu sein", meldete sich Mr. Ledbetter wieder zu Wort. Plötzlich rutschte ihm die Brille herunter und schlug klirrend gegen seine Westenknöpfe.

Der dicke Mann änderte die Haltung, ein Zug wilder Entschlossenheit trat in seine Miene, und etwas knackte im Revolver. Er legte seine andere Hand an die Waffe. Dann blickte er Mr. Ledbetter an. Seine Augen glitten hinunter auf den Kneifer.

„Jedenfalls ist der Hahn gespannt", sagte er nach einer kurzen Pause, wobei sein Atem stockend ging. „Aber das sag' ich dir, so nah am Rand des Grabes warst du noch nie! Himmel! Ich bin fast froh! Wäre der Hahn vorhin schon gespannt gewesen, — du würdest jetzt tot sein."

Mr. Ledbetter sagte gar nichts, aber das Zimmer drehte sich vor seinen Augen.

„Aufgeschoben ist nicht aufgehoben. Aber ein Glück war's doch — für beide Teile. Teufel!" Er schneuzte sich geräuschvoll. „Deswegen brauchst du nicht gleich kalkweiß zu werden!"

„Ich versichere Ihnen, Sir . . ." brachte Mr. Ledbetter mit einiger Mühe hervor.

„Es gibt nur *einen* Ausweg. Ruf' ich die Polizei, dann bin ich geliefert und mein kleines Spielchen auch. Also daraus wird nichts. Wenn ich dich aufknüpfe und mich davonmache — kann alles morgen schon auffliegen. Morgen ist Sonntag — Montag ist Feiertag. Ich habe mit drei vollen

Tagen gerechnet. Wenn ich dich erschieße oder aufhänge, ist das Mord und vermasselt mir außerdem alles. Der Teufel soll mich holen, wenn ich weiß, was da zu tun ist."

„Wenn Sie mir gestatten würden ..."

„Du faselst wie ein richtiger Pfaffe, verdammt. Von allen Schurken, die mir über den Weg gelaufen sind ... Also. Nein — Ich gestatte nicht. Dafür ist keine Zeit. Wenn du noch einmal loslegst, schieße ich dir ein Loch in den Bauch! Kapiert? Ah! — Jetzt hab' ich's. Zuerst werde ich dich einmal nach Waffen durchsuchen, mein Wertester! Ja, nach Waffen durchsuchen. Und paß' auf: Wenn ich dir sage, was du tun sollst, — kein Geschnatter, sondern blitzartige Reaktion!"

Und darauf durchsuchte er Mr. Ledbetter unter äußersten Sicherheitsvorkehrungen nach Waffen. Der Revolver zeigte immer auf Mr. Ledbetters Stirn. „Was?" entfuhr es ihm dann, „und das will ein Einbrecher sein! Du bist ein lausiger Amateur! Nicht einmal eine Pistolentasche in der Hose! Nichts da! Maul halten jetzt!"

Als dies erledigt war, befahl der dicke Mann Mr. Ledbetter, den Rock auszuziehen, die Hemdsärmel hochzukrempeln, und — den Revolver am Ohr — mit dem Einpacken fortzufahren. Vom Standpunkt des Dicken war dies offensichtlich die einzig mögliche Vorgangsweise, denn hätte er selbst eingepackt, so hätte er den Revolver aus der Hand legen müssen. Also wurde Mr. Ledbetter sogar das Gold auf dem Tisch anvertraut. Dieses nächtliche Packen war wirklich merkwürdig. Der dicke Mann hatte augenscheinlich vor, das Gewicht des Goldes so gleichmäßig wie möglich in seinem ganzen Gepäck zu verteilen. Und dieses Gewicht war keineswegs unbeträchtlich. Es waren, wie Mr. Ledbetter sagt, alles in allem beinahe 18000 Pfund Gold in der schwarzen Tasche und auf dem Tisch. Daneben eine Menge kleiner Rollen zu je fünf Pfund in Banknoten. Je fünfundzwanzig Pfund wickelte Mr. Ledbetter in Papier und verstaute sie sorgfältig in Zigarrenkisten, die auf Koffer, Reisetasche und eine Hutschachtel verteilt wurden. Ungefähr 6000 Pfund wanderten in einer Tabakdose in die Handtasche. Zehn Pfund in Gold und eine Anzahl von Fünfpfundnoten steckte der dicke Mann ein. Gelegentlich verwünschte er Mr. Ledbetters Ungeschicklichkeit, trieb ihn zur Eile an und mehrmals fragte er Mr. Ledbetter nach der genauen Uhrzeit.

Mr. Ledbetter schloß Koffer und Tasche und gab die Schlüssel zurück. Es war zehn Minuten vor zwölf, und der dicke Mann befahl ihm, bis Schlag zwölf auf der Reisetasche sitzenzubleiben, während er selbst in sicherer Entfernung, den Revolver griffbereit, auf dem Koffer Platz nahm. So warteten beide. Der dicke Mann schien jetzt friedlich gestimmt und ließ, nachdem er Mr. Ledbetter eine Zeitlang beobachtet hatte, einige Bemerkungen fallen.

„Ihrer Sprechweise entnehme ich, daß Sie ein Mann von gewisser Bildung sind“, sagte er, und zündete sich eine Zigarre an. „Nein! — nicht schon wieder eine von Ihren Erklärungen. Ich seh's an Ihrem Gesicht, wie lang und verwickelt sie ausfallen würde, und ich bin selbst ein zu alterprobter Lügner, um mich für die Lügen anderer noch zu interessieren. Sie sind, behaupte ich, ein Mann von Bildung. Es ist schlau von Ihnen, sich als Pfarrer zu verkleiden. Sogar feine Leute würden es Ihnen abnehmen.“

„Ich *bin* Pfarrer“, versicherte Mr. Ledbetter, „oder, wenigstens . . .“

„Versuchen Sie, einer zu sein! Ich kenn' mich aus. Aber einbrechen hätten Sie lieber nicht sollen. Sie sind nicht der Mann dazu. Sie sind, wenn ich so sagen darf, — man wird Ihnen das wohl schon früher gesagt haben, — ein Feigling.“

„Sie werden es nicht für möglich halten“, unternahm

Mr. Ledbetter einen letzten Versuch sich zu erklären, „aber genau dieser Umstand war es . . ."

Der dicke Mann winkte ab.

„Sie vergeuden Ihre Bildung mit der Einbrecherei. Sie sollten sich entscheiden: entweder Geldfälschen oder Unterschlagen. Ich für meine Person, ich unterschlage. Jawohl, ich unterschlage. Weshalb sonst, frage ich Sie, das viele Gold? Still! Mitternacht! . . . Zehn — elf — zwölf — . . . Dieses langsame Stundenschlagen hat für mich etwas Eindrucksvolles. Zeit — Raum —, was für Geheimnisse sind das doch! . . . Jetzt aber los! Aufstehen!"

Und dann zwang er Mr. Ledbetter freundlich, aber bestimmt, sich die Handtasche an einem Riemen über den Rücken zu hängen, den Koffer auf die Schultern zu laden, und — ungeachtet eines keuchenden Aufbegehrens — die Reisetasche in die freie Hand zu nehmen. So beladen kämpfte sich Mr. Ledbetter mühselig die Treppe hinunter. Der dicke Mann folgte mit einem Überzieher, der Hutschachtel und dem Revolver, machte abfällige Bemerkungen über Mr. Ledbetters Körperkraft und half ihm, wo die Treppe eine Wendung machte.

„Durch die Hintertür", dirigierte er. Mr. Ledbetter wankte durch ein Gewächshaus und hinterließ eine Spur von zertrümmerten Blumentöpfen. „Kümmern Sie sich nicht um die Töpferware", sagte der dicke Mann, „die taugt bloß für den Handel etwas. Wir warten bis Viertel. Sie können jetzt die Sachen abstellen. Ach so! — Sie haben schon . . ."

Mr. Ledbetter brach auf den Koffer nieder. „Und letzte Nacht um diese Zeit", stöhnte er, „lag ich schlafend in meinem Zimmer und ließ mir nicht träumen . . ."

„Es besteht keine Veranlassung, daß Sie sich schlechter machen als Sie sind", sagte der Dicke und untersuchte den Verschluß des Revolvers. Er summte vor sich hin. Mr. Ledbetter wollte schon anfangen zu reden, besann sich dann aber eines Besseren.

Dann klingelte es plötzlich, und Mr. Ledbetter wurde zur Hintertür gebracht und mußte öffnen. Ein blonder Mann im Jachtanzug trat ein. Als er Mr. Ledbetter erblickte, schreckte er heftig zurück und fuhr mit der Hand nach hinten. Dann sah er den dicken Mann. „Bigham“, schnappte er, „wer ist das?“

„Nur ein kleiner philantropischer Einfall von mir. — Ein Einbrecher, den ich bekehren möchte. Hab' ihn soeben unter meinem Bett hervorgezogen. Er ist in Ordnung. Ein entsetzlicher Esel. Aber als Träger kann er uns nützlich sein.“

Der Neuankömmling schien zuerst mit Mr. Ledbetters Anwesenheit nicht einverstanden, aber der Dicke beruhigte ihn.

„Er ist wirklich allein. Keine Bande auf der ganzen Welt würde ihn haben wollen. Nein! — Fang um Himmels willen nicht zu reden an!“

Sie gingen hinaus in die Dunkelheit des Gartens, der Koffer drückte wieder Mr. Ledbetters Schultern nieder. Der Mann im Jachtanzug schritt mit Revolver und Reisetasche voran, dann kam Mr. Ledbetter — wie Atlas —, und Mr. Bingham folgte wie vorher mit Überzieher, Hutschachtel und Revolver. Das Haus war eines von denen, deren Gärten unmittelbar an die Klippen stoßen. Eine steile Holztreppe führte zu einer Badehütte, die undeutlich unten am Strand sichtbar war. Dahinter lag ein Boot, und neben diesem stand schweigend ein kleiner Mann mit einem dunklen Gesicht. „Wenn Sie mir Zeit geben würden für einige Erklärungen“, flehte Mr. Ledbetter. „Ich darf Ihnen versichern . . .“ Jemand versetzte ihm einen Fußtritt, und er redete nicht weiter.

Er mußte mit dem Koffer auf den Schultern zum Boot waten, sie zogen ihn an Schultern und Haaren an Bord, sie nannten ihn die ganze Zeit über „Schurke“ und „Einbrecher“. Aber sie sprachen nur leise, so daß die allgemeine Öffentlichkeit glücklicherweise nicht Zeuge seiner Demütigung wurde. Schließlich zerrten sie ihn an Bord einer Jacht, bemannt mit fremdartigen, unbarmherzigen Orientalen, und er gelangte, halb gestoßen, halb von selbst vorwärtsstolpernd, durch einen dunklen Gang in einen düsteren, gräßlichen Raum, in dem er viele Tage bleiben mußte, wie viele, kann er nicht sagen, da er neben anderen Fähigkeiten auch sein Zahlengedächtnis verlor, als er seekrank wurde. Sie fütterten ihn mit Zwieback und unverständlichen Worten, zu trinken gaben sie ihm Wasser, das sie — gegen seinen ausdrücklichen Wunsch — mit Rum vermengten. Mauerasseln wimmelten überall herum — Tag und Nacht — nachts kamen auch noch die Ratten. Die Orientalen leerten ihm die Taschen und stahlen seine Uhr, aber Mr. Bingham, bei dem er sich beschwerte, nahm diese dann selbst an sich. Fünf- oder sechsmal fischten ihn die Laskaren — wenn es überhaupt Laskaren waren —, der Chinese und der Neger, die die Mannschaft bildeten, aus seinem Loch und schleppten ihn hinauf zu Bingham und dessen Freund. Mit denen mußte er dann Karten spielen und mit geheucheltem Interesse ihrem Gerede und Geprahle zuhören.

Dann redeten diese Missetäter mit ihm wie mit einem gewohnheitsmäßigen Verbrecher. Erklärungen gestatteten sie nicht, obwohl sie ihm klar und deutlich zu verstehen gaben, daß sie ihn für den wunderlichsten Einbrecher hielten, den sie je gesehen hatten. Immer wieder betonten sie das. Der Blonde war eine schweigsame Natur, sehr reizbar beim Kartenspiel, aber Mr. Bingham entfaltete jetzt, nachdem das Problem der Ausreise aus England gelöst war, eine Neigung zum angeregten Philosophieren. Er erging sich über die Geheimnisse von Zeit und Raum, zitierte Kant und Hegel — oder behauptete es wenigstens. Ein paarmal glückten Mr. Ledbetter die Worte: „Meine Anwesenheit unter Ihrem Bett, wenn Sie erlauben . . .“, aber dann mußte er sofort Karten abheben, oder den Whisky reichen, oder eine andere, ebenso ablenkende Tätigkeit durchführen. Nach seinem dritten gescheiterten Versuch schien der Blonde geradezu schon auf diese Anfangsworte zu warten, und sobald Mr. Ledbetter dann wieder ansetzte, brüllte er vor Lachen und schlug ihm wild auf den Rücken. „Dieselbe Leier! Genau dieselbe Leier! Du alter Schurke!“

Viele Tage — zwanzig vielleicht — litt Mr. Ledbetter auf diese Weise. Eines Abends schaffte man ihn dann gemeinsam mit ein paar Konservendosen in ein Boot und setzte ihn auf einer kleinen Felseninsel, wo es auch eine Quelle gab, aus. Mr. Bingham begleitete ihn noch und vereitelte seine letzten Versuche, eine Erklärung abzugeben.

„Ich bin wirklich *kein* Einbrecher!“ beteuerte Mr. Ledbetter.

„Und werden auch nie einer sein!“ sagte Mr. Bingham. „Aus Ihnen wird nie ein Einbrecher. Es freut mich, daß Sie es endlich einsehen. Wer sich für einen Beruf entscheidet, muß vorher seinen Charakter erforschen. Wenn er das nicht tut, geht's früher oder später schief. Nehmen Sie zum Beispiel mich. Zeit meines Lebens bin ich Bankbeamter gewesen — sogar mit Erfolg — bis zum Bankdirektor habe ich es gebracht. Aber war ich glücklich dabei? Nein! Und weshalb nicht? Weil sich mein Charakter dafür nicht eignet. Ich bin zu abenteuerlustig — zu vielseitig. Folglich habe ich das an den Nagel gehängt. Ich glaube nicht, daß ich jemals wieder Bankdirektor werden möchte. Sicher — sie wären froh, mich wiederzuhaben, aber ich kenne nun einmal meinen Charakter. Nein — Bankdirektor — nie wieder!

Nun — Ihr Charakter taugt wiederum nicht zum Verbrecherdasein — ebensowenig wie meiner zur Rechtschaffenheit taugt. Ich kenne Sie nun besser als früher — ich würde

Ihnen nicht einmal das Geldfälschen empfehlen. Werden Sie bloß wieder anständig, mein Freund! Ihre Sparte ist die Philantropie — nur die Philantropie! Mit dieser Stimme — Verein zur Förderung jugendlicher Empfindsamkeit — irgendwas in dieser Art. Überlegen Sie sich das einmal.

Die Insel, auf die wir zuhalten, hat offensichtlich keinen Namen, wenigstens ist keiner auf der Karte eingezeichnet. Sie könnten sich einen Namen für sie ausdenken, während Sie dort festsitzen und über all das nachdenken. Wie ich höre, ist das Wasser trinkbar. Sie gehört zu den Grenadinen —, den Windward-Inseln. Dort hinten — schwach blau — liegen noch andere. Es gibt eine Unzahl von Grenadinen, aber die meisten kann man von hier aus nicht sehen. Oft habe ich mich gefragt, wofür diese Inseln gut sein sollen — nun weiß ich es. Diese eine wenigstens ist für Sie. Früher oder später wird irgendein Eingeborener auftauchen und Sie mitnehmen. Dann sagen Sie über uns ruhig, was sie wollen — schimpfen Sie meinetwegen, wir werden uns nicht den Teufel darum scheren. Übrigens — da ist eine halbe Silberkrone. Verschwenden Sie sie aber nicht in dummer Vergnügungssucht, wenn Sie wieder in zivilisierte Gegenden kommen. Vernünftig angelegt,kann sie für Sie ein neuer Start im Leben sein. Und . . . nicht anlegen, ihr Idioten! Er kann waten! . . . vergeuden Sie die kostbare Einsamkeit, die vor Ihnen liegt, nicht mit unnützen Grübeleien. Vernünftig genützt, kann das ein Wendepunkt in Ihrem Leben sein. Vergeuden Sie weder Geld noch Zeit, und Sie werden noch als reicher Mann sterben. Es tut mir leid, aber ich muß Sie bitten, Ihr Gepäck selbst an Land zu schaffen. Nein, nein! Es ist nicht tief! Ihre verdammten Erklärungen! Dafür ist keine Zeit! Nein, nein, nein! Ich will nichts hören. Pack' dich!"

Und die sinkende Nacht fand Mr. Ledbetter — jenen Ledbetter, der darüber geklagt hatte, daß die Zeit der Abenteuer vorbei sei —, neben seinen Konservendosen sitzen, das Kinn auf den angezogenen Knien, und mit trauriger Sanftheit durch seine Brillengläser auf das schimmernde, verlassene Meer blicken.

Drei Tage später wurde er von einem eingeborenen Fischer entdeckt und nach St. Vincent gebracht, und von St. Vincent gelangte er, unter Aufwendung seines letzten Kleingeldes, nach Kingston auf Jamaika. Und dort wäre er wahrscheinlich zugrundegegangen. Auch heute noch ist er kein Mann der Tat, aber damals war er hilfloser als ein Kind. Er hatte nicht die geringste Ahnung, was er tun sollte. Das einzige, was er anscheinend unternommen hat, war, daß er sämtliche erreichbaren Pastoren aufsuchte, um sich Geld für die Überfahrt zu leihen. Aber er war viel zu schmutzig und heruntergekommen — und seine Geschichte klang ihnen bei weitem zu unglaubwürdig. Ich traf ihn ganz zufällig. Es war gleich nach Sonnenuntergang, und ich machte nach meiner Siesta wie gewöhnlich einen Spaziergang. Ich langweilte mich und wußte nicht recht, was ich mit dem Abend anfangen sollte. Das war sein Glück. Er trottete gerade trübselig in Richtung Stadt. Sein jammervolles Gesicht und das halbklerikale Aussehen seines staubbedeckten, zerschlissenen Gewandes weckten meine Neugierde. Wir sahen einander an. Er blieb stehen. „Sir!" sagte er, nach Atem ringend, „wären Sie so freundlich, einige Minuten für eine Geschichte zu opfern, die Ihnen wahrscheinlich unglaubwürdig erscheinen wird?"

„Unglaubwürdig?" fragte ich.

„Ganz und gar", erwiderte er eifrig. „Niemand glaubt sie, ich kann sie erzählen, wie ich will. Und doch kann ich Ihnen versichern, Sir . . ."

Er verstummte entmutigt. Die Sprechweise des Mannes amüsierte mich. Er schien ein sonderbarer Kerl zu sein. „Ja", sagte er, „ich bin wohl eines der unglücklichsten Geschöpfe unter der Sonne."

„Vermutlich haben Sie unter anderem heute noch nichts

gegessen", sagte ich, denn mir war plötzlich ein Gedanke gekommen.

„Heute nicht", antwortete er ernsthaft, „und seit vielen Tagen nicht."

„Nach dem Essen wird Ihnen das Erzählen leichter fallen", sagte ich und führte ihn ohne weiteres in eine einfache Kneipe, wo sein merkwürdiger Aufzug kaum Aufsehen erregen würde. Und dort erfuhr ich nach und nach seine Geschichte, zunächst lückenhaft, dann vollständig. Anfangs war ich noch im Zweifel, aber als ihn der Wein erwärmte und den leisen Anflug von Unterwürfigkeit, den ihm wohl die widrigen Umstände aufgezwungen hatten, verdrängte, begann ich, ihm Glauben zu schenken. Am Ende war ich so weit von seiner Ehrlichkeit überzeugt, daß ich ihm ein Nachtquartier verschaffte und am nächsten Tag durch meinen Bankier in Jamaika bei seinem mir als Referenz angegebenen Bankhaus in England telegraphisch Erkundigungen einziehen ließ. Die Auskünfte lauteten günstig. Seine erstaunliche Geschichte war also wahr. Ich besorgte ihm eine neue Ausstattung. Unsere weiteren Unternehmungen will ich hier nicht näher ausführen. Drei Tage später schiffte er sich nach England ein.

„Ich weiß gar nicht, wie ich Ihnen danken soll für Ihre Güte einem vollkommen Fremden gegenüber", begann der Brief, den er mir aus England schrieb, und im selben Ton ging es eine Weile fort. „Ohne Ihre großmütige Hilfe hätte ich sicherlich meine Lehrverpflichtung nicht zur rechten Zeit wieder aufnehmen können, und die wenigen Minuten leichtsinniger Narrheit hätten meinen Untergang bedeutet. Auch so habe ich mich noch in ein Netz von Lügen und Ausflüchten der kompliziertesten Art verstrickt, um meine Abwesenheit und meine Sonnenbräune zu erklären. Ich habe ziemlich unüberlegt zwei oder drei abweichende Geschichten erzählt, ohne zu bedenken, in welche Schwierigkeiten mich das bringen kann. Einfach die Wahrheit zu sagen, wage ich nicht. Ich habe im Britischen Museum die verschiedensten Gesetzbücher studiert, und es besteht kein Zweifel mehr daran, daß ich mich der Beihilfe und Mittäterschaft bei einem schweren Verbrechen schuldig gemacht habe. Dieser Schurke Bingham war Bankdirektor in Hithergate und hat die unerhörtesten Unterschlagungen begangen. Bitte verbrennen Sie um Himmels willen diesen Brief auf der Stelle — ich verlasse mich auf Sie. Das schlimmste an der Sache ist, daß weder meine Tante, noch deren Freundin, die Besitzerin jener Pension in Hithergate, auch nur ein Wort an meiner Geschichte — soweit ich sie erzählt habe — glauben. Sie verdächtigen mich irgendwelcher anrüchigen Machenschaften, aber welcher Art diese Machenschaften sein sollen, weiß ich nicht. Meine Tante sagt, sie würde mir vergeben, wenn ich ihr alles erzählte. Das habe ich aber doch getan — ich habe ihr *mehr* als alles erzählt, und noch immer ist sie nicht zufrieden. Es wäre natürlich unmöglich, den ganzen Fall, so wie er sich wirklich zugetragen hat, zu erzählen, deshalb lasse ich mich auch in meiner Erzählung am Strand überfallen und knebeln. Aber meine Tante will immer wissen, *wozu* man mich überfallen, geknebelt, an Bord einer Jacht geschleppt und entführt hat. Und das weiß ich einfach nicht. Können Sie mir irgendeinen Grund angeben? Ich kann mir keinen vorstellen. Könnten Sie vielleicht — wenn Sie mir antworten — auf zwei Bögen schreiben, damit ich ihr einen zeigen kann. Und könnten Sie vielleicht in Ihrem Brief deutlich machen, daß ich wirklich letzten Sommer auf Jamaika war und dort von einem Schiff an Land gesetzt worden bin. Sie würden mir einen großen Gefallen erweisen. Natürlich würde das die Last meiner Verpflichtungen Ihnen gegenüber noch verzehnfachen — ich fürchte, ich werde mich niemals voll und ganz für alles revanchieren können. Aber wenn die tiefste Dankbarkeit eines Menschen . . .“ Und so weiter. Am Schluß wiederholte er die Bitte, den Brief zu verbrennen. So endet die merkwürdige Geschichte von Mr. Ledbetters Urlaub. Der Bruch mit seiner Tante war nicht von langer Dauer. Vor ihrem Tod hat sich die alte Dame mit ihm längst wieder versöhnt.

Die verlorene Erbschaft

„Mein Onkel", sagte der Mann mit dem Glasauge, „war das, was man einen Hemi-Semi-Demi-Millionär nennen könnte. Er war hundertzwanzigtausend Pfund schwer, gut und gern. Und mir hat er sein ganzes Geld vermacht."

Meine Augen streiften seinen abgescheuerten Rockärmel und wanderten hinauf zum zerschlissenen Kragen.

„Jeden einzelnen Penny", sagte der Mann mit dem Glasauge, und ich fing einen Blick seines echten Auges auf, in dem etwas wie Ärger aufblitzte.

„Mir ist so ein Glücksfall nie passiert", sagte ich, bemüht, einen neiderfüllten Ausdruck in meine Stimme zu legen, um ihn zu versöhnen.

„Nicht einmal eine Erbschaft ist immer ein Segen", bemerkte er seufzend und steckte seine rote Nase und den struppigen Schnurrbart voll philosophischer Resignation eine Weile in das Glas.

„Vielleicht nicht", antwortete ich.

„Er war Schriftsteller, schrieb eine Menge Bücher."

„Wirklich?"

„Das war ja das Unangenehme." Er starrte mich mit seinem gesunden Auge an, zweifelnd, ob ich diese Bemerkung auch verstanden hatte, dann wandte er sein Gesicht etwas zur Seite und holte einen Zahnstocher.

„Wissen Sie", sagte er nach einer Pause schmatzend, „es war so. Er war meine Onkel mütterlicherseits. Und er — wie soll ich sagen — hatte eine Schwäche für die Abfassung erbaulicher Schriften. Schwäche ist eigentlich nicht der richtige Ausdruck dafür — eine regelrechte Manie, das trifft die Sache besser. Er war Bibliothekar in einem Polytechnikum, und kaum war er zu Geld gekommen, gab er auch schon seiner Schwäche nach. Für mich ist dies einfach unerklärlich und unfaßbar! Ein Mann, siebenunddreißig Jahre alt, plötzlich einen Haufen Geld — und tut nichts damit, nicht einen schönen Tag hat er sich gemacht. Man sollte doch glauben, daß sich so ein Kerl zuerst einmal elegant einkleidet — na ja, einige Dutzend Hosen von einem Schneider in West-End; aber nein! Sie werden es nicht für möglich halten, aber als er starb, besaß er nicht einmal eine goldene Uhr. Solche Leute dürften einfach kein Geld haben. Alles was er sich leistete, war ein Haus, in das er gleich fünf Tonnen Bücher, Tinte und Papier schaffen ließ, und dann machte er sich daran, erbauliche Schriften zu verfassen, verbissener als je zuvor. Ich kann das bis heute nicht verstehen, aber er hat's so gemacht. Das Geld hat er mit siebenunddreißig ebenfalls — seltsam genug — von einem Onkel mütterlicherseits, völlig unerwartet, geerbt. Es traf sich, daß meine Mutter seine einzige Verwandte war, abgesehen von einem Vetter zweiten Grades. Ich wiederum war ihr einziger Sohn. Können Sie folgen? Auch der Vetter zweiten Grades hatte nur einen einzigen Sohn, aber er brachte ihn zu früh zu dem Alten. Ein ziemlich verwöhnter Bengel, dieser Sohn, und er begann sofort, als er den Onkel sah, zu brüllen wie am Spieß. ‚Bringt ihn weg!' sagte der, ‚bringt ihn weg!' — und damit war Schluß. Damit hatte ich freie Bahn. Meine Mutter, die eine vernünftige, weitblickende Frau war, hatte die Angelegenheit schon lange vor meinem Onkel bei sich entschieden.

Ein komischer Kauz, mein Onkel, soweit ich mich erinnern kann. Es wundert mich nicht, daß sich das kleine Kind vor ihm gefürchtet hat. Haare, wie jene japanischen Puppen, die überall verkauft werden, schwarz, glatt und borstig in einem Kranz um den Kopf, kahl in der Mitte, und darunter ein teigiges Gesicht und ziemlich große, dunkle Augen, die hinter seinen Brillengläsern hin- und herrollten. Er legte viel Wert auf Kleidung und trug immer einen flatternden Überrock und einen riesigen, breitkrempigen Hut. Ein ganz merkwürdiger Kauz, sag' ich Ihnen! Im Haus aber trug er regelmäßig einen schmutzigen roten Flanellschlafrock und ein schwarzes Käppchen. Mit dem Käppchen sah er aus wie das Portrait irgendeines dieser berühmten Männer. Er übersiedelte ständig von einem Haus ins andere, mit seinem Sessel, der Savage Landor gehört hatte, seinen beiden Schreibtischen — einer aus Carlyles, der andere aus Shelleys Nachlaß, wie ihm der Händler versichert hatte, und mit der vollständigsten transportablen Bibliothek Englands, wie er behauptete. Diese ganze Karawane schleppte er bald in ein Haus in Down, nahe von Darwins Wohnsitz, bald nach Reigate, in die Nähe Merediths, dann weiter nach Haslemere, dann für eine Weile zurück nach Chelsea, und dann hinauf nach Hampstead. Er wußte, daß irgendetwas mit ihm nicht stimmte, kam aber nicht auf die Idee, daß es sein Kopf sein könnte. Immer schob er es auf die Luft, das Wasser, die Höhenlage oder irgendeinen solchen Unsinn. ‚Fast alles hängt von der Umgebung ab', pflegte er zu sagen und sah einen dabei streng an, als argwöhne er, man unterdrücke ein Grinsen. ‚Für einen sensiblen Mann wie mich hängt fast alles von der Umgebung ab.'

Wie er geheißen hat? Dem Namen nach kennen Sie ihn sicher nicht. Er hat nichts geschrieben, was jemals von irgendeinem Menschen gelesen worden wäre — nichts. Niemand war imstande, das zu lesen. Er wollte immer ein großer Lehrer der Menschheit sein und verstand weniger als ein Kind von dem, was er lehren wollte. Also schwätzte er des langen und breiten von Wahrheit und Gerechtigkeit und dem Geist der Geschichte und all dem Zeug. Ein Buch nach dem anderen hat er geschrieben und auf eigene Kosten herausgegeben. Er war nicht ganz richtig im Kopf, wissen Sie, wirklich nicht! Und wie er über die Kritiker herzog — nicht, weil sie ihn angriffen, stellen Sie sich vor! das hätte ihm gefallen — sondern, weil sie absolut keine Notiz von ihm nahmen. ‚Was verlangen die Völker?' fragte er oft, seine unförmige bräunliche Hand erhoben. ‚Was? — Bekehrung! Führung! Wie Schafe ohne Hirte sind sie über das Land verstreut. Dabei gibt es Krieg und Kriegsgerüchte, der entfesselte Geist der Zwietracht wirkt überall, Nihilismus, Impfzwang, Trunksucht, Not, Armut, sozialistische Verirrungen, eigennütziges Kapital! Siehst du die Gewitterwolken nicht, Ted?' — so heiße ich — ‚Siehst du die Gewitterwolken nicht, die sich drohend über uns zusammenballen? — Und hinter all dem lauert der Mongole!' Er hatte es immer mit den Mongolen und mit dem Gespenst des Sozialismus und solchen Sachen.

Dann kam sein Finger auf mich zu, und er flüsterte mit glühenden Augen und verrutschtem Käppchen: ‚Und hier stehe ich. Und was will ich? Völker, um sie zu lehren! Völker! In aller Bescheidenheit, Ted, behaupte ich, daß ich dazu befähigt wäre. Ich würde sie führen, aber was! — ich *werde* sie in einen sicheren Hafen führen, in das Land der Gerechtigkeit, wo Milch und Honig fließt.'

In diesem Ton ging es weiter. Schwärmereien, Gefasel über Völker und Gerechtigkeit und all das. Ein Mischmasch aus Bibel und Stumpfsinn. Von meinem vierzehnten bis zum dreiundzwanzigsten Lebensjahr, während einer Zeit also, da ich mich hätte bilden sollen, pflegte mich meine Mutter ein- bis zweimal in der Woche zu waschen und zu kämmen (dies wenigstens in den ersten Jahren), mir einen schönen Mittelscheitel zu ziehen und mich zu meinem Onkel zu bringen. Dort mußte ich dann das Gewäsch des alten Narren über Dinge, die er in der Morgenzeitung gelesen hatte, mitanhören — er versuchte mit Gewalt, Carlyle nachzuahmen — und dabei saß ich dort, wie man mir befohlen hatte, schaute intelligent und lieb drein und tat so, als würde ich alles verstehen. Später ging ich dann freiwillig hin, im Hinblick auf die Erbschaft. Ich war der einzige Mensch, der ihn besuchte. Ich glaube, er schrieb an jeden, der nur irgendwie von sich reden machte, schickte ihm ein Exemplar von einem seiner Bücher und lud ihn ein, um mit ihm über die Völker zu reden; die Hälfte dieser Leute hat nicht einmal geantwortet, und gekommen ist kein einziger. Und wenn einen das Dienstmädchen — eine ganz gerissene Person — einließ, lagen auf der Ablage im Flur Berge von Briefen, bestimmt für den Fürsten Bismarck, den Präsidenten der Vereinigten Staaten und ähnliche Leute. Ging man dann die Treppe hinauf, durch einen Gang voller Spinnweben — die Haushälterin war ständig betrunken, und die Gänge waren immer voller Spinnweben —, fand man ihn zwischen herumliegenden Büchern, Haufen von Papierfetzen auf dem Boden, verstreuten Telegrammen und Zeitungen, leeren Kaffeetassen und angebissenen Broten auf Schreibtisch und Kamin. Sein Rücken war gebeugt, das Haar sträubte sich zwischen dem Kragen dieses schlafrockähnlichen Dinges und dem Käppchenrand.

‚Moment!' rief er einem über die Schulter zu, ‚Moment! Das *mot juste* Ted, weißt du, das *mot juste!* Treffende Gedanken treffend formuliert. — Ah! — Verkettung, das ist es! Also jetzt, Ted', sagte er dann und drehte sich im Sessel um, ‚wie geht es unserem Jungen England?' Das war der blöde Name, den er mir gegeben hatte.

Nun, das war mein Onkel, und so hat er geredet — mit mir jedenfalls. Bei anderen schien er ein wenig schüchterner zu sein. Aber er unterhielt sich nicht nur mit mir, sondern gab mir auch seine Bücher, mindestens sechshundert Seiten stark und mit den abenteuerlichsten Titeln. ‚Der jammernde Frauenorden', ‚Der Behemoth des Fanatismus', ‚Verschmelzung und Sonderung' und in dieser Art weiter. Alle sehr ausdrucksstark und kein einziger originell. Als ich ihn das vorletzte Mal sah, händigte er mir ein

Buch aus. Er fühlte sich damals schon krank, seine Hand zitterte, und er war mutlos. Mir fiel es auf, weil ich natürlich ständig nach solchen Symptomen Ausschau hielt. ‚Mein letztes Buch, Ted', sagte er. ‚Mein letztes Buch, mein Junge, das letzte meiner Worte an die tauben und verstockten Völker', und hängen will ich, wenn nicht eine Träne über seine gelbe, alte Wange rollte. Er vergoß regelrecht Tränen darüber, daß es mit ihm zu Ende ging, und er nicht mehr als dreiundfünfzig Bücher voller Unsinn geschrieben hatte. ‚Manchmal habe ich mir gedacht, Ted . . .', sagte er und verstummte.

‚Vielleicht war ich ein wenig ungeduldig und heftig für diese halsstarrige Generation. Etwas mehr Güte vielleicht und weniger unbarmherzige Geistesschärfe. Manchmal habe ich mir gedacht, ich hätte sie zur Vernunft bringen können. Aber ich habe mein Bestes getan, Ted.'

Und dann gestand er in einem plötzlichen Ausbruch — das erste und letzte Mal in seinem Leben — sein Versagen. Das war ein Zeichen dafür, daß er ernsthaft krank war. Er schien eine Minute zu überlegen, dann sprach er ruhig und leise, so vernünftig und klar wie ich jetzt. ‚Ich war ein Narr, Ted!' sagte er, ‚Mein ganzes Leben habe ich Unsinn gequatscht. Nur Er, der in unserem Herzen liest, weiß, ob es mehr als bloße Eitelkeit war. Ich weiß es nicht, Ted. Er aber weiß es, Er weiß, und wenn ich dumm und eitel gehandelt habe — in meinem Herzen . . .'

Genauso hat er gesprochen, sich mehrmals wiederholt, dann wurde er ganz plötzlich still und gab mir zitternd das Buch. Der alte Glanz leuchtete wieder in seinen Augen. Ich weiß das alles noch recht genau, weil ich zu Hause alles meiner alten Mutter erzählt und vorgespielt habe, um sie ein wenig aufzuheitern. ‚Nimm dieses Buch und lies es', sagte er. ‚Es ist mein letztes Wort, mein allerletztes Wort. Ich hinterlasse dir mein ganzes Vermögen, Ted, vielleicht kannst du es besser nützen als ich.' Dann hustete er.

Heute noch kann ich mich daran erinnern, und auch daran, daß ich stolz wie ein Pfau nach Hause gegangen bin, und daß er bei meinem nächsten Besuch im Bett gelegen ist. Die Haushälterin war unten — betrunken, und ich scherzte auf dem Gang ein bißchen mit dem Mädchen, — wie es junge Männer gerne tun — bevor ich hinaufging. Mit ihm ging's rapide bergab. Aber sogar in diesem Augenblick verließ ihn die Eitelkeit nicht.

‚Hast du es gelesen?' flüsterte er.

‚Bin die ganze Nacht gesessen', sagte ich ihm ins Ohr, um ihm eine Freude zu machen. ‚Es ist das letzte', fügte ich hinzu, dann — weil mir irgendein Gedicht einfiel . . . ‚aber das tapferste und beste.'

Er lächelte ein wenig und versuchte, meine Hand zu drücken — wie es etwa Frauen tun würden — ließ aber dann los und lag still. Draußen hinter der Tür hörte ich das Mädchen kichern, denn wir hatten uns gerade vorher zufällig ein bißchen über ihn lustig gemacht. Ich betrachtete sein Gesicht, die Augen waren geschlossen, und er sah aus, als hätte ihm jemand von beiden Seiten auf die Nase geboxt. Aber er lächelte. Ein komischer Gedanke — da war er tot, lag mausetot da, das Sinnbild absoluten Versagens, und ein Lächeln des Triumphes lag auf seinen Zügen.

Das war das Ende meines Onkels. Sie können sich vorstellen, daß meine Mutter und ich für ein anständiges Begräbnis sorgten. Dann allerdings machten wir uns auf die Suche nach dem Testament. Zuerst noch zurückhaltend und ehrerbietig, dann aber, bevor der Tag zu Ende ging, schlitzten wir Sessel auf, zertrümmerten die Täfelung im Arbeitszimmer und klopften die Mauern ab. Jede Stunde befürchteten wir das Eintreffen der anderen. Wir fragten die Haushälterin, und erfuhren, daß sie tatsächlich als Zeugin ein Testament unterschrieben hatte — aufgeschrieben auf einem halben Bogen gewöhnlichen Papiers und sehr kurz, so sagte sie — und das noch keinen Monat her. Der zweite Zeuge war der Gärtner, und er bestätigte jedes ihrer Worte. Aber der Teufel soll mich holen, wenn dieses oder auch nur irgendein anderes Testament zu finden war. Meine Mutter hat sich auf eine Art darüber geäußert, daß sich der Alte sicher im Grabe umgedreht hat. Zum Schluß brachte ein Rechtsanwalt in Reigate ein Testament ans Licht, das vor Jahren aufgesetzt worden war und zwar während eines kurzzeitigen Streites mit meiner Mutter. Der Teufel soll mich holen, wenn das nicht das einzige auffindbare Testament war, und darin wurde alles bis zum letzten Penny jenem Bringt-ihn-weg-Bengel von Vetter vermacht — einem Kerl, der nicht einen einzigen Nachmittag in seinem Leben das Gerede hatte aushalten müssen."

Der Mann mit dem Glausauge hielt inne.

„Ich dachte, Sie hätten gesagt . . .", begann ich.

„Einen Augenblick", unterbrach mich der Mann. „Ich selbst mußte genau bis heute morgen auf das Ende der Geschichte warten, und ich war verdammt um einiges gespannter, als Sie es sind. Jetzt warten Sie auch gefälligst ein bißchen. Das Testament wurde vollstreckt, und dieser Kerl erbte alles. Und als er einundzwanzig Jahre alt war, begann er sofort, es mit vollen Händen auszugeben. Und ich kann Ihnen sagen, der hat es mit vollen Händen hinausgeworfen! Er spielte, er trank, er kam mehrmals in die Zeitung wegen irgendwelcher Geschichten. Den Magen dreht's mir um, wenn ich daran denke. Bis zum letzten Penny hat er alles ausgegeben, und das noch vor seinem dreißigsten Lebensjahr. Und das letzte, was ich von ihm gehört habe — Gefängnis! Das war vor drei Jahren.

Für mich brachen natürlich schlimme Zeiten an, immerhin hatte ich ja nichts gelernt als die Erbschleicherei. Alle mein Pläne konnten sozusagen erst mit dem Tod des Alten ins Werk gesetzt werden. Ich habe seither genug Hochs und Tiefs mitgemacht. Zur Zeit bin ich wieder einmal ganz unten. Ich gestehe Ihnen offen, daß ich Hilfe suche. Mein ganzes Zimer habe ich schon auf den Kopf gestellt, um ein bißchen was für die notwendigsten Besorgungen aufzutreiben. Na ja, der Anblick dieser Prachtbände — kein Mensch würde sie kaufen, nicht einmal, um darin etwas einzuwickeln — hat mich eben geärgert. Ich hatte ihm versprochen, mich niemals von ihnen zu trennen, und kein Versprechen habe ich leichter eingehalten. Ich holte also mit dem Fuß aus und schleuderte sie durchs Zimmer. Ein Band flog in die Höhe, wirbelte durch die Luft — und heraus flatterte — können Sie es erraten?

Das Testament. Er hat es mir in seinem letzten Buch übergeben."

Er verschränkte die Arme auf dem Tisch und schaute mit dem gesunden Auge traurig auf sein leeres Bierglas. Er schüttelte langsam den Kopf, dann bemerkte er leise: „Ich habe das Buch nie geöffnet, geschweige denn die Seiten aufgeschnitten." Mit einem bitteren Auflachen schaute er mich mitleidheischend an. „Stellen Sie sich vor! Dort versteckt, ausgerechnet dort!"

Abwesend fischte er mit einem Finger nach einer toten Fliege. „Es beweist deutlich die Eitelkeit der Schriftsteller", sagte er und richtete den Blick auf mich. „Es war kein Trick, sondern ganz ehrlich gemeint. Er hatte wirklich geglaubt, daß ich schnurstracks nach Hause gehen und das verdammte Buch lesen würde. Aber es beweist auch, nicht wahr?" — seine Augen suchten wieder das Bierglas —, „es beweist auch, wie wenig wir Menschen einander verstehen."

Aber der beredte Durst in seinen Augen war unmißverständlich. Er nahm die Einladung mit schlechtgespieltem Erstaunen an und bemerkte nur mit der herkömmlichen spitzfindigen Floskel, ihm mache es nichts aus.

Der Gasfang

Die Nacht war heiß und dunstig, ein roter Streif vom langsamen Sonnenuntergang des Mittsommers säumte den Himmel. Sie saßen am offenen Fenster, in der Hoffnung, daß die Luft dort frischer sei. Starr und dunkel standen die Bäume und Büsche im Garten. Drüben auf der Straße brannte eine Gaslaterne hellorange gegen das trübe Blau des Abends; dahinter die drei Lichter der Eisenbahnsignale vor dem sich neigenden Himmel. Der Mann und die Frau redeten leise miteinander.

„Er schöpft keinen Verdacht?" fragte der Mann ein bißchen nervös.

„Er?" entgegnete sie verstimmt, als verärgere sie allein schon die Frage. „Er denkt nur an seine Hochöfen und die Kohlepreise. Er hat keine Phantasie, nichts Poetisches."

„Daran mangelt es all diesen Männern aus Stahl", sagte er sentenziös. „Sie haben kein Herz."

„Er jedenfalls nicht", fügte sie hinzu. Sie wandte ihr mißmutiges Gesicht zum Fenster. Ein fernes Rattern und Rauschen drang näher und nahm an Stärke zu. Das Haus zitterte, man hörte das metallische Rasseln des Tenders. Dann fuhr der Zug vorbei — ein blitzender Schein und ein wirbelndes Rauchgestöber: ein, zwei, drei, vier, fünf, sechs, sieben, acht schwarze Rechtecke — acht Kohlewagen fuhren über das undeutliche Grau des Dammes und nacheinander in den Schlund des Tunnels, der, mit dem letzten Wagen, Zug, Rauch und Lärm mit einem einzigen, jähen Aufschnappen zu verschlingen schien.

„Dieses Land war einmal unberührt und schön", sagte er. „Und jetzt — ein Gehenna ist daraus geworden. Da hinunter — nichts als Hochöfen und Schornsteine, die Flammen und Asche in den Himmel speien . . . Aber was bedeutet das schon? Es wird ein Ende haben . . . all diese Barbarei wird ein Ende haben . . . Schon *morgen!*" Das letzte Wort war nur noch ein Flüstern.

„*Morgen*", wiederholte sie, ebenfalls flüsternd und immer noch aus dem Fenster starrend.

„Liebste!" sagte er und legte seine Hand auf die ihre.

Sie fuhr auf, und ihre Augen begegneten einander. Ihr Blick wurde sanft.

„Liebster!" sagte sie, und dann: „Es ist mir fast unbegreiflich, daß du einfach so in mein Leben getreten bist, um —" sie machte eine Pause.

„Um?" fragte er.

„Um mir diese wundervolle Welt zu zeigen . . ." sie zögerte und fuhr mit noch weicherer Stimme fort, „diese Welt der *Liebe*."

Da fiel plötzlich die Tür ins Schloß. Sie wandten beide den Kopf; er fuhr hastig zurück. Im Dunkel des Zimmers stand eine hohe, schattenhafte Gestalt — ganz ruhig. Schwach sahen sie im Zwielicht das Gesicht mit den ausdruckslosen dunklen Flecken unter den buschigen Brauen. Jeder Muskel in Rauts Körper straffte sich. Wann konnte die Tür gegangen sein? Wieviel hatte er gehört? Alles womöglich? Hatte er etwas gesehen? Ein Gewirr von Fragen.

Nach endlos langer Zeit kam die Stimme des Neuankömmlings.

„Nun?"

„Ich fürchtete schon, ich hätte dich verfehlt, Horrocks!" sagte der Mann am Fenster und faßte mit der Hand nach dem Sims. Seine Stimme klang unsicher.

Die grobschlächtige Gestalt Horrocks' kam aus dem Dunkel näher. Er reagierte nicht auf Rauts' Bemerkung. Einen Moment lang stand er über ihnen.

Die Frau erstarrte bis ans Herz. „Ich sagte Mr. Raut, du

würdest wahrscheinlich bald kommen", sagte sie mit ihrer stets festen Stimme.

Plötzlich setzte sich Horrocks, immer noch schweigend, in einen Stuhl neben ihrem Arbeitstischchen. Seine klobigen Hände waren geballt; nun konnte man das Brennen seiner Augen unter den dunklen Brauen sehen. Mühsam holte er Atem. Seine Augen wanderten von der Frau, der er vertraut hatte, zum Freund, dem er vertraut hatte, und wieder zur Frau zurück.

In diesem Augenblick verstanden die drei einander. Aber keiner wagte ein Wort zu sagen, das sie von den geheimen Gedanken, die sie zu ersticken drohten, erlöst hätte.

Es war die Stimme des Ehemanns, die schließlich das Schweigen brach.

„Du wolltest zu mir?" fragte er Raut.

Raut fuhr auf. „Ja, ich wollte zu dir", sagte er, entschlossen, bis zum letzten zu lügen.

„Ja?" sagte Horrocks.

„Du hast versprochen, mir einige schöne Kontrastwirkungen von Mondlicht und Rauch zu zeigen!"

„Ich hab' versprochen, dir einige schöne Kontrastwirkungen von Mondlicht und Rauch zu zeigen", wiederholte Horrocks mit tonloser Stimme.

„Und ich dachte, ich könnte dich heute abend noch antreffen, bevor du zu den Hüttenwerken gehst", fuhr Raut fort, „und dich begleiten."

Eine weitere Pause folgte. Wollte der Mann die Sache gleichgültig hinnehmen? Wußte er überhaupt etwas? Wie lange war er schon im Zimmer gewesen? Aber ihre Haltung, als sie die Tür hörten? Horrocks blickte auf das Profil der Frau, das schattenhaft-bleich im Zwielicht schimmerte. Dann blickte er zu Raut und schien sich mit einem Ruck zu fassen. „Natürlich!" sagte er, „ich hab' versprochen, dir die Hüttenwerke in der geeignet spannungsgeladenen Atmosphäre zu zeigen. Wie ich das nur vergessen konnte."

„Wenn ich dir Umstände mache . . .“ begann Raut.

Horrocks fuhr wieder zusammen. Ein eigenartiges Leuchten trat plötzlich in die leidenschaftliche Düsterkeit seiner Augen. „Nicht im geringsten“, sagte er.

„Hast du Raut schon von den Kontrasteffekten zwischen Flammen und Schatten erzählt, die du so schön findest?“ Die Frau, die nun ihre Sicherheit zurückgewonnen hatte, wandte sich zum ersten Mal ihrem Mann zu. Ihre Stimme klang eine Spur zu hell. „Von deiner schrecklichen Theorie, daß alles, was Maschine heißt, schön sei und alles andere häßlich. Ich habe gewußt, daß er Sie damit nicht verschonen würde, Mr. Raut. Es ist *seine* große Theorie . . . Seine *ureigenste* Entdeckung auf dem Gebiet der Kunst.“

„Ich tauge nicht besonders dazu, Entdeckungen zu machen“, erwiderte Horrocks grimmig, so daß sie jäh verstummte. „Aber was ich entdecke . . .“ Er hielt inne.

„Nun?“ fragte sie.

„Nichts!“ Er stand hastig auf.

„Ich habe versprochen, dir die Hüttenwerke zu zeigen“, wandte er sich an Raut und legte dem Freund seine große, derbe Hand auf die Schulter. „Paßt es dir jetzt?“

„Sicher!“ antwortete Raut und erhob sich. Wieder trat eine Pause ein. Jeder der drei starrte durch das undeutliche Zwielicht auf die beiden anderen. Horrocks' Hand lag immer noch auf Rauts Schulter. Halb war Raut geneigt, die ganze Sache schon als bedeutungslos abzutun. Aber Mrs. Horrocks kannte ihren Gatten besser. Sie kannte diese grimmige Ruhe in seiner Stimme, und die Unsicherheit, in der sie sich befand, steigerte sich fast zu physischem Schmerz. „Gut!“ sagte Horrocks, nahm seine Hand von Rauts Schulter und wandte sich zur Tür.

„Mein Hut?“ Raut schaute sich im Dämmerlicht um.

„Das ist mein Arbeitskorb“, sagte Mrs. Horrocks mit einem hysterischen Auflachen. Ihre Hände trafen einander hinter der Stuhllehne. „Da ist er!“ sagte er. Sie verspürte das Bedürfnis, ihn leise zu warnen, brachte aber kein Wort heraus. „Geh' nicht!“ oder: „Nimm dich in acht vor ihm!“ schoß es ihr durch den Kopf, und schon war der kurze Moment vorüber.

„Hast du ihn?“ fragte Horrocks unter der halboffenen Tür.

Raut ging auf ihn zu. „Du verabschiedest dich besser gleich von Mrs. Horrocks!“ sagte der Hüttenmeister mit noch grimmigerer Ruhe in der Stimme.

Raut fuhr zusammen und drehte sich um. „Guten Abend, Mrs. Horrocks!“ sagte er, und ihre Hände berührten einander.

Horrocks hielt mit steifer Höflichkeit, die ihm sonst im Umgang mit Männern fremd war, die Tür auf. Raut ging hinaus, der Ehemann folgte ihm mit einem wortlosen Blick auf die Frau. Sie stand reglos, während Rauts leichter Schritt und ihres Gatten schwerfälliges Stapfen wie Baß und Diskant zusammen im Korridor verklangen. Die Haustür fiel krachend ins Schloß. Langsam ging die Frau ans Fenster und wartete vornübergebeugt. Einen Augenblick tauchten die beiden Männer an der Toreinfahrt auf, gingen unter der Laterne vorbei und verschwanden hinter dem dunklen Buschwerk. Der Laternenschein fiel kurz auf ihre Gesichter — blasse, ausdruckslose Flecken, die nichts von dem verrieten, was sie befürchtete und argwöhnte und vergebens zu ergründen versuchte. Dann sank sie in den großen Lehnstuhl und starrte zusammengekauert mit weitaufgerissenen Augen nach den roten Lichtern der Hochöfen, die in den Himmel flackerten. Eine Stunde später saß sie immer noch — in kaum veränderter Haltung — dort.

Die drückende Stille des Abends lastete schwer auf Raut. Schweigend gingen sie Seite an Seite die Straße hinunter, und schweigend bogen sie in den aschebestreuten Seitenweg, der bald darauf den Ausblick auf das Tal freigab.

Ein blauer Dunst — halb Staub, halb Nebel — verlieh dem Tal etwas Geheimnisvolles. Dahinter lagen Hamley und Etruria — graue und schwarze Schatten — zart durchädert von den spärlichen goldenen Punkten der Straßenlaternen; da und dort ein gaserleuchtetes Fenster oder der gelbe Schein einer Fabrik mit Nachtbetrieb oder eines vollen Wirtshauses. Aus den Schatten erhob sich, schlank und deutlich gegen den Abendhimmel, eine Vielzahl hoher Schornsteine, die meisten rauchend, einige — einer momentanen Arbeitseinstellung wegen — außer Betrieb. Ab und zu markierten ein fahler Fleck und gespenstisch verzerrte Bienenkorbformen die Stelle, wo eine Dammgrube lag, oder ein Rad, schwarz und scharf vom glühenden, tieferen Himmel abgehoben, zeigte ein Kohlelager an, wo die irisierende Kohle emporgeschafft wurde. Etwas näher lag die breite Bahnstrecke, und undeutlich sichtbar keuchten Züge vorüber — ein ununterbrochenes Rattern und Schnauben, mit jedem Zug eine dröhnende Erschütterung, eine rhythmische Folge von Stößen und eine Kette abgerissener weißer Dampfwolken, die den weiteren Blick versperrten. Und zur Linken, zwischen der Bahn und dem dunklen Buckel des Hügels dahinter, alles beherrschend, mächtig, tintenschwarz und von Rauch und flackernden Flammen gekrönt, — die riesigen Zylinder der „Jeddah-Company"-Hochöfen, der Hauptanlage der großen Eisenwerke, deren Direktor Horrocks war. Massig und drohend standen sie da, mit dem ständigen Getümmel von Flammen und zischendem, geschmolzenem Eisen, unten ratterten die Walzwerke, der Dampfhammer stampfte wuchtig und ließ die Eisenfunken nach allen Seiten hinausstieben. Eben, als sie hinsahen, wurde ein Rollwagen Koks in einen der Riesen geschoben, und die roten Flammen glühten heraus, und ein Wirbel von Rauch und schwarzem Staub stieg brodelnd in den Himmel.

„Eure Öfen zeigen manchmal wirklich außerordentlich

schöne Farbeffekte", unterbrach Raut das Schweigen, das schon beklemmend geworden war.

Horrocks knurrte etwas. Die Hände in den Taschen blickte er finster auf die dampfende Eisenbahn und die betriebsamen Eisenwerke dahinter, stirnrunzelnd, als brüte er über einem schwierigen Problem.

Raut sah zu ihm hin, dann auf die Seite. „Dein Mondlichteffekt ist noch nicht ganz, was er sein sollte", sagte er, mit dem Blick nach oben, „das letzte Tageslicht schwächt den Schein des Mondes noch ab."

Horrocks starrte ihn an wie einer, der aus dem Schlaf aufschreckt. „Das letzte Tageslicht? . . . Ach ja! Natürlich!" Auch er blickte jetzt zum Mond hinauf, der noch blaß am Mittsommerhimmel stand. „Komm weiter!" sagte er plötzlich, ergriff Raut am Arm und zog ihn zum Fußweg, der zur Bahnlinie führte.

Raut zögerte. Die beiden Männer blickten einander an, und ihre Augen gewahrten in einer Sekunde tausend Dinge, die ihre Lippen mühsam verschwiegen. Horrocks' Griff wurde fester und lockerte sich dann. Seine Hand fiel herab, und ehe Raut sich versah, schlenderten sie — der eine äußerst widerstrebend — den Weg hinunter.

„Siehst du, wie schön sich die Bahnsignale gegen Burslem zu machen?" Horrocks zeigte sich plötzlich gesprächig, während er rasch ausschritt und die Ellbogen fester anzog. „Kleine grüne Lichter und rote und weiße Lichter, alle im Dunst. Du hast ein Auge für Lichteffekte, Raut. Das ist ein besonders schöner. Und meine Hochöfen — wie sie vor uns in die Höhe wachsen, während wir den Hügel herunterkommen. Der rechte ist mein Liebling. Dreißig Meter hoch. Ich habe ihn selbst errichtet, und fünf lange Jahre brodelt er nun schon vergnügt mit dem Eisen in seinen Eingeweiden. Für den habe ich eine ganz besondere Schwäche. Diese Linie Rot dort — du würdest es ein reizendes, warmes Orange nennen, Raut — das sind die Puddelöfen, und dort, in dem grellen Licht — die drei schwarzen Formen — hast du vorhin das weiße Aufspritzen des Dampfhammers gesehen? — das sind die Walzwerke. Komm weiter! Klirr! Krach! — wie es über den Boden rattert! Eisenblech! Raut! — erstaunliches Material! Spiegel sind nichts dagegen, wenn das aus den Walzwerken kommt. Klatsch! — Da geht der Hammer wieder. Komm weiter!"

Er mußte innehalten, um Atem zu holen. Er hielt Rauts Arm mit lähmendem Druck umklammert. Wie ein Besessener schritt er jetzt den dunklen Pfad zur Eisenbahn hinunter. Raut hatte kein Wort gesprochen, sondern sich nur mit aller Kraft gegen Horrocks' Zerren gestemmt. Nun sagte er — mit nervösem Auflachen, aber mit einem gereizten Unterton in der Stimme: „Weshalb zum Teufel reißt du mir den Arm aus, Horrocks, und schleppst mich so durch die Gegend?"

Endlich ließ Horrocks los. Wieder schlug sein Verhalten plötzlich um. „Dir den Arm ausreißen?" fragte er. „Tut mir leid! Aber das hab' ich von dir, so freundschaftlich mit jemandem umzugehen."

„Dann hast du die Feinheiten daran noch nicht begriffen", sagte Raut und lachte wieder gezwungen. „Himmel! Ich bin ganz grün und blau!" Horrocks unternahm keinen Versuch sich zu entschuldigen. Nun standen sie fast am Fuß der Anhöhe, dicht an der Absperrung der Bahnlinie. Je näher sie kamen, desto größer und weitläufiger wurden die Hüttenwerke. Sie blickten jetzt zu den Hochöfen hinauf, statt hinunter, wie vorhin. Etruria und Hamley waren während des Abstiegs nach und nach ihren Blicken entschwunden. Neben dem Bahnübergang vor ihnen stand eine Warntafel, darauf — noch undeutlich sichtbar und durch Spritzer von Kohleschlamm halb verdeckt — die Worte: „Achtung Züge!"

„Wunderbare Effekte!" sagte Horrocks und schwenkte

den Arm in der Luft. „Da kommt ein Zug. Die Rauchwolke, die orangefarbene Glut, das runde Lichtauge vorn, das klangvolle Rattern. Wunderbare Effekte. Aber meine Hochöfen waren schöner, früher, bevor wir ihnen Gasfänge in den Schlund gesteckt haben, um Gas zu sparen."

„Wieso", fragte Raut. „Gasfänge?"

„Gasfänge, mein Bester, jawohl, Gasfänge. Ich werde dir einen aus der Nähe zeigen. Früher brachen die Flammen aus dem offenen Schlund, riesige — wie sagt man gleich — Wolkensäulen bei Tag, roter und schwarzer Rauch und Feuersäulen bei Nacht. Jetzt wird es in Röhren geleitet und verbrannt, um das Gebläse zu heizen, und dann die Öffnung mit einem Gasfang geschlossen. Er wird dich interessieren, dieser Gasfang."

„Aber manchmal", sagte Raut, „bricht doch Feuer und Rauch heraus."

„Der Gasfang ist nicht vollständig befestigt, sondern hängt an einer Kette an einem Hebel und wird durch ein Gegengewicht im Gleichgewicht gehalten. Du wirst es aus der Nähe sehen. Sonst würde man das Ding ja überhaupt nicht feuern können. Manchmal kippt der Gasfang, und die Flammen schießen heraus."

„Ach so", sagte Raut. Er blickte über die Schulter zurück. „Der Mond wird heller", bemerkte er.

„Komm!" sagte Horrocks unvermittelt, indem er ihn wieder an der Schulter packte und ihn plötzlich zum Bahnübergang zog. Und dann folgte einer jener kurzen Augenblicke, die lebhaft eindrucksvoll sind, aber so schnell vorbei, daß sie einen doch voller Zweifel und halb benommen zurücklassen. Als die beiden zu Hälfte drüben waren, schloß sich Horrocks' Hand plötzlich krampfhaft um Rauts Schulter und riß ihn mit einer halben Kehrtwendung zurück auf die Geleise. Eine Kette erleuchteter Wagen kam rasch heran, und die roten und gelben Lichter einer Lokomotive wurden größer und größer, je näher sie kamen. Als

Raut begriff, was das zu bedeuten hatte, wandte er sein Gesicht zu Horrocks und zerrte mit aller Kraft an dem Arm, der ihn auf den Schienen festhielt. Der Kampf dauerte keine Sekunde. Und so gewiß es war, daß Horrocks ihn festgehalten hatte, so gewiß war es auch, daß er der Gefahr mit Gewalt entrissen wurde. „Aus dem Weg!" stieß Horrocks schweratmend hervor, während der Zug vorbeiratterte, und sie keuchend an der Absperrung zu den Eisenwerken standen.

„Ich hab' ihn nicht kommen sehen", sagte Raut mit einem Versuch, auch jetzt noch, trotz seiner bangen Befürchtungen, den Schein eines ganz alltäglichen Zusammentreffens zu wahren.

Horrocks antwortete wieder mit einem Knurren. „Der Gasfang", sagte er, und darauf — wie einer, der sich wieder unter Kontrolle bringt: „Ich dachte, du hättest ihn nicht gehört."

„Hab' ich auch nicht", erwiderte Raut.

„Um nichts in der Welt hätte ich zugelassen, daß du hier überfahren wirst", sagte Horrocks.

„Ich hab' einen Augenblick den Kopf verloren", entgegnete Raut. Eine halbe Minute lang stand Horrocks still, dann wandte er sich wieder den Eisenwerken zu. „Schau, wie schön diese Schlackehügel — meine prächtigen Haufen — in der Nacht aussehen. Und dort — der Rollwagen! wie er hineinfährt und umkippt und die Schlacken ausleert! Schau, wie die zuckende rote Masse den Hang hinunterrutscht! Je näher wir kommen, desto höher wird der Hügel, verdeckt fast die Hochöfen. Schau, wie es auf dem großen flackert und zischt! Nein, nicht da! Dort — zwischen den Schlackehaufen! Das kommt in die Puddelöfen. Aber zuerst werde ich dir den Kanal zeigen. Er faßte Raut am Ellbogen, und sie gingen Seite an Seite weiter. Raut antwortete Horrocks zerstreut. Was, so fragte er sich, war eigentlich auf den Schienen passiert? Spielte ihm seine Einbildung einen Streich, oder hatte Horrocks ihn tatsächlich auf der Bahnlinie festgehalten? War er wirklich mit knapper Not der Ermordung entgangen?

Wenn nun dieses schwerfällige, finstere Ungeheuer etwas wußte? Ein oder zwei Minuten lang fürchtete Raut wirklich um sein Leben, aber diese Anwandlung verflog, noch während er sich das alles überlegte. Schließlich brauchte Horrocks ja gar nichts gehört zu haben. Jedenfalls hatte er ihn noch rechtzeitig weggerissen. Sein seltsames Verhalten war vielleicht nichts als eine ungewisse Eifersucht, die er schon einmal gezeigt hatte. Eben redete er von den Aschehaufen und dem Kanal.

„Nicht wahr?“ sagte Horrocks.

„Was?“ entgegnete Raut. „Ja wirklich! Dieser Dunstschleier im Mondlicht. Wunderbar!“

„Unser Kanal“, sagte Horrocks und blieb plötzlich stehen, „unser Kanal ist im Mondlicht und Feuerschein ganz außergewöhnlich effektvoll! Das hast du noch nie gesehen? Nicht möglich! Du hast viel zu viele Abende in Newcastle vertändelt. Ich sage dir, eine prachtvolle Farbenglut! — Aber du wirst ja sehen. Kochendes Wasser . . .“

Als sie aus dem Labyrinth von Schlackehaufen und Kohle- und Erzhügel traten, brach plötzlich der Lärm der Walzwerke über sie herein, laut und nah und überdeutlich. Drei schattenhafte Arbeiter gingen vorüber und grüßten Horrocks. Ihre Gesichter verschwammen in der Dunkelheit. Raut hatte das flüchtige Bedürfnis, sie anzureden, aber bevor er sich dazu aufraffen konnte, waren sie schon in den Schatten verschwunden. Horrocks deutete auf den Kanal, der jetzt dicht vor ihnen lag: ein unheimlicher Ort im blutroten Widerschein der Hochöfen. Etwa fünfzig Meter weiter oben schoß das heiße Wasser, das die Düsen kühlte — ein stürmischer, fast brodelnder Zufluß, und der Dampf stieg vom Wasser in ruhigen, weißen Schwaden und Streifen auf und legte sich feucht um sie, ein ununterbrochener Gespensterreigen, der aus den schwarzen und roten Wirbeln stieg, ein weißes Emporschweben, das einem die Besinnung raubte. Der glänzende, schwarze Turm des größeren Hochofens ragte aus dem Nebel, und sein dröhnender Lärm drang bis zu ihnen. Raut hielt sich vom Rand des Wassers ein wenig fern und beobachtete Horrocks.

„Hier ist er rot", sagte Horrocks, „ein blutroter Dampf, rot und heiß wie die Sünde, ober dort hinten, wo das Mondlicht drauffällt, und er über die Schlackehaufen kriecht, ist er weiß wie der Tod."

Raut wandte einen Augenblick den Kopf, fuhr dann aber gleich wieder fort, Horrocks zu beobachten. „Komm weiter — zu den Walzwerken!" drängte Horrocks. Das Bedrohliche seines Griffs war diesmal weniger stark spürbar, und Raut faßte wieder Zutrauen. Aber trotzdem, was meinte Horrocks mit seinem ‚weiß die der Tod' und ‚rot wie die Sünde'? Zufall, vielleicht?

Sie gingen weiter und blieben eine kurze Weile hinter den Puddlern stehen, schritten dann durch die Walzwerke, wo der bedächtige Dampfhammer mit unaufhörlichem Gestampfe die Schlacke aus dem flüssigen Eisen schlug und schwarze halbnackte Titanen die Puddelstangen wie heißen Siegellack zwischen die Räder trieben. „Komm!" ertönte Horrocks Stimme an Rauts Ohr, und sie gingen zu der kleinen Gasluke hinter den Düsen und sahen die lodernden Flammen in der Feuerung des Hochofens zucken. Das Auge war lange noch davon geblendet. Darauf gingen sie, während blaue und grüne Flecken vor ihnen durch das Dunkel tanzten, zum Aufzug, der die Rollwagen voll Eisenerz und Heizmaterial und Kalk bis zur oberen Öffnung des großen Schachts brachte.

Und hier draußen, auf der engen Plattform über dem Hochofen befielen Raut wieder Zweifel. War es wirklich klug gewesen mitzugehen? Wenn Horrocks nun tatsächlich wußte — alles wußte? So sehr er auch dagegen ankämpfte, konnte er ein heftiges Zittern nicht unterdrücken. Unter ihnen lag eine Tiefe von ganzen zwanzig Metern. Es war ein gefährlicher Ort. Sie zwängten sich an einem Rollwagen vorbei, um zu dem Geländer zu gelangen, das das Ganze krönte. Der Dampf des Ofens, ein schwefliger, beißender Rauch, schien die Hügellandschaft bis nach Hanley erzittern zu lassen. Der Mond brach nun, in halber Höhe am Himmel, aus einem Wolkengeschwader über den hügeligen Waldstreifen von Newcastle. Der dampfende Strom tauchte vor ihnen unter eine kaum sichtbare Brücke und verschwand im Nebeldunst über den flachen Feldern nach Burslem zu.

„Das ist der Gasfang, von dem ich dir erzählt habe!“ schrie Horrocks. „Und darunter, zwanzig Meter Feuer und geschmolzenes Metall und die Luft vom Gebläse, die durchzischt wie Kohlesäure im Sodawasser.“

Raut umklammerte krampfhaft das Geländer und starrte in den Gasfang. Die Hitze war fast unerträglich. Das Brodeln des Eisens und das Wirbeln des Gebläses untermalten als donnernde Begleitung Horrocks Stimme. Aber jetzt mußte er durchhalten. Und vielleicht, trotz allem . . .

„In der Mitte“, brüllte Horrocks, „ist die Temperatur fast tausend Grad. Wenn man dich hineinwerfen würde . . . du würdest in Flammen aufgehen wie Pulver über einer Kerze. Streck' einmal die Hand aus und fühl', wie heiß sein Atem ist. Sogar hier oben noch habe ich das Regenwasser an den Rollwagen glatt in Dunst aufgehen sehen. Und der Gasfang! Höllisch heiß. Nichts, um Kuchen darin zu backen. Auf dem höchsten Punkt dreihundert Grad.“

„Dreihundert Grad!“ wiederholte Raut.

„Dreihundert Celsiusgrade nämlich!“ sagte Horrocks. „Da kocht dir in einer Sekunde das Blut im Leibe!“

„Was?“ fragte Raut und drehte sich um.

„Kocht dir das Blut im Leib . . . Nein, daraus wird nichts!"

„Laß mich los!" kreischte Raut. „Laß meinen Arm los!"

Er hielt zuerst mit einer, dann mit beiden Händen das Geländer fest umklammert. Einen Augenblick schwankten die beiden Männer. Dann riß Horrocks Raut mit einem gewaltigen Ruck vom Geländer los. Raut versuchte, sich an Horrocks festzuhalten, griff daneben, sein Fuß tappte ins Leere; mitten in der Luft überschlug er sich, dann prallte er mit Wange, Schulter und Knie gleichzeitig auf den heißen Gasfang.

Er klammerte sich an die Kette, die den Gasfang hielt, und das Ding senkte sich leicht. Ein Kreis glühendes Rot tauchte auf, und eine Flammenzunge, vom Chaos unter ihm aufgestiegen, flackerte zu ihm empor. Seine Knie durchfuhr ein stechender Schmerz, und er roch das Gestank der versengten Hände. Er taumelte hoch, versuchte, die Kette hinaufzuklettern, da schlug etwas gegen seinen Kopf. Schwarz und im Mondlicht glänzend stieg rings um ihn der Schlund des Ofens auf. Er sah Horrocks auf der Plattform über sich stehen, neben einem Wagen voll Koks. Die gestikulierende Gestalt schimmerte weiß im Mondlicht. Er hörte sie schreien: „Brate, du Narr! Brate, du Schürzenjäger! Du heißblütiger Hund! Brenne! Brodle! Dampfe!"

Und mit einem Male ergriff er eine Handvoll Kohlen aus einem der Rollwagen und warf sie langsam, Stück für Stück, auf Raut.

„Horrocks!" brüllte Raut. „Horrocks!" Er hing an der Kette und zog sich vom glühenden Gasfang hoch. Jedes Stück, das Horrocks schleuderte, traf. Seine Kleider glosten und glühten, und während er sich wand und bäumte, kippte der Gasfang, und eine Wolke heißen, erstickenden Dampfes quoll heraus, die in rasenden Feuergarben um ihn herum brannte.

Er verlor alle Menschenähnlichkeit. Als das lodernde Rot verlöscht war, sah Horrocks eine verkohlte, rußige Gestalt, die sich mit blutüberströmten Kopf noch immer an die Kette klammerte und sie abtastete und sich dabei im Todeskampf krümmte — ein verkohltes Tier, ein unmenschliches monströses Geschöpf, das jetzt schluchzende, abgerissene Schreie ausstieß.

Bei diesem Anblick wich der Haß des Hüttenmeisters auf einen Schlag. Eine entsetzliche Übelkeit befiel ihn. Der betäubende Geruch von brennendem Fleisch drang zu ihm empor. Er fand seine Besinnung wieder. „Gott sei mir gnädig!" rief er aus. „Gott im Himmel, was habe ich getan!" Er wußte, das Ding da unten war, obwohl es sich noch regte, noch fühlte, schon ein toter Mann — er wußte, daß das Blut des armseligen Kerls jetzt in den Adern kochte. Die Vorstellung vom Todeskampf dieser Kreatur überkam ihn mit durchdringender Schärfe und löschte jede andere Regung aus. Einen Augenblick stand er zögernd — dann wandte er sich zu dem Rollwagen und kippte den Inhalt hastig über das zuckende Ding, das einmal ein Mensch gewesen war. Krachend fielen die Klumpen heraus und kollerten auf den Gasfang. Und mit dem Krachen hörte drunten das Schreien auf, und ein brodelnder Wirbel von Rauch, Staub und Flammen wälzte sich ihm entgegen. Danach war der Gasfang leer. Er taumelte zurück und stand zitternd da, beide Hände auf dem Geländer festgekrallt. Seine Lippen bewegten sich stumm.

Unten ertönte ein Geräusch von Stimmen und eiligen Schritten. Das Rasseln der Walzen im Schuppen verstummte jäh.

Durchs Fenster

Nachdem der Arzt seine Beine eingerichtet hatte, wurde Bailey ins Arbeitszimmer getragen und auf ein Sofa am offenen Fenster gebettet. Da lag er nun, bis zu den Hüften ein lebender — ja sogar fiebernder Mensch, von dort abwärts eine zweigeteilte, in weiße Binden gewickelte Mumie. Er versuchte zu lesen, er versuchte sogar zu schreiben, aber am meisten schaute er aus dem Fenster.

Anfangs war er über das Fenster bloß erfreut gewesen, jetzt aber dankte er Gott viele Male dafür. Das Zimmer war düster und grau. Im einfallenden Licht wurde die Schäbigkeit der Einrichtung deutlich sichtbar. Auf einem Tischchen standen Medizin und Getränke neben Obstresten, Zigarrenasche auf einem grünen Teller und einer alten Zeitung. Vor dem Fenster war alles von Licht überflutet. Die Krone einer Akazie füllte den oberen Teil der Fensteröffnung, darunter sah man das schmiedeeiserne Geländer des Balkons, dann das silberne Fließen des Flusses, immer gleicht bewegt und doch nicht eintönig. Dahinter lag das schilfbewachsene Ufer, ein breiter Streifen von Wiesen, eine dunkle Baumreihe, die an der entfernten Flußbiegung in einer Pappelgruppe endete, und hinter den Pappeln ragte ein eckiger Kirchturm auf.

Den ganzen Tag gab es Bewegung den Fluß hinauf und hinunter. Gerade zog eine Reihe von Schleppbooten nach London hinab, vollbeladen mit Kalk oder mit Bleifässern; dann kam eine Dampfbarkasse vorüber, die dichte Rauchwolken ausstieß und über die ganze Breite des Flußes Wellen zog; es folgte ein ungestümes Motorboot, dann eine Bootsladung voll Vergnügungssüchtiger, ein einzelnes

Paddelboot, ein Vierruderer von irgendeinem Ruderklub. Am frühen Morgen oder spätabends war der Fluß am ruhigsten. Einmal fuhren in einer hellen Mondnacht Leute vorbei, die sangen und auf einer Laute spielten — das klang sehr schön über das Wasser.

Nach wenigen Tagen schon konnte Bailey einige Schiffe unterscheiden, nach einer Woche kannte er die jeweilige Geschichte von mindestens einem halben Dutzend. Die Barkasse „Luzon", von Fitzgibbon, drei Kilometer stromaufwärts, kam oft drei- oder viermal an einem Tag vorüber; sie fiel auf, weil sie grellrot und gelb gestrichen war und zwei orientalische Matrosen an Bord hatte; und eines Tages hielt das Hausboot ‚Purple Emperor' zu Baileys größter Freude vor dem Fenster. Er konnte dabei zusehen, wie die Leute in völliger Ungezwungenheit frühstückten. Dann, eines Nachmittags, begann der Kapitän eines langsam fahrenden Schiffes, als es in Baileys Blickfeld auftauchte, einen Streit mit seiner Frau. Gerade als der Kapitän handgreiflich wurde, verschwand er schon hinter dem Fensterrahmen auf der rechten Seite. Bailey betrachtete das alles als Unterhaltung, die ihm während seiner Krankheit die Zeit vertrieb und spendete allen lebhafteren Begebenheiten reichen Beifall. Mrs. Green, die ihm in Abständen seine Mahlzeiten brachte, überraschte ihn dann wohl bisweilen, wie er in die Hände klatschte und leise rief: „Encore!". Aber die Schauspieler des Flusses hatten anderweitige Verpflichtungen, und sein „Encore" verklang unbeachtet.

„Nie hätte ich gedacht, daß ich an Dingen, die mich gar nicht betreffen, solches Interesse finden könnte", sagte Bailey zu Wilderspin, der gewöhnlich mit munterer Freundlichkeit erschien, um den Leidenden durch ein Gespräch zu trösten. „Ich habe immer geglaubt, nur Kinder und alte Jungfern seien zu einem so müßigen Zeitvertreib fähig. Aber es kommt nur auf die Umstände an. Ich kann nun einmal nicht arbeiten und muß alles sich selbst überlassen.

Es hat keinen Sinn, sich zu sorgen und sich abzuplagen. So liege ich eben hier und vergnüge mich mit diesem Fluß und seinen Geschichten wie ein Baby mit seiner Rassel. Natürlich wird es manchmal ein bißchen langweilig, aber nicht sehr oft. Alles würde ich geben für ein Schiffsunglück, Wilderspin, für ein einziges Schiffsunglück, nur ein einziges. Im Wasser treibende Köpfe, ein Rettungsdampfer, ein oder zwei Leute mit Bootshaken aus dem Wasser gezogen . . . Da fährt Fitzgibbons Schiff. Sie haben einen neuen Bootshaken, wie ich sehe, und der kleine Schwarze ist immer noch da. Ich glaube, er fühlt sich nicht recht wohl, Wilderspin. Zwei oder drei Tage sitzt er schon verdrossen da und starrt in das wirbelnde Wasser. Das kann nicht gut sein für ihn, immer in das schäumende Wasser zu starren."

Sie beobachteten, wie der kleine Dampfer über das sonnenbeschienene Wasser zog und hinter dem dunklen Fensterrahmen ihren Blicken entglitt.

„Ich bekomme einen ausgezeichneten Sinn für Details", bemerkte Bailey. „Diesen neuen Bootshaken habe ich sofort gesehen. Der andere Neger ist ein komischer Wicht. Mit dem alten Bootshaken ist er nie so herumstolziert."

„Malaien, nicht?" fragte Wilderspin.

„Keine Ahnung", erwiderte Bailey. „Ich dachte immer, diese Matrosen seien alle Laskaren."

Dann erzählte er Wilderspin, was er näheres über das Hausboot ‚Purple Emperor' wußte. „Merkwürdig", sinnierte er, „wie diese Leute aus allen Teilen der Welt kommen — aus Oxford und Windsor, aus Asien und Afrika — sich zusammentun und am Fenster vorbeiziehen, nur, um mich zu unterhalten. So z. B. hat es vorgestern aus der weiten Unendlichkeit einen Mann hierher verschlagen. Er hat einen herrlichen Krebs gefangen, hat ein Ruder verloren und wieder gefunden und sich dann davongemacht. Wahrscheinlich wird er niemals mehr in mein Leben treten. Da hat er nun vielleicht dreißig oder vierzig Jahre gelebt, seine kleinen Sorgen gehabt — bloß um drei Minuten vor meinem Fenster den Narren für mich zu spielen. Eine phantastische Geschichte, Wilderspin, wenn man sich das überlegt."

„Ja", gab Wilderspin zu, „wirklich phantastisch."

Ein oder zwei Tage später hatte Bailey einen wunderschönen Morgen. Gegen Ende zu wurde die Sache sogar so aufregend, wie ein Fenstertheater nur überhaupt werden kann. Aber wir wollen mit dem Anfang beginnen.

Bailey war ganz allein zu Hause, da seine Haushälterin in die vier Kilometer entfernte Stadt gefahren war, um Rechnungen zu bezahlen, und das Dienstmädchen seinen freien Tag hatte. Zunächst war alles noch ziemlich langweilig. Um halb zehn fuhr ein Kanu vorüber, dann ein Boot mit Wochenendausflüglern. Aber das waren Kleinigkeiten. Um ungefähr zehn wurde es lebhafter.

Es begann damit, daß etwas Weißes ganz entfernt herumflatterte, dort, wo die drei Pappeln die Flußbiegung bezeichneten.

„Taschentuch", dachte Bailey, als er es sah. „Nein. Zu groß. Eine Fahne vielleicht."

Es war aber auch keine Fahne, denn es sprang herum. „Ein weißgekleideter Mann, der schnell läuft. Zum Glück in meine Richtung. Aber seine Kleider flattern ziemlich stark."

Dann passierte etwas Außergewöhnliches. Ein schwacher, roter Schein zwischen den dunklen Bäumen in der Ferne, eine kleine, blaßgraue Wolke, die aufstieg und im Osten verschwand. Der Mann in Weiß sprang in die Höhe und lief weiter. Da erreichte der Knall des Schusses auch schon Baileys Ohr.

„Was zum Teufel —", entfuhr es Bailey. „Sieht aus, als würde jemand auf ihn schießen."

Er setzte sich mühsam auf und starrte angestrengt hinaus. Die weiße Gestalt kam über den Pfad durch die Felder heran. „Das ist einer von diesen Fitzgibbon-Negern, oder ich will hängen", sagte Bailey bei sich. „Warum schwenkt er immerfort den Arm?"

Dann wurden drei weitere Gestalten undeutlich vor dem dunklen Hintergrund der Bäume sichtbar.

Plötzlich kam ein Mann auf der gegenüberliegenden Uferseite ins Bild. Er hatte einen schwarzen Bart, trug einen Flanellanzug, einen roten Gürtel und einen breiten, grauen Filzhut. Er ging stark vorgebeugt und hatte die Hände nach vorn gestreckt. Man konnte sehen, wie das Gras unter dem Schlepptau des Bootes, das er hinter sich herzog, niedergedrückt wurde. Er wandte den Blick nicht von der weißen Gestalt, die durch das Korn lief. Plötzlich hielt er an.

Bailey konnte sehen, daß er das Tau mit merkwürdigen Bewegungen einzog. Über das Wasser drangen die Stimmen der Leute aus dem noch unsichtbaren Boot.

„Was ist los, Hagshot?" fragte jemand.

Der Mann mit dem roten Gürtel rief etwas Unverständliches und fuhr fort, das Tau einzuziehen. Dabei blickte er über die Schulter zurück auf die herannahende weiße Gestalt. Er bewegte sich auf das Ufer zu, das Tau schleifte durch das Schilf und peitschte bei jedem Ruck das Wasser.

Dann kam der Bug des Schiffes in Sicht, der Mast, an dem das Tau befestigt war, und ein großer blonder Mann, der aufrechtstehend über die Uferböschung zu blicken versuchte. Das Boot rammte unerwartet gegen den Untergrund, der große blonde Mann verschwand, er war offensichtlich in den unsichtbaren Teil des Bootes zurückgefallen. Ein Fluch und undeutlich klingendes Gelächter war zu hören. Hagshot lachte nicht, sondern kletterte hastig ins Boot zurück und stieß vom Ufer ab. Das Boot entschwand rasch Baileys Blicken.

Aber hören konnte er es noch. Das Gewirr der Stimmen

ließ darauf schließen, daß die Bootsinsassen eifrig berieten, was zu tun sei. Die laufende Gestalt näherte sich dem Ufer. Nun konnte Bailey deutlich erkennen, daß es einer von Fitzgibbons Orientalen war, und er gewahrte auch das gebogene Ding in der Hand des Mannes. Drei weitere Männer kamen nacheinander durch das Feld, und der erste trug etwas, was vermutlich das Gewehr war. Sie waren vielleicht zweihundert Meter von dem Malaien entfernt.

„Himmel, das ist eine Menschenjagd!" sagte Bailey.

Der Malaie blieb einen Augenblick stehen und musterte das Ufer zu seiner Rechten. Dann verließ er den Pfad, schlug sich ins Feld und verschwand dort. Die drei Verfolger nahmen seine Spur auf und wurden — die Köpfe und gestikulierenden Arme im Korn — Baileys Blicken entzogen.

Bailey vergaß sich so weit, daß er fluchte. „Gerade als es anfing, interessant zu werden", sagte er. Etwas wie das Kreischen einer Frau drang zu ihm. Dann Schreie, Heulen, ein dumpfer Aufprall auf dem Balkon draußen, der Bailey zusammenschrecken ließ, dann der Knall eines Schusses.

„Das ist etwas viel für einen Kranken", sagte er.

Aber es sollte noch aufregender werden. Noch viel aufregender, um ehrlich zu sein. Der Malaie tauchte wieder auf, jetzt lief er am Ufer stromaufwärts. Er lief mit mehr Bewegungsaufwand, aber weniger Geschwindigkeit als vorher. Er bedrohte jemanden vor sich mit dem häßlichen Kris, den er trug. Die Klinge war matt — sie glänzte nicht wie gewöhnliche Stahlklingen.

Unmittelbar darauf kam der große blonde Mann, einen Bootshaken schwingend, und drei Männer in Schiffsuniformen mit Rudern in der Hand folgten ihm unbeholfen. Der Mann mit dem grauen Hut und dem roten Gürtel war nicht dabei. Nach einer Weile tauchten die drei Männer, immer noch im Korn, nun aber dem Ufer näher, wieder auf. Sie hetzten den anderen über den Treidelpfad nach. Das Ufer lag nun wieder leer und verlassen da.

Das Krankenzimmer wurde durch Verwünschungen entehrt. „Mein Leben würde ich geben, um den Ausgang zu sehen“, sagte Bailey. Flußaufwärts waren undeutliche Schreie zu hören. Einmal schienen sie näher zu kommen, aber er wurde enttäuscht.

Bailey murrte. Er murrte noch immer, als sein Auge auf etwas Schwarzes, Rundes über den Wellen fiel. „Oha!“ sagte er. Als er näher hinsah, bemerkte er davor, ungefähr im Abstand von einem Meter zwei weitere schwarze Gebilde, die ab und zu im schäumenden Wasser auftauchten.

Immer noch rätselte er, als die Gruppe der Verfolger wieder in Sicht kam und auf das schwimmende Objekt deutete. Sie sprachen aufgeregt miteinander. Dann legte der Mann das Gewehr an.

„Er schwimmt tatsächlich über den Fluß“, sagte Bailey.

Der Malaie schaute sich um, sah das Gewehr und tauchte unter. Er kam so nahe an Baileys Flußufer heran, daß einer der Geländerstäbe des Balkons ihn einen Moment verdeckte. Als er auftauchte, feuerte der Mann mit dem Gewehr. Der Malaie schwamm stetig weiter, Bailey konnte das nasse Stirnhaar sehen und den Kris zwischen seinen Zähnen, — und wurde bald vom Balkon verdeckt.

Dies empfand Bailey als schreiendes Unrecht. Er glaubte schon, der Mann sei für ihn für immer verloren. Weshalb konnte dieses Biest sich nicht am gegenüberliegenden Ufer ordentlich einfangen lassen oder im Wasser erschossen werden?

„Schlimmer als bei Edwin Drood“, sagte Bailey.

Auch über dem Fluß war jetzt alles ruhig geworden. Alle sieben Männer waren stromaufwärts verschwunden, vielleicht, um das Boot zu holen und damit die Verfolgung aufzunehmen. Bailey lauschte und wartete. Stille. „Das ist sicher nicht das Ende“, sagte er bei sich.

Fünf Minuten verstrichen — zehn Minuten. Dann zog ein Schlepper mit zwei Kähnen den Fluß hinauf. Die Haltung der Männer an Bord war die von Leuten, die weder im Wasser, noch an Land, noch am Himmel irgend etwas Bemerkenswertes entdecken können. Offensichtlich spielte sich die ganze Angelegenheit außerhalb von Baileys Blickfeld ab. Möglicherweise wurde die Jagd auch in den Buchenwäldern hinter dem Haus fortgesetzt.

„Verdammt!" sagte Bailey. „Fortsetzung folgt — und keine Möglichkeit, die nächste Folge zu sehen. Das ist wirklich etwas viel für einen Kranken."

Auf der Treppe erklangen Schritte. Als er sich umdrehte, stand die Zimmertür offen. Mrs. Green kam herein und setzte sich keuchend. Sie hatte noch ihr Häubchen auf dem Kopf, die Tasche in der Hand, und an ihrem Arm hing der kleine braune Korb.

„Da!" sagte sie und blieb Bailey den Rest schuldig. „Nehmen Sie sich doch ein Glas Whisky mit Wasser, Mrs. Green, und erzählen Sie!" sagte Bailey.

Während sie am Glas nippte, erlangte sie ihre Sprache zurück.

Eine dieser schwarzen Kreaturen von Fitzgibbon war verrückt geworden, rannte mit einem langen Messer herum und stach auf Leute ein. Einen Burschen hatte er getötet, einen anderen verletzt, und einem Herrn aus einem Boot fast den Arm abgetrennt.

„Amoklaufen mit einem Kris", sagte Bailey, „das habe ich mir gleich gedacht."

Und im Wald habe er sich versteckt, genau zu der Zeit, in der sie ihn, von der Stadt kommend durchqueren mußte.

„Was? Ist er Ihnen nach?" fragte Bailey mit freudig-erregtem Unterton in der Stimme.

„Nein. Das ist ja das Entsetzliche", erklärte Mrs. Green. Sie war schon mitten im Wald und *hatte keine blasse Ahnung, daß er dort* war. Erst als sie den jungen Mr. Fitzgib-

mit einem Gewehr im Gebüsch antraf, erfuhr sie davon. Offensichtlich war es gerade der Umstand, daß sie die Gelegenheit, sich aufzuregen, versäumt hatte, der Mrs. Green derart erboste. Aber sie war entschlossen, aus dem wenigen, das ihr geboten worden war, das meiste zu machen.

„Sich vorzustellen, daß er die ganze Zeit über dort gewesen ist", sagte sie wieder und immer wieder.

Zehn Minuten lang ertrug Bailey alles mit leidlicher Geduld. Endlich hielt er es für ratsam, sich bemerkbar zu machen. „Es ist zwanzig Minuten nach eins, Mrs. Green", sagte er. „Glauben Sie nicht, daß es an der Zeit wäre, mir etwas zu essen zu bringen."

Das machte Mrs. Green plötzlich wieder fügsam.

„Mein Gott, Sir", flehte sie. „Verlangen Sie bitte nicht von mir, daß ich dieses Zimmer verlasse, bevor er eingefangen worden ist. Er könnte ja ins Haus gelangt sein. Er könnte schon über den Gang kriechen — mit diesem Messer —"

Sie brach auf einmal ab und starrte über ihn hinweg durchs Fenster. Ihr Unterkiefer fiel herab. Bailey drehte sich rasch um. Eine halbe Sekunde lang schien alles zu sein wie vorher. Der Baum, der Balkon, der glänzende Fluß, der ferne Kirchturm. Dann aber bemerkte er, daß die Akazienkrone ein wenig nach rechts gedrängt war, daß sie zitterte und die Blätter raschelten. Der Baum wurde heftig geschüttelt, und ein schweres Keuchen war vernehmbar.

Im nächsten Moment erschien eine braune, behaarte Hand, die sich am Balkongeländer festklammerte, und dann blickte der Malaie zwischen den Stäben hindurch auf den Mann auf dem Bett. Durch den Kris, den er mit den Zähnen hielt, wurde das Gesicht zu einer abstoßenden Grimasse verzerrt, aus einer häßlichen Wunde an der Wange blutete er. Seine nassen Haare standen borstig vom Kopf ab. Er trug nichts auf dem Leibe als die nassen Hosen, die an seinen Beinen klebten. Baileys erster Gedanke war, aus dem Bett zu springen, aber seine Beine gemahnten ihn daran, daß dies unmöglich war.

Auf Balkon und Baum abgestützt, zog sich der Mann langsam hoch, bis auch Mrs. Green ihn sehen konnte. Mit einem erstickten Schrei stürzte sie zur Tür und rüttelte an der Klinke.

Bailey reagierte schnell und packte mit jeder Hand eine Medizinflasche. Er schleuderte die eine, und sie zersplitterte an der Akazie. Ruhig und bedächtig, die glänzenden Augen auf Bailey gerichtet, erkletterte der Malaie den Balkon. Bailey, immer noch die zweite Flasche umklammernd, aber mit einem elenden, mulmigen Gefühl in der Herzgegend, sah, wie erst ein Bein, dann das zweite über das Geländer kam.

Für Bailey dauerte es stundenlang, bis der Malaie sein zweites Bein über das Geländer gehoben hatte. Die Zeit, die verstrich, bis er auf beiden Füßen stand, schien unendlich — Tage, Wochen, vielleicht ein Jahr. Aber Bailey hatte keine Ahnung mehr, was während dieser langen Zeit in seinem Kopf vorging, er weiß nur noch von einem vagen Staunen, darüber, daß er außerstande war, die zweite Flasche zu werfen. Da blickte der Malaie über die Schulter. Das Krachen eines Schusses ertönte. Er warf die Arme hoch und fiel über das Sofa. Mrs. Green erhob ein markerschütterndes Gebrüll, mit dem sie, wie es schien, bis in alle Ewigkeit nicht mehr aufhören wollte. Bailey starrte auf den braunen Körper mit dem zerschmetterten Schulterblatt, der über seinen Beinen lag und sich vor Qualen krümmte und bald die reinen Verbände besudelt und befleckt hatte. Dann blickte er nach dem langen Kris mit dem rötlichen Streifen auf der Klinge, der neben den zitternden, braunen Fingern auf dem Boden lag. Dann wanderte sein Blick zu Mrs. Green, die sich an die Tür drückte, die braune Gestalt anstarrte und immer wieder wilde Schreie ausstieß, als wollte sie die Toten erwecken. Dann erschütterte eine letzte krampfhafte Anstrengung den hingestreckten Körper.

Der Malaie erfaßte den Kris, wollte sich, auf seine linke Hand gestützt, aufrichten, und brach wieder zusammen. Dann hob er den Kopf, starrte Mrs. Green an und wandte sich zu Bailey. Mit kraftloser Hand konnte der Sterbende noch keuchend und stöhnend das Leintuch ergreifen und sich mit einer gewaltigen Anstrengung, die Baileys Beinen große Schmerzen verursachte, seitwärts empor zu seinem letzten Opfer ziehen. Da schien sich etwas in Baileys Kopf zu lösen, und er schmetterte mit aller Kraft die zweite Flasche in das Gesicht des Malaien. Der Kris fiel zu Boden.

„Achtung, die Beine!“ sagte Bailey, als der junge Fitzgibbon und einer von der Bootsgesellschaft den Leichnam aufhoben.

Der junge Fitzgibbon war sehr bleich.

„Ich hatte nicht die Absicht, ihn zu töten“, sagte er.

„Oh, es ist ganz gut so“, meinte Bailey.

Mr. Brishers Schatz

„Man kann nicht genug aufpassen, *wen* man heiratet", sagte Mr. Brisher und zupfte mit plumper Hand nachdenklich an dem dünnen Schnurrbart, der sein fliehendes Kinn verdeckte.

„Deshalb . . .", warf ich vorsichtig ein.

„Ja", sagte Mr. Brisher mit einem festlichen Leuchten in seinen wäßrigen blaugrauen Augen, nickte nachdrücklich mit dem Kopf und blies mir vertraulich seinen Alkoholatem ins Gesicht. „Viele haben es schon mit mir probiert — viele könnte ich Ihnen in *dieser* Stadt nennen — aber keine hat's dann wirklich gemacht — keine."

Ich betrachtete das gerötete Gesicht, den ausladenden Bauch, die vollendete Nachlässigkeit der Kleidung und stieß einen Seufzer aus bei dem Gedanken, daß er der Nichtswürdigkeit der Frauen wegen notgedrungen der letzte unter seinesgleichen sein mußte.

„In früheren Zeiten war ich ein smarter junger Kerl", sagte Mr. Brisher. „Hatte 'ne Menge zu tun. Aber ich war sehr gewissenhaft — sehr gewissenhaft. Und ich hab's geschafft . . ."

Über den Schanktisch gelehnt, erwog er offensichtlich meine Zuverlässigkeit. Es erleichterte mich, daß er mir schließlich doch sein Vertrauen schenkte.

„Einmal war ich verlobt", sagte er darauf, und sein Blick, den er auf das ‚Shuv-a'Penny'-Brett heftete, wurde schwer von Erinnerung.

„So nahe dran schon?" Er blickte mich an. „So nahe dran. Tatsache ist . . ." Er blickte sich um, näherte sein Gesicht dem meinen, senkte die Stimme und schloß mit grimmiger Gebärde eine gefühllose Welt von dem Gespräch aus. „Wenn sie nicht tot ist, oder mit einem anderen verheiratet, oder Ähnliches — bin ich immer noch verlobt. Heute noch . . ." Kopfnicken und Mienenspiel bekräftigten diese Behauptung. „*Immer noch*", sagte er, brach seine Pantomime ab und schlug zu meiner Überraschung ein unbekümmertes Lachen an. „*Ich!*"

„Abhauen", fuhr er mit blitzenden Augen fort. „Zurückkommen."

„Das ist nicht alles."

„Sie werden es nicht für möglich halten", sagte er, „aber ich habe einen Schatz gefunden, einen regelrechten Schatz."

Ich hielt das für Ironie und zeigte deshalb wohl nicht die entsprechende Überraschung. „Ja", sagte er noch einmal. „Ich habe einen Schatz gefunden. Und bin zurückgekommen. Die merkwürdigsten Geschichten könnte ich Ihnen erzählen. Was ich alles erlebt habe! Sie würden sich wundern." Eine Zeitlang gab er sich damit zufrieden, zu wiederholen, daß er einen Schatz gefunden — und zurückgelassen habe.

Nicht aus billiger Sensationslust, sondern wirklich nur aus Anteilnahme für Mr. Brishers persönliche Nöte brachte ich das Gespräch bald wieder auf die verlassene Dame.

„Ein nettes Mädchen war sie", sagte er — ein wenig traurig wie mir schien. „Und ehrbar noch dazu."

Er zog die Augenbrauen hoch und kniff den Mund zusammen, um äußerste Ehrbarkeit auszudrücken — nichts mehr für uns ältere Männer.

„Wohnte ziemlich weit weg von hier. Essex. In der Nähe von Colchester. Ich hielt mich damals gerade in London auf — Baugewerbe. Ich war ein smarter junger Bursche, das sag' ich Ihnen. Schlank. Die feinsten Anzüge. Hut — Zylinder, das müssen Sie sich einmal vorstellen!" Mr. Brishers Hand schoß über seinen Kopf hinaus ins Unendliche, um einen ganz hohen Zylinder anzudeuten. „Und einen Regenschirm — einen wunderschönen Regenschirm mit Horngriff. Von Savin. Ich hab' wirklich auf alles geachtet . . ."

Eine kleine Weile lang war er nachdenklich und sann — was wir alle früher oder später tun müssen — über den entschwundenen Glanz der Jugendjahre nach. Aber er sparte sich die offenkundige Moral, wie es in Schankstuben wohl manchmal geschehen mag.

„Ich lernte sie durch den Verlobten ihrer Schwester kennen. Sie hielt sich kurzfristig in London bei einer Tante auf, die einen Selch- und Fleischwarenladen hatte. Diese Tante war wirklich eigentümlich — eigentlich waren sie das alle, alle ihre Leute waren eigentümlich — und wollte ihre Schwester nicht mit ihrem Burschen ausgehen lassen, wenn nicht die andere Schwester, *mein* Mädchen eben, dabei war. Deshalb brachte er mich mit, um die Runde sozusagen ein bißchen aufzulockern. Sonntag nachmittag gingen wir im Battersea-Park spazieren. Ich in meinem Zylinder, er in seinem, und die Mädchen — nun — eben ganz fein. Nicht viele gab es im Battersea-Park, die über uns gelacht hätten. Sie war nicht unbedingt hübsch, aber ich habe nie ein netteres Mädchen getroffen. Sie gefiel mir gleich und, nun — das sollte ich jetzt eigentlich nicht sagen — ich gefiel ihr auch. Kennen Sie das?"

Ich gab vor, es zu kennen.

„Und als dieser Bursche ihre Schwester heiratete — er und ich waren gute Freunde —, was tat er: Er lud mich nach Colchester ein, wo sie ganz in der Nähe wohnte. Selbstverständlich wurde ich ihren Leuten vorgestellt und — na ja — bald darauf waren wir verlobt."

„Verlobt", wiederholte er.

„Sie lebte bei ihrem Vater und ihrer Mutter, ganz die Dame, in einem sehr hübschen kleinen Haus mit Garten — und sie waren wirklich äußerst ehrbare Leute. Vielleicht hätte man sie sogar wohlhabend nennen können. Sie besaßen ihr eigenes Haus — von der Wohnbaugenossenschaft billig erworben, denn der frühere Besitzer war ein Einbrecher, der im Gefängnis saß, und dazu hatten sie auch noch ein bißchen eigenen Grund mit ein paar Ferienhäuschen und ein bißchen Geld angelegt — alles hübsch ordentlich: behaglich und sicher, wie man das nennt.Na, ich machte mich vielleicht ran, sag ich Ihnen. Und dann auch die Einrichtung! Ja, sie hatten sogar ein Klavier. Jane — so hieß sie — spielte jeden Sonntag, und noch dazu sehr gut. Es gab wohl kein Lied im ganzen Buch, das sie nicht spielen konnte . . .

Wie viele Abende haben wir uns getroffen und Kirchenlieder gesungen, ich, sie und ihre Familie!

Ihr Vater war ein wichtiger Mann in der Pfarrgemeinde. Sie hätten ihn sonntags sehen sollen, wie er den Pastor unterbrach und Lieder anstimmte. Brillen mit Goldrand trug er, das weiß ich noch, und während er tüchtig sang, guckte er einen über den Brillenrand hinweg an — das konnte er ausgezeichnet, tüchtig zu Gott hinauf singen —, und wenn er einmal die Melodie nicht ganz traf, richtete sich die Hälfte der Leute gleich nach ihm — jedes Mal. So einer war er . . . Und wenn man hinter ihm ging — er in seinem schwarzen Anzug, den breitkrempigen Hut auf dem Kopf —, dann wurde man regelrecht stolz, mit so einem Schwiegervater verlobt zu sein. Im Sommer besuchte ich sie dann für vierzehn Tage.

Na ja, irgendwie juckte es mich schon", sagte Mr. Brisher. „Jane und ich wollten ja heiraten und das Nötige noch regeln. Aber er war der Meinung, ich sollte zuerst einmal etwas Anständiges werden. Klar, daß es mich irgendwie juckte. Ganz klar auch, daß ich bei meinem Besuch darauf aus war, den anständigen, tüchtigen Burschen hervorzukehren. So einen ungefähr, der fast alles kann. Verstehen Sie?"

Ich murmelte verständnisvoll.

„Am unteren Ende ihres Gartens war ein verwilderter Flecken. Sag' ich zu ihm: ‚Warum lassen Sie da nicht einen Alpengarten machen? Wär' doch ganz hübsch!'

‚Zu teuer' sagt er.

‚Kostet Sie keinen Penny', sag' ich, ‚ich bin Experte, wenn es um Alpengärten geht. Lassen Sie mich doch einen machen!' Ich hab' nämlich meinem Bruder geholfen, im Biergarten hinter seiner Schankstube einen Alpengarten anzulegen, und deshalb weiß ich, wie man so etwas ordentlich macht. Sag' ich also: ‚Lassen Sie nur mich das erledigen. Ich bin zwar im Urlaub, aber ich bin einfach jemand, der das Nichtstun nicht leiden kann. Ich mache Ihnen einen ordentlichen Alpengarten.' Kurz und gut — ich krieg' die Erlaubnis.

Und so bin ich zu meinem Schatz gekommen."

„Zu welchem Schatz?" fragte ich. „Aber natürlich zu dem Schatz, von dem ich Ihnen erzählt habe", sagte Mr. Brisher, „und der auch der Grund dafür war, daß ich nie geheiratet habe."

„Was! — einen Schatz — ausgegraben?"

„Ja, — vergrabene Reichtümer — ein verborgener Schatz. Direkt aus dem Boden. Das sag' ich Ihnen ja dauernd — ein regelrechter Schatz." Er blickte mich mit ungewohnter Geringschätzung an.

„Nicht tiefer als einen halben Meter im Boden, der Dekkel", sagte er. „Nicht einmal durstig bin ich geworden, bis ich die Ecke hatte."

„Weiter!" drängte ich. „Ich habe das nicht ganz verstanden."

„Sofort als ich auf die Truhe stieß, wußte ich, daß es ein Schatz war. Eine Art Instinkt sagte es mir. Irgend etwas in mir rief: — ‚Das ist deine Chance! — Nur Vorsicht jetzt!' Zum Glück wußte ich, wie man mit solchen Schätzen umgeht — sonst hätte ich wohl herumgeschrien."

„Kassiert alles die Krone", sagte ich, „alles bis auf ein Prozent. Aber weiter! Es ist ein Skandal! Was haben Sie gemacht?"

„Den Deckel freigeschaufelt. Kein Mensch war im Garten oder auch nur in der Nähe. Jane half ihrer Mutter das Haus aufzuräumen. Ich *war* vielleicht aufgeregt, sag' ich Ihnen! Ich prüfte das Schloß und schlug dann gegen die Scharniere. Offen! Voll mit Silbermünzen. Dieser Glanz! Ich zitterte bei dem Anblick. Und genau in diesem Moment — verdammt! — kommt ein Mann von der Müllabfuhr hinter dem Haus hervor. Der Schlag hat mich fast getroffen beim Gedanken, was ich für ein Narr war, all das Geld so offen zu zeigen. Und knapp nachher hörte ich den Kerl vom Nachbarhaus — er war auch im Urlaub — seine Bohnen gießen. Wenn er über den Zaun geschaut hätte!"

„Was haben Sie gemacht?"

„Den Deckel wieder zugeschlagen, alles blitzschnell zugedeckt und ungefähr einen Meter davon entfernt wie ein Verrückter weitergegraben. Und während ich alles zudeckte, lachte ich die ganze Zeit unwillkürlich vor mich hin. Ich kann Ihnen sagen, ich war regelrecht entsetzt über mein Glück. Ich dachte, die Sache müsse nur geheim bleiben und alles sei geritzt. ‚Ein Schatz!' flüsterte ich, ‚ein Schatz' und ‚Hunderte von Pfund!'. So flüsterte ich vor mich hin, während ich wie verrückt schaufelte. Immer wieder glaubte ich, die Kiste müsse aus dem Boden ragen und weithin zu sehen sein, wie Füße, die unter den Bettüchern hervorschauen. Deshalb holte ich die Erde von dem Loch, das ich für den Alpengarten ausgehoben hatte, herüber und häufte sie drauf. Mann, wie ich geschwitzt habe! Und mittendrin kommt ihr Vater dahergestolpert. Er sagte kein Wort, stand einfach hinter mir, aber Jane erzählte mir nachher, daß er drinnen gesagt hat: ‚Dein Stutzer da, Jane' — er nannte mich immer Stutzer, oder so ähnlich — ‚versteht trotz allem ordentlich zuzupacken.‘ War recht beeindruckt davon, glaube ich.“

„Wie lang war die Kiste?“ fragte ich unvermittelt.

„Wie lang?“ sagte Mr. Brisher.

„Ja — die Länge?“

„Oh, ungefähr so — so.“ Mr. Brisher deutete einen mittelgroßen Koffer an.

„*Voll?*“ fragte ich.

„Voll bis oben mit Silbermünzen — halbe Kronen, glaube ich.“

„Himmel!“ rief ich aus, „das würde bedeuten — Hunderte von Pfund.“

„Tausende“, sagte Mr. Brisher mit düsterer Ruhe. „Ich hab' es mir ausgerechnet.“

„Aber wie sind sie dorthin gelangt?“

„Ich weiß nur, daß ich sie gefunden habe. Damals überlegte ich mir folgendes: Der Kerl, dem das Haus vor ihrem Vater gehört hat, war ein erstklassiger Einbrecher. Das, was man einen Profi-Gangster nennt. Hatte dieselbe Masche wie damals Peace.“ Mr. Brisher meditierte über die Schwierigkeiten des Erzählens und holte zu einer komplizierten Zwischenbemerkung aus. „Ich weiß nicht, ob ich Ihnen erzählt habe, daß das Haus einem Einbrecher gehört hat, bevor es der Vater meines Mädchens übernahm. Ich wußte, daß dieser Einbrecher einmal einen Postzug ausgeraubt hat, das wußte ich damals. Es schien mir . . .“

„Das ist leicht möglich“, unterbrach ich ihn. „Aber was haben Sie gemacht?“

„Geschwitzt“, sagte Mr. Brisher. „Der Schweiß rann regelrecht an mir herunter. Den ganzen Morgen plagte ich mich, gab vor, am Alpengarten zu arbeiten, während ich in Wirklichkeit überlegte, was ich tun sollte. Ich hätte ihrem Vater davon erzählt, wären mir nicht Zweifel an seiner Ehrlichkeit gekommen — ich befürchtete, er würde mir den Schatz rauben und ihn den Behörden übergeben -, und außerdem hielt ich es für besser, wenn ich schon in die Familie einheiratete, alles selbst mitzubringen. Hätte dadurch sozusagen besser Fuß fassen können. Drei Tage hatte ich noch Urlaub — es eilte also nicht. So deckte ich eben den Schatz zu und grub weiter, überlegte hin und her, wie ich ihn sicherstellen könnte. Aber leider — es ging nicht."

„Ich überlegte", fuhr Mr. Brisher fort, „*und* überlegte. Einmal zweifelte ich regelrecht daran, ob ich wirklich einen Schatz gesehen hatte, ging hinunter und grub ihn aus, gerade in dem Augenblick, da ihre Mutter herauskam, um Wäsche aufzuhängen. Ich spring' wieder herum! Danach überlegte ich, ob ich einen weiteren Versuch wagen sollte, da rief Jane mich zum Essen. ‚Du wirst es nötig haben', sagte sie, ‚wenn man sich das Loch ansieht, das du gegraben hast.'"

„Während des Essens war ich regelrecht benommen und befürchtete ständig, daß der Kerl vom Nachbarhaus vielleicht gar über den Zaun steigen würde, um seine Taschen zu füllen. Aber am Nachmittag war mir ein wenig leichter zumute — ich sagte mir, wenn die Kiste schon so lange dort gewesen ist, wird sie mit ziemlicher Sicherheit auch noch eine Weile dort bleiben — und ich versuchte, eine kleine Diskussion anzufangen, den Alten ein bißchen auszuquetschen, um herauszufinden, was er denn von vergrabenen Schätzen halte."

Mr. Brisher hielt inne und zeigte sich rückblickend amüsiert.

„Der Alte war ein Knüller", sagte er, „ein regelrechter Knüller."

„Was?" sagte ich, „hat er . . ."

„Es war so", begann Mr. Brisher, legte seine Hand freundschaftlich auf meinen Arm und blies mir seinen Atem ins Gesicht, um mich zu beruhigen. „Nur um ihn auszuquetschen, erzählte ich eine Geschichte von einem mir bekannten Burschen — alles erfunden, wissen Sie —, der ein Goldstück in einem geliehenen Mantel gefunden hatte. Ich sagte, er habe es behalten, und ich wüßte nun nicht, ob das richtig oder falsch gewesen sei. Und da legte der Alte auch schon los. Herr! Hättest du's mich finden lassen!" Mr. Brisher heuchelte Belustigung. „Er war — nun ja — was man einen Fachmann für bissige Seitenhiebe nennen könnte. Sagte, das sei genau die Art von Freund, die zu mir passe. Sagte, genau das habe er von dem Freund eines beschäftigungslosen Herumtreibers erwartet, der sich mit Töchtern, die ihn nichts angehen, einläßt. Da hatte ich's. Nicht die Hälfte von dem, was er gesagt hat, könnte ich wiedergeben. Und genauso unverschämt machte er weiter. Ich hab' mitgemacht, nur um ihn auszuquetschen. ‚Würden Sie denn nicht eine halbe Krone behalten, auch dann nicht, wenn Sie sie auf der Straße gefunden hätten?' ‚Gewiß nicht', sagte er, ‚gewiß würde ich das auf keinen Fall tun.' ‚Was? Nicht einmal, wenn Sie sie wie einen Schatz finden würden?' ‚Junger Mann', sagte er, ‚es gibt eine Macht, die über mir steht — Gebt dem Kaiser' — wie geht das gleich? Genau! Das hat er ausgegraben! Ein Fachmann, wenn's darum ging, dir mit der Bibel eins überzuziehen, das war er, der Alte. Und auf diese Art machte er weiter. So bissige Seitenhiebe hat er gelandet, daß ich es nicht mehr aushielt. Ich hatte Jane versprochen, ihm gegenüber nicht frech zu werden, aber es wurde mir einfach zu bunt. Ich — ich geb's ihm also . . ."

Mr. Brisher versuchte, mich durch dunkles Mienenspiel davon zu überzeugen, daß er siegreich aus dem Streit ausgestiegen war. Aber ich wußte es besser.

„Zum Schluß ging ich dann wütend davon. Aber nicht, bevor ich sicher war, daß ich den Schatz alleine heben mußte. Das einzige, was mich noch einigermaßen bei Laune hielt, war die Vorstellung, wie ich ihn fertigmachen würde, wenn ich erst das Geld hatte . . ."

Eine lange Pause folgte.

„Sie werden es gar nicht glauben, aber diese drei Tage über hatte ich keine Chance, an den verdammten Schatz heranzukommen, nicht eine einzige halbe Krone konnte ich herausholen. Irgendetwas kam immer dazwischen.

Komisch, daß man darauf gar nicht kommt", sagte Mr. Brisher, „aber einen Schatz zu finden, das ist keine Affäre. Wie ihn auf die Seite zu schaffen, darin liegt die Schwierigkeit. Ich glaube nicht, daß ich in jenen Nächten ein Auge zugetan habe, ich dachte ununterbrochen daran, wohin ich ihn bringen sollte, was ich damit anstellen würde, wie ich alles erklären konnte. Es machte mich regelrecht krank. Und tagsüber war ich so benommen, daß Jane sich regelrecht ärgerte. ‚Du bist nicht mehr so, wie du in London warst', sagte sie oft. Ich versuchte, es auf ihren Vater und seine Bissigkeit zu schieben, aber, verdammt, sie wußte es besser. Vermutete natürlich, ich hätte ein anderes Mädchen im Kopf, ich sei ihr untreu. Natürlich hatten wir einen kleinen Krach. Aber ich war so versessen auf den Schatz, daß ich mich gar nicht darum scherte, was sie mir sagte.

Nun, schließlich faßte ich einen Plan. Ich war immer recht geschickt im Pläneschmieden, wenn auch die Ausführung nicht unbedingt meine Stärke ist. Ich überdachte alles gründlich und beschloß, mir einen Plan zurechtzulegen. Zuerst wollte ich mir die Taschen mit den Münzen anfüllen — verstehen Sie? — und dann — Sie werden gleich hören!

Nun, ich war so nervös, daß ich nicht einmal daran denken konnte, mich tagsüber an den Schatz zu wagen, deshalb wartete ich die Nacht ab, und dann, als alles ruhig war: auf! und runter zur Hintertür, um mir die Taschen vollzustopfen. Und was muß mir in der Spülküche passieren? Ich stolpere über einen Kübel. Da kommt auch schon ihr Vater mit einem Gewehr — hatte einen leichten Schlaf, ihr Vater, und verdammt mißtrauisch war er — und da stand ich und mußte erklären, ich sei zum Wassertrinken heruntergekommen, weil mein Wasserkrug schadhaft sei. Natürlich bin ich wieder nicht ohne ein, zwei bissige Rüffler davongekommen, darauf können Sie Gift nehmen."

„Und Sie wollen behaupten . . ." sagte ich.

„Warten Sie ein bißchen", fiel mir Mr. Brisher ins Wort. „Ich sage, daß ich einen Plan hatte. Das veränderte die Situation zwar ein bißchen, beeinträchtigte aber das eigentliche Programm kaum. Am nächsten Tag machte ich den Alpengarten fertig, als gebe es auf der ganzen Welt keine Bissigkeit, zementierte die Steine, trug grüne Farbe auf und fertig. Mit einem Tupfer Grün markierte ich die Stelle, wo die Truhe lag. Alle kamen sie und sagten, wie hübsch es geworden sei — sogar er zeigte sich etwas freundlicher, als er alles begutachtete und bemerkte nur: ‚Schade, daß du nicht immer so arbeiten kannst, dann könntest du wahrscheinlich einen sicheren Posten bekommen.'

‚Ja', sagte ich — konnte mir's nicht verkneifen — ‚ich hab' allerhand in diesen Alpengarten gesteckt.' So sag' ich. Verstehen Sie? ‚Ich hab allerhand in diesen Alpengarten gesteckt' — was so viel heißen sollte wie . . ."

„Ich verstehe", fiel ich ihm ins Wort — denn Mr. Brisher neigt dazu, seine Scherze bis zur Erschöpfung auszuführen.

„Er aber nicht", sagte Mr. Brisher. „Damals jedenfalls nicht.

Hm — dann — als das alles vorbei war, machte ich mich auf nach London . . ."

Pause.

„Nur daß ich gar nicht nach London gefahren bin", sagte Mr. Brisher mit plötzlicher Lebhaftigkeit und drängte sich nahe an mich heran.

„Keine Angst! Was glauben *Sie*?

Ich fuhr nicht weiter als bis Colchester — keinen Meter weiter.

Die Schaufel hatte ich an einer Stelle gelassen, wo ich sie leicht finden konnte. Alles geplant und genau kalkuliert. In Colchester mietete ich einen kleinen Einspänner und sagte, daß ich in Ipswich übernachten wolle und am nächsten Tag zurückkommen werde. Der Kerl, von dem ich ihn mietete, knöpfte mir gleich zwei Souvereigns ab; dann brach ich auf.

Ich fuhr aber auch nicht nach Ipswich.

Um Mitternacht wurden Pferd und Kutsche in der Nähe der kleinen Straße, die neben dem Häuschen, in dem er wohnte, vorbeiführte, angebunden — keine fünfzig Meter davon entfernt —, und ich mach' mich dran, wie ein Wilder. Die Nacht war wie geschaffen für solche Spielchen — bewölkt — aber eine Spur zu schwül, Wetterleuchten am Himmel. Und bald darauf ging auch schon das Gewitter nieder. Zuerst große Tropfen, ein richtiger Guß, dann Hagel. Aber ich ließ mich nicht aufhalten. Ich also drauflos — ließ mir nicht im Traum einfallen, der Alte könnte mich hören. Nicht einmal bemüht habe ich mich, beim Schaufeln leise zu sein. Donner und Blitz und Hagel schienen mich nur noch anzutreiben. Es würde mich nicht wundern, wenn ich dabei gesungen hätte. So wild ging ich es an, daß ich Donner, Pferd und Wagen glatt vergaß. Ich fand die Truhe ziemlich schnell. Nun mußte ich sie nur noch hochheben."

„Schwer?" fragte ich.

„Ich hätte genauso gut Berge versetzen können. Ich war vielleicht sauer! Daran hatte ich nie gedacht. Ich drehte regelrecht durch. Damals kam mir nicht die Idee, daß ich sie zertrümmern hätte können, aber auch dann hätte ich das Geld nicht einfach so mit bloßen Händen in die Kutsche tragen können. Ich zerrte wie verrückt an einer Seite, alles mit einem Höllenlärm. Richtig schönes Silbergerassel! Und dann unmittelbar darauf — ein Aufblitzen. Hell wie der Tag! Die Hintertür flog auf, der Alte kam mit seinem verflixten alten Gewehr in den Garten. Er war keine achtzig Meter entfernt."

„Ich sag' Ihnen, ich war so aufgeregt — ich wußte nicht mehr, was ich tat. Ich hielt mich keine Sekunde länger auf — nicht einmal, um meine Taschen zu füllen. Ich hechtete blitzschnell über den Zaun und rannte wie der Teufel zum Einspänner, in einem fort schimpfend und fluchend. Ich war vielleicht aufgeregt. Und werden Sie es mir glauben? Als ich an die Stelle kam, wo ich Pferd und Kutsche zurückgelassen hatte, waren beide verschwunden. Einfach weg! Teufel! Nicht ein einziger Fluch ist mir mehr ausgekommen. Ich hüpfte wie besessen im Gras herum, und als ich mich beruhigt hatte, brach ich nach London auf . . . Ich war erledigt!"

Eine Weile sann Mr. Brisher vor sich hin. „Ich war erledigt!" wiederholte er dann mit großer Bitterkeit.

„Nun", sagte ich.

„Das ist alles", sagte Mr. Brisher

„Sind Sie denn nicht zurückgegangen?"

„Keine Angst! Von *diesem* verflixten Schatz hatte ich genug, wenigstens für 'ne Weile. Außerdem war ich nicht ganz sicher, was mit Kerlen passiert, die sich einen Schatz unter den Nagel reißen. Ich brach sofort nach London auf . . ."

„Und Sie sind nie zurückgekehrt?"

„Niemals!"

„Aber was war mit Jane? Haben Sie ihr geschrieben?"

„Dreimal. Um ein bißchen auf den Busch zu klopfen. Keine Antwort. Wir hatten uns in einem kleinen Streit getrennt — wegen ihrer Eifersucht. Deshalb konnte ich auch nicht herausfinden, was das zu bedeuten hatte. Ich wußte nicht, was ich tun sollte. Ich wußte nicht einmal, ob mich der Alte erkannt hatte. Aber ich las aufmerksam die Zeitungen, um zu erfahren, wann er den Schatz den Behörden übergeben würde. Daran zweifelte ich keine Minute, wenn ich mir überlegte, wie ehrbar er immer gewesen war."

„Und hat er es getan?"

Mr. Brisher verzog den Mund und bewegte den Kopf langsam hin und her. „*Der* nicht", sagte er. „Jane war ein liebes Mädchen", fuhr er fort, „ein durch und durch liebes Mädchen, *wenn auch* eifersüchtig, und es ist gar nicht so sicher, ob ich nicht nach einer Weile zu ihr zurückgekehrt wäre. Wenn er den Schatz nicht herausgab — so überlegte ich — dann hatte ich ihn in der Hand . . . Nun, eines Tages schaue ich die Rubrik Colchester durch — und entdecke seinen Namen. Was glauben Sie, was da stand?"

Ich erriet es nicht.

Mr. Brishers Stimme sank zu einem Flüstern herab, und einmal mehr redete er hinter vorgehaltener Hand. Plötzlich zeigte er ehrliches Vergnügen. „Falschgeld in Umlauf gesetzt", sagte er. „Falschgeld!"

„Sie wollen doch nicht behaupten . . .,"

„Ja — genau! Schlimm. War ein ziemlich langwieriger Fall. Aber sie kriegten ihn, obwohl er es ganz schlau anpackte. Wiesen ihm nach, daß er, hm! — beinahe ein Dutzend heißer Halbkronenstücke aus der Hand gegeben hat."

„Und Sie haben nicht . . .?"

„Keine Angst. Und ihm hat es bestimmt nichts genützt, wenn er behauptete, das Geld stamme von einem Schatz."

Mutter und der Mörderberg

Von meinem ersten Versuch, ein Flugzeug zu steuern, habe ich wohl schon berichtet. Soweit ich mich erinnern kann, erwähnte ich bei Gelegenheit auch, daß ich in Arosa so etwas wie einen Rekord aufgestellt habe: Ich bin an drei aufeinanderfolgenden Tagen in drei verschiedene Gletscherspalten gefallen. Das war noch, bevor mich meine liebe Mutter dort aufgestöbert hat. Als sie damals eintraf, sah ich auf den ersten Blick, wie müde, erschöpft und besorgt sie war, und statt es zuzulassen, daß sie sich im Hotel herumärgerte und in ein ermüdendes Gewirr von Klatschgeschichten verwickelt wurde, schnappte ich sie und zwei Rucksäcke und brach zu einer langen, erfrischenden und gemächlichen Wanderung nach dem Norden auf, bis eine Blase auf ihrem Fuß uns zwang, im Hotel Magenruhe auf dem Schneejoch haltzumachen. Sie war fürs Weitergehen, ob mit oder ohne Blase — so viel Mut ist mir mein ganzes Leben noch nicht untergekommen —, aber ich sagte „Nein. Das ist ein Bergsteigerhotel und paßt mir ausgezeichnet, oder ganz und gar — wenn dir das lieber ist. Du wirst auf der Terrasse beim Fernrohr sitzen, und ich streune ein bißchen zwischen den Gipfeln herum."

„Daß dir auch nichts zustößt", sagte sie.

„Das kann ich dir nicht versprechen, meine liebe Mutter", sagte ich, „aber ich werde immer daran denken, daß ich dein einziger Sohn bin."

So streunte ich also herum.

Ich muß wohl nicht eigens betonen, daß ich innerhalb von ein paar Tagen mit allen Bergsteigern des Hotels zerstritten war. Sie konnten mich nicht ausstehen. Sie mochten meinen Hals mit dem kräftigen, schönen Adamsapfel nicht — waren ihre Köpfe doch meistenteils dicht auf die Schultern gequetscht — und sie mochten die Art nicht, wie ich mich benahm und meine Fliegernase hoch bis zu den Berggipfeln trug. Sie mochten es nicht, daß ich Vegetarier war und mich dabei offensichtlich auch noch wohl fühlte, und schließlich mochten sie die Farbschattierungen meines großen Sergeanzuges — orange und grün — nicht. Alle waren sie von der verstaubten Sorte — die Art von Männern, die ich, vornehm ausgedrückt, Dummköpfe nenne — verängstigte, penible Kreaturen, zumeist aus Oxford, die sich beim Klettern ebenso feierlich anstellten wie eine Katze beim Eierbraten. Neunmalklug waren sie, eifrige Jasager und „So-etwas-würden-wir-niemals-wagen"-Philosophen. Sie befolgten alle Anweisungen in Büchern und Führern und stuften sich nach ihren Saisonen ein: Einer war in seiner neunten Saison, ein anderer in seiner zehnten und so fort. Ich war ein Neuling und mußte schon dankbar sein, wenn sie mich überhaupt in ihrem Kreis duldeten. Genau meine Art! Ausgerechnet das!

Gewöhnlich saß ich im Raucherzimmer, schmauchte eine Pfeife reinen Kräutertabaks — sie behaupteten, er röche wie brennender Gartenmist — und wartete darauf, in die Unterhaltung eingreifen und in ihren dumpfen Köpfen einen kleinen Geistesblitz entzünden zu können. Sie wiederum legten ihre angeborene Zurückhaltung völlig ab und taten ihr Bestes, um mir zu zeigen, wie wenig sie mich mochten.

„Ihr Burschen nehmt diese verdammten Berge zu ernst", sagte ich. „Sie sind nichts als ein Spaß, und einen Spaß solltet ihr euch auch daraus machen."

Sie sahen mich nur an.

„Ich mache mir nichts aus diesem Getue. Früher sind die Bergsteiger mit Alpenstock, Leitern und fröhlichen Herzen aufgestiegen. So stelle ich mir das Bergsteigen vor."

„Wir nicht!“ sagte ein sonnenverbrannter Gipfelstürmer, das Gesicht voller Blasen und Hautschuppen, und zwar in einem Ton, der mich niederschmettern sollte.

„Das ist aber die einzig richtige Einstellung“, sagte ich gelassen und paffte an meiner Pfeife.

„Wenn Sie erst ein bißchen Erfahrung haben, werden Sie anders denken“ sagte ein zweiter, ein nicht mehr ganz so junger Mann mit einem kleinen grauen Bart.

„*Mich* hat Erfahrung noch nie etwas gelehrt“, sagte ich.

„Offensichtlich nicht“, sagte irgendwer, nun stand's eins zu null, und ich war wieder dran. Ich blieb ganz ruhig.

„Ich möchte noch den Mörderberg machen, bevor ich absteige“, sagte ich schlicht und erregte damit einiges Aufsehen.

„Wann steigen Sie ab?“

„In einer Woche oder so“, erwiderte ich ungerührt.

„Das ist aber keine Klettertour, die ein Mann im ersten Jahr schon in Angriff nehmen sollte“, sagte der Mann, dessen Haut sich schälte.

„*Sie* vor allem sollten es nicht versuchen“, sagte ein anderer.

„Sie werden keine Führer finden.“

„Eine Tollkühnheit!“

„Bloße Angeberei!“

„Den möchte ich sehen!“

Ich ließ sie ein bißchen quengeln, und als sie sich beruhigt hatten, warf ich gedankenversunken ein: „Höchstwahrscheinlich nehme ich meine liebe Mutter mit. Sie ist zierlich, Gott sei Dank, und sehr zäh.“ Aber an meinem schlechtverhüllten Lächeln erkannten sie, daß sie gereizt wurden, begnügten sich dieses Mal mit Knurren und ähnlichen unverständlichen Lauten und begannen dann mit gedämpfter Stimme ungezwungene Gespräche, von denen ich ganz offenkundig ausgeschlossen wurde. Damit aber erreichten sie nur, daß sich mein Entschluß festigte. Ich kann sehr hartnäckig sein, wenn man mich zum Äußersten treibt, und folglich beschloß ich auch, daß meine liebe Mutter den Mörderberg, auf dem nicht die Hälfte dieser ehrwürdigen Könner gewesen war, besteigen *wird*, auch wenn ich bei diesem Unternehmen den Tod finden oder verwaisen sollte. Also besprach ich am nächsten Tag mit ihr die ganze Angelegenheit. Sie lag in einem Liegestuhl auf der Terrasse, ganz in Decken gehüllt, und betrachtete die Gipfel.

„Gemütlich?" fragte ich.

„Sehr!" erwiderte sie.

„Erholst du dich?"

„Es ist sehr wohltuend."

Ich schlenderte zum Geländer der Terrasse. „Siehst du den Gipfel dort?"

Sie nickte selig mit halbgeschlossenen Augen.

„Das ist der Mörderberg. Übermorgen müssen wir beide dort oben sein."

Ihre Augenlider hoben sich ein wenig. „Wird das nicht ein recht schwieriger Aufstieg, Liebling?" fragte sie.

„Das werde ich schon schaffen", sagte ich, und sie schloß mit einem zustimmenden Lächeln die Augen.

„Wie du meinst", sagte sie dann.

Am Nachmittag ging ich ins Tal nach Daxdam, um Ausrüstung, Führer und Träger zu organisieren, und verbrachte den folgenden Tag beim Gletscher- und Felstraining oberhalb des Hotels. Das trug auch nicht zu meiner Beliebtheit bei. Zwei kleine Fehler unterliefen mir. Beim ersten rutschte ich in eine Gletscherspalte — darin habe ich es schon zu meisterhafter Geschicklichkeit gebracht —, und drei Männer, die gerade zum Kinderspitz aufbrechen wollten, brauchen dreieinhalb Stunden, um mich wieder herauszuholen. Beim zweiten mußte ich meinen Eispickel auf eine kleine Gruppe, die auf den Humpi-Gletscher wollte, fallen lassen. Er traf niemanden, aber gemessen an dem Gebrüll, das sie erhoben, hätte man meinen können, jedem einzelnen von ihnen wäre der Schädel eingeschlagen worden. Sie stießen fürchterliche Flüche aus, auch die drei Damen in ihrer Mitte.

Tags darauf kam es dann fast zu einem organisierten Boykott unseres Unternehmens. Sie kamen mit dem Wirt, beschwatzten meine Mutter und taten alles, um meine zwei Führer in schlechtes Licht zu rücken. Der Bruder des Wirtes hatte einen handfesten Streit mit ihnen.

„Vor zwei Jahren", sagte er, „haben sie ihren ‚Herrn' verloren."

„Kein Grund", warf ich ein, „weshalb Sie Ihre Haare nicht behalten sollten."

Daraufhin war er still, denn einem mehrsprachigen Wortschatz war er nicht gewachsen und er schluckte lang an dem Brocken.

Dann kam der Mann mit dem Sonnenbrand vorbei und machte Anstalten, unsere Ausrüstung zu überprüfen. „Haben Sie dies?" ging es, und „Haben Sie das?"

„Zwei Dinge", sagte ich und starrte streng auf seine Nase, „haben wir nicht vergessen. Das eine sind Windjakken, das andere ist Vaseline."

Unser Aufbruch ist mir noch heute lebhaft in Erinnerung. Der Paß lag ungefähr hundert Fuß unter dem Hotel. Das Hotel selbst — es bestand fast nur aus dem Namen und den Fenstern — hob sich auf einem großen, öden Felsplateau gegen riesige Blöcke grüngeäderten Gesteins ab, die hie und da mit Schneeflecken und dunklen Alpenrosensträuchern gesprenkelt waren und vielleicht dreihundert Meter gegen den westlichen Ausläufer des Massivs aufragten. Vor uns lag der Steig, wand sich zwischen den Felsen hinunter zu Trittsteinen, die über einen Bach führten, stieg dann am anderen Ufer wieder gegen den Magenruhe-Gletscher an, wo wir die Felswände zur Linken überwinden mußten, um dann über den Eissturz die Felsvorsprünge auf dem abschüssigen Steilhang der Westseite zu erreichen. Es dämmerte, die Sonne war noch nicht aufgegangen, alles über uns sah eiskalt und blau und unermeßlich aus. Jeder war aus dem Hotel gekommen, um in dem Durcheinander des Aufbruches zu helfen — einige in geradezu peinlichen Morgenröcken — und alle standen nun still in einer Gruppe zusammen und schauten uns nach. Das letzte, was ich aufschnappte, war: „Sie werden umkehren müssen."

„Wir werden heil zurückkommen", antwortete ich. „Keine Angst!"

Und so machten wir uns auf den Weg, ruhig und vorsichtig, überquerten den Fluß, gingen hinauf und weiter hinauf, den steilen Schneefeldern und dem eisbedeckten Rücken des Mörderberges entgegen. Ich weiß noch, daß wir eine Zeitlang in völliger Stille dahinmarschierten, und wie dann plötzlich die Umgebung in der aufgehenden Sonne erglänzte und wir im selben Augenblick zu plappern begannen, als wären unsere Zungen sozusagen erst aufgetaut.

In meinem Gepäck befanden sich ein, zwei Dinge, die ich vor den Leuten im Hotel geheimgehalten hatte. Auch war ich nicht daran interessiert gewesen, ihnen zu erklären, weshalb ich für eine Last, die zweieinhalb Männer spielend geschafft hätten, fünf Träger benötigte. Aber als wir zum Eissturz kamen, deckte ich meine Karten ein wenig auf und schnallte eine feste, aus Schnüren geflochtene Hängematte für Mutter los. Wir legten sie darauf, wickelten eine Decke herum, die wir mit ein paar Stichen zunähten, dann seilten wir uns der Reihe nach an, je ein Führer am Anfang und am Ende, ich als vorletzter, und Mutter, von zwei Trägern getragen, in der Mitte. Ich steckte meinen Alpenstock durch zwei Löcher, die ich unterhalb des Rucksackes in die Achselstücke meiner Jacke geschnitten hatte, sodaß er links und rechts über die Schultern hinausragte. Sollte ich nämlich — wie es ja immer wieder vorkam — in eine Gletscherspalte stürzen, würde er sich in den Seitenwänden verkanten, so daß der Sturz aufgehalten und ich leicht am Seil wieder hochgezogen werden konnte.

Und so kamen wir, von ein oder zwei Abrutschern, über die Mutter kicherte, abgesehen, ohne Zwischenfälle voran.

Dann folgte die Felskletterei auf der anderen Seite, die uns sehr viel Umsicht abverlangte. Wir mußten von Kante zu Kante, wie es sich gerade ergab, und dabei erwies sich meine liebe Mutter als wahrer Segen. Nachdem wir sie über die große Spalte — ich habe vergessen, wie sie heißt — gezogen hatten, packten wir sie aus, und jedesmal, wenn wir eine neue Kante erreichten, nahmen sie die beiden Träger und hoben sie hinauf — sie war ja so leicht —, worauf sie dann jeweils dem Hintermann ihr Bein hinstreckte, an dem er sich festhalten und hochstemmen konnte. Sie sagte, daß wir ihr noch den Fuß ausreißen würden, was uns beide so zum Lachen brachte, daß die ganze Mannschaft auf uns warten mußte.

Diese Etappe war alles in allem ziemlich anstrengend — wir benötigten zwei Stunden dafür, bevor wir das Felsgeröll auf dem Grat erreichten. „Der Abstieg wird ärger“, sagte der erste Führer.

Ich schaute zum ersten Mal zurück und gebe zu, daß mir dabei fast ein bißchen schwindlig wurde. Der Gletscher lag niedlich unter uns, durch einen schwarzen, klaffenden Abgrund von den Felsen getrennt. Eine Zeitlang war es recht schön, die felsige Kante des Grates hinaufzuklettern, und nichts Besonderes ereignete sich, außer daß einer der Träger zu murren begann, weil ihn ein Stein, den ich losgetreten hatte, am Schienbein traf. „Künstlerpech“, sagte ich, was er nicht ganz einzusehen schien, und als ich ihn mit einem zweiten nur knapp verfehlte, brach er in ein langes Jammergeschrei aus, in einer Sprache, die er wohl für Deutsch hielt. Ich jedenfalls verstand kein Wort und konnte mir absolut keinen Reim darauf machen.

„Er sagt, daß du ihn beinahe ermordet hättest", sagte meine liebe Mutter.

„Sie sagen", gab ich zurück. „Was sagen sie? Sollen sie doch . . ."

Ich war für eine Rastpause, um ihn zu sättigen, aber der erste Führer ließ es nicht zu. Er meinte, wir hätten ohnehin schon Zeit verloren, und das Queren des Hanges auf der anderen Seite werde gefährlicher, je höher die Sonne steige, weil dann häufiger Lawinen abgingen. Also machten wir weiter. Als wir über die Kante auf die andere Seite gelangten, blickte ich auf das Hotel hinunter — nun ein unscheinbares, winziges Rechteck — und machte eine spöttische Geste für den Fall, daß uns irgendwer durch das Fernrohr beobachtete.

Als wir in eine Steinlawine gerieten, nahm der hinterste Führer seine Zuflucht zu lautem Beten, aber außer einem bißchen Schnee bekamen wir nichts ab. Nun hatten wir nur noch einige Meter bis zum Ende des Eissturzes. Im Augenblick befanden wir uns auf einem überhängenden Felsstück, sonst aber mußten wir die ganze Zeit über die Trittstufen klettern, die vom vordersten Führer in das Eis geschlagen und von den Trägern noch zusätzlich ausgetreten wurden. Die Lawine war viel eindrucksvoller, bevor wir sie sahen. Zuerst polterte und donnerte sie über unseren Köpfen und dann verursachte sie einen ungeheuerlichen Tumult in der blauen Tiefe unter uns, aber in dem Augenblick, da sie an uns vorbeistürzte, war alles eine recht lahme Darbietung — die meisten Steine kleiner als ich.

„Alles in Ordnung?" fragte der Führer.

„Besser denn je", antwortete ich.

„Sind wir wirklich nicht in Gefahr, Liebling?" fragte meine liebe Mutter.

„Wir sind ebenso sicher wie auf dem Trafalgar Square", beruhigte ich sie. „Komm nur, Mütterchen."

Mit überraschender Behendigkeit kam sie meiner Aufforderung nach.

Die Traverse führte uns zuletzt auf verharschten Schnee, wo wir uns ausruhen und etwas zu uns nehmen konnten. — Wir waren sowohl über die Rastpause als auch über das Essen herzlich froh. Aber nun häuften sich die Schwierigkeiten mit den Trägern und Führern. Sie waren ohnehin schon ein bißchen verärgert über meinen sorglosen Umgang mit losen Steinen, aber jetzt schlugen sie einen gewaltigen Krach, weil wir statt des üblichen Branntweins bloß alkoholfreien Ingwerlikör mitgenommen hatten. Aber daß sie wenigstens davon gekostet hätten! Nicht einen Schluck! Daraufhin entspann sich dort oben in der dünnen Luft ein merkwürdiges kleines Streitgespräch über Qualität und Nährwert von Lebensmitteln und über die Vorteile von Brötchen mit Erdnußbutter. Diese seltsamen Leute hatten sich mit Leib und Seele einer verdorbenen und verderbenbringenden Lebensweise verschrieben. Sie wollten Fleisch, sie wollten Alkohol und sie wollten Narkotika rauchen. Man möchte meinen, daß Leute wie sie, die in fast unmittelbarer Berührung mit der Natur leben, auch natürliche Nahrungsmittel, wie Plasmon, Protose, Plobose, Digestin usw. schätzten. Aber die nicht! Sie waren geradezu versessen auf alles Verdorbene. Als ich davon sprach, reines Wasser zu trinken, spuckte einer der Träger in unzweideutiger Weise über den Steilhang. Von diesem Zeitpunkt an herrschte Mißstimmung vor.

Nachdem der erste Führer vergeblich versucht hatte, uns zur Umkehr zu bewegen, brachen wir um halb zwölf wieder auf. Wir hatten nun den Abschnitt erreicht, der als schwierigstes Stück der Mörderberg-Besteigung gilt, die Kante nämlich, die zum Schneefeld unterhalb des Bergkammes führte. Aber an dieser Stelle gerieten wir plötzlich in eine warme Luftströmung aus Südwest, und alles — so behauptete der Führer — war anders als sonst. Gewöhnlich lag auf dieser Kante über dem Felsuntergrund eine Eiskruste. An diesem Tag aber war der Boden naß und weich, sodaß man Stapfen hineintreten und mit den Schuhspitzen ganz leicht bis auf den Fels stoßen konnte.

„Hier ist Herrn Tomlinsons Gruppe abgestürzt", bemerkte einer der Träger ungefähr zehn Minuten später, nachdem wir die Kante in Angriff genommen hatten.

„Es soll Leute geben, die sogar aus einem Himmelbett fallen", gab ich zurück.

„Bevor wir zurückkehren, wird alles wieder zugefroren sein", sagte der zweite Führer, „und wir haben nichts im Leib als diesen verdammten Ginger."

„Sie halten lieber das Seil straff", sagte ich.

Genau in dem Augenblick, da Mutter zu ermüden begann, kam ihr eine gnädige Felskante zu Hilfe, und wir nähten sie bis auf die Füße in ihre Hängematte ein und seilten sie an; sie stieß leicht gegen den Fels und manchmal hing sie, langsam routierend, direkt über dem Bodenlosen, während wir anderen mit tödlicher Verbissenheit das Seil festhielten.

„Liebling", sagte sie beim ersten Mal, „ist es wirklich *richtig*, daß ich so etwas tue?"

„Vollkommen richtig", erwiderte ich, „aber es wäre entschieden besser, wenn du bald mit den Füßen Halt finden könntest."

„Besteht wirklich keine Gefahr, Liebling?"

„Nicht die Spur."

„Und mache ich dir wirklich nicht zu viele Umstände?"

„Aber im Gegenteil, du spornst mich an!"

„Die Aussicht", sagte sie, „wird zweifellos sehr schön werden."

Aber im Augenblick war von Aussicht keine Rede, Wolken und dünne Schleier von nassen Schneeflocken hüllten uns ein.

Ungefähr um halb zwei erreichten wir das obere Schneefeld. Die Schneedecke war außerordentlich weich. Der erste Führer sank bis zu den Achseln ein. „Macht es wie die Frösche!“ sagte ich und streckte mich in einer Art Schwimmhaltung flach auf dem Boden aus. So bahnten wir uns einen Weg bis zum Kamm und kletterten dann diesen entlang. Wir bewältigten immer nur kurze Etappen und hielten dann, um Atem zu schöpfen. Mutter schleiften wir in ihrer Hängematte hinter uns her. Manchmal trug uns der Schnee, so daß wir hübsch an der Oberfläche blieben, manchmal war er so weich, daß wir regelrecht hineintauchten, und der Schnee um uns aufspritzte. Einmal geriet ich zu nahe an die Schneewächte, und sie brach unter mir ein, aber das Seil rettete mich. Wir erreichten den Gipfel um ungefähr drei Uhr ohne weiteres Mißgeschick. Der Gipfel war nichts als nackter Fels mit den üblichen Geröllhalden und einem Holzmasten. Nicht überwältigend. Das Schneetreiben und die Wolkenfetzen waren verschwunden, die Sonne brannte heiß herab, und wir glaubten, die ganze Schweiz zu überblicken. Zu unseren Füßen lag das Hotel Magenruhe, sozusagen senkrecht unter unseren Nasenspitzen. Wir kauerten auf den Steinen, und die Träger und Führer wurden zu Ginger und Schinkenbrötchen nach Vegetarierart verdonnert. Ich schnitt und ritzte eine Inschrift ein, die besagte, daß ich mit natürlicher Verpflegung aufgestiegen war und damit einen Rekord aufgestellt hätte.

Vom Gipfel aus sahen die Schneefelder auf der Nordost-Seite des Berges ausgesprochen schön aus, und ich erkundigte mich beim ersten Führer, weshalb diese Route normalerweise nicht genommen wurde. Seinem merkwürdigen Deutsch konnte ich entnehmen, daß Steilhänge etwas damit zu tun hatten.

Unser Aufstieg war bisher ganz vorschriftsmäßig verlaufen, nur hatten wir relativ lange gebraucht. Erst beim Abstieg machte sich dann mein Hang zu spontaner Originalität bemerkbar. Ich verzichtete auf dem oberen Schneefeld auf das Seil, weil Mutters Hände und Füße schon ganz durchgefroren waren, und sie ein bißchen Bewegung machen sollte. Und bevor ich es noch verhindern konnte, glitt sie aus, versuchte, wieder hochzukommen, wobei sie sich den Abhang *hinunter-* statt hinauffallen ließ, wie es richtig gewesen wäre, und kollerte voran weiter und immer weiter hinunter, genau diesen verdammten Steilhängen des Führers entgegen, die zum unteren Schneefeld hin abfielen.

Ich verlor natürlich keine Sekunde, stürzte ihr nach und schlitterte, den Pickel hoch in der Luft, hinunter. Ich bin mir nicht ganz im klaren, was ich überhaupt vorhatte. Vermutlich wollte ich sie einholen und stoppen. Jedenfalls hatte ich keinen Erfolg damit. Binnen zwanzig Sekunden saß ich schon auf dem Boden und rutschte unaufhaltsam hinunter.

Nun sind ja große Entdeckungen meist das Ergebnis von zufälligen Mißgeschicken, und ich behaupte, daß Mutter und ich in jenem Moment zwei verschiedene, absolut neuartige Methoden entdeckten, einen Berg hinunterzugelangen.

Zuerst benötigt man dazu einen Schneehang mit einer Lage weichen, nassen Schnees über der Eiskruste, dann einen Abhang mit einer schneebedeckten Böschung, die anfangs steil, dann flach abfällt, schließlich — je nach Belieben —, weitere Schneehänge und Steilstücke, und am Ende ein Schneefeld oder einen nicht zu sehr zerklüfteten Gletscher oder einen vernünftigen, nicht zu felsigen Hang. Dann ist alles kinderleicht.

Mutter verfiel auf die seitliche Methode. Sie kollerte. Da der Schnee leicht haftete, verwandelte sie sich binnen dreißig Sekunden in den lustigsten kleinen Schneeball und verursachte die schönste und ausgiebigste Lawine, die man sich nur wünschen kann. Ein Haufen Schnee ging vor ihr ab, und genau das ist die Quintessenz unserer beiden Methoden. Sie müssen auf Ihren Schnee fallen, nicht Ihr Schnee auf Sie, denn er wird Sie erdrücken. Und Sie dürfen nicht zwischen herumliegende Steine geraten.

Ich wiederum stürzte mit den Füßen voran hinunter, einem Schneepflug nicht unähnlich; langsamer als Mutter, aber wenn auch mit weniger Anmut, so doch mit mehr Würde. Auch hatte ich die bessere Sicht. Dennoch handelte es sich zweifelsohne immer noch um einen rasanten Abgang. Als Mammie über die Kante hinaus ins Leere glitt und verschwand, unterdrückte ich einen Aufschrei.

Solange, bis ich von der Böschung des Steilhanges abhob, war alles wie eine mörderische Schlittenfahrt — dann aber glich alles einem Traum.

Immer habe ich gedacht, ein solcher Sturzflug müsse furchtbar sein. Aber das war er nicht im mindesten. Wochenlang hätte ich so in der Luft hängen können, mit dem stiebenden Schnee um mich herum, so erfüllt war ich von einer tiefen, heiteren Ruhe. Ich war in diesem Augenblick davon überzeugt, daß ich so gut wie tot war, aber es machte mir nichts aus. Ich empfand keine Furcht — noch mehr — ich spürte nicht das leiseste Unbehagen. Dann aber — bums! Wir waren irgendwo aufgeprallt, und ich glaubte, in Stücke zu zerspringen. Aber wir waren nur auf dem Schneehang unten gelandet, der so steil abfiel, daß der Sturz kaum gebremst wurde. Und schon ging's wieder abwärts. Allerdings sah ich von da an nur mehr wenig, da mein Kopf völlig in Schnee steckte, aber ich konnte die Füße in einer Art Sitzhaltung vorne halten, wurde langsamer, wurde schneller, hopste zuerst leicht, dann heftiger, hopste noch einmal und noch einmal, und kam dann zum Stillstand. Diesmal war ich ganz im Schnee vergraben, schwere Schneemassen lasteten auf meiner rechten Schulter, als ich mich zur Seite wälzte.

Eine Weile saß ich ruhig da und genoß die Stille — dann machte ich mir darüber Gedanken, was aus Mutter geworden war, und bemühte mich, mich aus den Schneemassen zu befreien. Es war gar nicht so leicht, wie man annehmen würde; der Schnee bestand ganz aus Klumpen und Hohlräumen, wie ein riesiger Schwamm. Ich verlor die Nerven, kämpfte und fluchte ganz anständig, dann aber schaffte ich es doch. Ich kroch heraus und befand mich am Rande riesiger Schneehaufen, ganz nahe beim oberen Teil des Magenruhe-Gletschers. Und weit entfernt, ganz oben am Gletscher, auf der anderen Seite, entdeckte ich ein winziges Etwas wie eine Küchenschabe, die in der Mitte eines ungeheuren geborstenen Schneeballs um sich schlug.

Ich legte meine Hände an den Mund und stieß meine Version eines Jodlers aus, und sogleich winkte sie mit der Hand.

Ich brauchte fast zwanzig Minuten, um zu ihr zu gelangen. Da ich meine Schwäche kannte, achtete ich sorfältig auf jede Spalte, der ich mich näherte. Als ich Mutter erreichte, lag Angst in ihrem Blick.

„Was hast du mit den Führern gemacht?" fragte sie.

„Sie hatten zu schwer zu schleppen", erwiderte ich. „Sie nehmen einen anderen Weg herunter. Hat es dir Spaß gemacht?"

„Nicht besonders, Liebling", sagte sie, „aber ich werde mich vermutlich noch an solche Sachen gewöhnen. Welchen Weg schlagen wir jetzt ein?"

Ich entschied mich für eine Schneebrücke über den „Bergschrund" — das ist das Wort, das mir vorhin nicht eingefallen ist —, und von dort gelangten wir dann ohne besondere Aufregungen geradewegs zum Hotel.

Bei unserer Rückkehr schlug uns eine solche Woge an Neid und Feindseligkeit entgegen, wie ich Ähnliches noch nie erlebt habe. Als erstes versuchten sie zu beweisen, daß wir überhaupt nicht auf dem Gipfel gewesen waren, aber Mutters leise, stolze Stimme widerlegte diese schmähliche Unterstellung. Außerdem waren Führer und Träger, die nach uns abstiegen, ein augenfälliger Beweis dafür, daß wir die Wahrheit sagten. Als sie sich nach den Führern erkundigten, sagte ich: „Die befolgen ihre Anweisungen, und ich nehme an, daß sie morgen früh irgendwann hier auftauchen werden."

Das gefiel ihnen gar nicht.

Ich erhob Anspruch auf einen Rekord. Sie behaupteten, meine Methoden seien regelwidrig.

„Wenn ich es für zweckmäßig halte", sagte ich, „auf einer Lawine herunterzukommen, was geht das Sie an? Sie haben behauptet, ich und Mutter könnten den verdammten Berg nicht einmal besteigen, und nun, da wir es geschafft haben, erfinden Sie eine Menge Gesetze, um uns zu disqualifizieren. Als nächstes werden Sie sagen, daß man nicht rutschen dürfe. Ich habe einen Rekord aufgestellt, und Sie wissen, daß es ein Rekord ist, und sind nun stinksauer. Die Wahrheit ist, daß ihr Kerle nichts von eurem blöden Handwerk versteht. Ich habe eine gute, schnelle Methode des Absteigens gefunden und ihr solltet darüber Bescheid wissen . . ."

„Die Chance, daß Sie beide überleben würden, war eins zu tausend."

„Unsinn! Es ist für jeden, der nicht hoffnungslos starrköpfig ist, die einzig richtige Methode abzusteigen. Ihr Kerle solltet trainieren, aus großen Höhen in den Schnee zu fallen. Es ist ganz leicht und absolut sicher, wenn man nur weiß, wie man es anstellen muß."

„Passen Sie auf, junger Mann", sagte der nicht mehr ganz junge Mann mit dem kleinen grauen Bart, „Sie scheinen nicht zu begreifen, daß Sie und jene Dame durch eine Art Wunder gerettet worden sind . . ."

„Alles Theorie!" unterbrach ich ihn. „Es erstaunt mich, daß Leute wie Sie überhaupt in die Schweiz kommen. Wäre ich Ihresgleichen, würde ich theoretische Berge erfinden und um Punkte spielen. Aber du bist müde, liebe

Mammi. Es ist Zeit, daß du eine gute, warme Suppe bekommst und dich ins Bett legst! Ich werde dich sechsunddreißig Stunden nicht aufstehen lassen."

Aber es ist merkwürdig, wie sehr die Leute jedes bißchen Originalität verabscheuen.

Der Einbruch im Hammerpond-Park

Es ist eine strittige Frage, ob Einbruch nun als Sport, als Gewerbe oder als Kunst betrachtet werden soll. Um als Gewerbe gelten zu können, ist die Vorgangsweise zu wenig fixierbar. Der Anspruch, Kunst zu sein, wird hinfällig, wenn man den materiellen Nutzen bedenkt, der einen erfolgreichen Einbruch auszeichnet. Alles in allem scheint er am angemessensten als Sport betrachtet zu werden, als Sport, für den bislang noch keine Regeln aufgestellt worden sind, und bei dem die Preise auf äußerst unkonventionelle Art verteilt werden. Eben diese Regellosigkeit des Einbruches war es auch, die im Hammerpond-Park zum bedauernswerten Scheitern zweier vielversprechenden Anfänger geführt hat.

Der Preis, der bei jener Affäre ausgesetzt war, bestand hauptsächlich aus Diamanten und anderen Nippsachen aus dem persönlichen Besitz der jungvermählten Lady Aveling. Lady Aveling war, wie sich der Leser erinnern wird, die einzige Tochter der Mrs. Montague Pangs, jener wohlbekannten Gastgeberin. Ihre Hochzeit mit Lord Aveling wurde in den Zeitungen ausführlich bekanntgegeben, desgleichen Ausmaß und Art ihrer Hochzeitsgeschenke, sowie der Umstand, daß die Flitterwochen in Hammerpond verbracht werden sollten. Die Verlautbarung dieser kostbaren Gewinnprämien erregte in dem kleinen Kreis, dessen unumstrittener Führer Mr. Teddy Watkins war, ein beträchtliches Aufsehen, und es wurde beschlossen, daß er, als Kapazität, dem Dorf Hammerpond, in Begleitung eines gebührend qualifizierten Assistenten, einen Besuch abstatten solle.

Als Mann von natürlicher Zurückhaltung und angeborener Bescheidenheit beschloß Mr. Watkins, inkognito zu bleiben, und wählte nach reiflicher Erwägung aller Umstände seines Vorhabens die Rolle eines Landschaftsmalers und den unaufdringlichen Namen Smith. Er reiste seinem Assistenten voraus, der sich ihm, wie beschlossen, erst am letzten Nachmittag seines Aufenthaltes in Hammerpond anschließen sollte. Nun ist das Dorf Hammerpond wahrscheinlich einer der schönsten Flecken in Sussex; viele strohbedeckte Häuser sind noch erhalten, die aus Feuerstein erbaute Kirche mit ihrem hohen Turm, der sich an einen Hügel schmiegt, ist eine der schönsten und urtümlichsten der ganzen Grafschaft. Die Buchenwälder und Farnkrautdschungel, durch die die Straße zu dem prächtigen Haus führt, sind einzigartig reich an ‚Motiven', wie der gewöhnliche Maler und Photograph dazu sagt. So fand sich auch Mr. Watkins, als er mit zwei jungfräulichen Leinwänden, einer brandneuen Staffelei, einem Farbkasten, einem Klappkoffer, einer geschickt aus Teilelementen zusammengefügten Leiter (nach dem Konstruktionsplan des jüngst beklagten Meisters Charles Peace), einem Brecheisen und einigen Drahtrollen ankam, von einem halben Dutzend anderer Mitglieder der Malerzunft mit Überschwang und leiser Neugierde begrüßt. Dies verhalf der Verkleidung, die er gewählt hatte, zu unerwarteter Glaubwürdigkeit, verwickelte ihn aber in eine Vielzahl ästhetischer Diskussionen, für die er nur sehr ungenügend vorbereitet war.

„Haben Sie schon oft ausgestellt?" fragte Young Porson im Schankraum des ‚Coach und Horses', wo Mr. Watkins am Abend seiner Ankunft geschickt Informationen einholte.

„Nicht sehr oft", erwiderte Mr. Watkins, „nur eine Kostprobe da und dort."

„Akademie?"

„Natürlich, *und* im Crystal Palace."

„Hat man Sie ordentlich gehängt?" fragte Porson.

„Reden Sie doch keine Unsinn", sagte Mr. Watkins. „So etwas ist mir zuwider."

„Ich meine, hat man Ihnen einen guten Platz zugewiesen?"

„Was meinen Sie?" fragte Mr. Watkins mißtrauisch. „Das klingt ja, als wollten Sie herauskriegen, ob man mich schon einmal eingelocht hat."

Porson war von Tanten erzogen worden und ein sehr gesitteter junger Mann, auch für einen Künstler; er wußte nicht, was ‚eingelocht' bedeutete, hielt es aber für das beste, zu beteuern, daß er nichts dergleichen gemeint habe. Da die Frage des Hängens Mr. Watkins' wunder Punkt zu sein schien, versuchte er, das Gespräch ein wenig in andere Bahnen zu lenken.

„Arbeiten Sie eigentlich auch figural?" „Nein, für Zahlen hab' ich noch nie ein Gespür gehabt", „meine Kleine — Mrs. Watkins, meine ich, macht das alles."

„Sie malt auch?" rief Porson aus. „Das ist wirklich lustig."

„Sehr", sagte Mr. Watkins, obwohl er ganz anderer Meinung war, und weil er das Gefühl hatte, die Unterhaltung gerate ihm ein wenig aus dem Griff, fügte er hinzu: „Ich bin hergekommen, um Haus Hammerpond im Mondlicht zu malen."

„Wirklich!" sagte Porson. „Das ist ein recht außergewöhnlicher Einfall."

„Ja", stimmte Mr. Watkins zu, „gleich von Anfang an hielt ich es für eine gute Idee. Morgen nacht möchte ich damit beginnen."

„Was? Sie wollen doch nicht etwa im Freien malen, — bei Nacht!"

„Genau das will ich aber."

„Aber wie wollen Sie die Leinwand sehen?"

„Werd' einen verdammten Bullen . . ." fuhr Mr. Watkins allzu schnell hoch, und als es ihm auffiel, brüllte er sofort nach Miss Durgan um ein weiteres Glas Bier. „Ich werde eben so eine Blendlaterne benützen", wandte er sich wieder an Porson.

„Aber wir haben ja bald Neumond", beharrte Porson. „es wird gar kein Mond da sein."

„Das Haus wird aber da sein", entgegnete Watkins, „jedenfalls gehe ich, verlassen Sie sich darauf! Ich male eben das Haus zuerst und dann den Mond."

„Oh!" sagte Porson, zu verblüfft, um die Diskussion fortzusetzen.

„Es heißt", mischte sich nun der alte Durgan, der Wirt, ein, der während dieser Fachsimpelei respektvolles Schweigen bewahrt hatte, daß jede Nacht nicht weniger als drei Polizisten aus Hazelworth das Haus bewachen — wegen Lady Aveling und ihrem Schmuck. Einer hat letzte Nacht beim Würfeln gewonnen — gegen den zweiten Hausdiener."

Am nächsten Tag schlenderte Mr. Watkins gegen Sonnenuntergang durch Buchenwälder, auf einem reizenden Spazierweg, der zum Hammerpond-Park führte, jungfräuliche Leinwand, Staffelei und einen mächtigen Koffer mit weiteren Hilfsmitteln in Händen. Diese Gerätschaften stellte er an einem strategisch günstigen Punkt auf, von dem aus er das Haus gut unter Kontrolle hatte. Dabei wurde er von Mr. Raphael Sant beobachtet, der kurz vorher eine Studie über die Kalkgruben beendet hatte und durch den Park zurückkehrte. Porsons Bericht über den Neuankömmling hatte seine Neugierde bereits entfacht, also bog er mit der Absicht ab, ein wenig über nächtliche Kunst zu diskutieren.

Mr. Watkins bemerkte sein Herannahen offensichtlich nicht. Eine angeregte Unterhaltung mit Lady Hammerponds Butler hatte stattgefunden, der eben, umgeben von drei Schoßhunden, die er immer nach dem Abendessen ins Freie führen mußte, in der Entfernung verschwand. Mr. Watkins mischte nun mit dem Anschein größten Eifers die

Farbe. Sant, der näher hinzutrat, sah zu seinem Erstaunen, daß die fragliche Farbe das grellste und leuchtendste Smaragdgrün war, das man sich nur vorstellen konnte. Da er seit frühester Zeit eine äußerste Sensibilität für Farben entwickelt hatte, sog er beim ersten Blick auf dieses Gebräu die Luft scharf zwischen den Zähnen ein. Mr. Watkins drehte sich um. Er blickte verärgert drein.

„Was in aller Welt haben Sie mit diesem *entsetzlichen* Grün vor?" entfuhr es Sant.

Mr. Watkins erkannte sogleich, daß ihn sein Bemühen, in den Augen den Butlers geschäftig zu wirken, offensichtlich auf einen künstlerischen Irrweg geführt hatte.

„Verzeihen Sie meine Grobheit", sagte Sant, „aber dieses Grün ist einfach zu verblüffend. Es bewirkt bei mir einen Schock. Was wollen Sie wirklich damit machen?"

Mr. Watkins benötigte seine ganze Geistesgegenwart. Nur Entschlossenheit konnte diese Situation noch retten. „Wenn Sie herkommen und meine Arbeit stören", sagte er, „werde ich Ihnen damit das Gesicht anmalen."

Sant trat den Rückzug an, denn er hatte Humor und war außerdem ein friedliebender Mensch. Als er den Hügel hinunterging, traf er Porson und Wainwright. „Entweder ist der Mann ein Genie oder ein gefährlicher Irrer", sagte er. „Geht nur hinauf und schaut euch sein Grün an!" Dann setzte er seinen Weg fort. Sein Gesicht erhellte sich bei der amüsanten Vorstellung einer munteren abendlichen Keilerei um eine Staffelei, in deren Verlauf viel grüne Farbe vergossen werden würde.

Aber Porson und Wainwright gegenüber war Mr. Watkins weniger angriffslustig. Er erklärte, das Grün sei bloß als Grundierung des Bildes gedacht. Auf einen Einwand hin gab er zu, daß es eine absolut neue, von ihm selbst erfundene Methode sei. Darauf wurde er jedoch immer schweigsamer, erklärte, er sei nicht gewillt, jedem Vorübergehenden das Geheimnis seines nur ihm eigenen Stils zu verraten und fügte einige scharfe Bemerkungen über die Nichtswürdigkeit derjenigen Leute, die bloß herumlungern, um bei Gelegenheit solche Kniffe von den Meistern abzuschauen, hinzu. Dies erlöste ihn auf der Stelle von der Gesellschaft der beiden.

Die Dämmerung wurde tiefer, ein Stern ging auf, dann noch einer. Die Saatkrähen links vom Haus waren längst in schläfrige Stille versunken. Das Haus selbst verlor alle architektonischen Einzelheiten und verwandelte sich in eine dunkle, graue Silhouette, dann erglänzten die Fenster des Salons strahlend hell, das Gewächshaus wurde erleuchtet, und da und dort schimmerte gelb ein Schlafzimmerfenster. Hätte sich jemand der Staffelei im Park genähert, so hätte er sie verlassen vorgefunden. Ein kurzes, derbes Wort verunzierte die Reinheit der Leinwand. Mr. Watkins war gemeinsam mit seinem Assistenten, der sich ihm an der Toreinfahrt unauffällig angeschlossen hatte, im Gebüsch beschäftigt.

Mr. Watkins hätte sich am liebsten selbst zu dem gelungenen Streich gratuliert, mit dem er seine Hilfsmittel tollkühn unter den Augen der Öffentlichkeit an den Einsatzort getragen hatte. „Das ist das Ankleidezimmer", sagte er zu seinem Assistenten, „und sobald das Mädchen die Kerzen nimmt und zum Essen hinuntergeht, fangen wir an. Schau', wie hübsch das Haus aussieht, mit den Sternen darüber und mit all diesen Fenstern und Lichtern. Verflixt, Jim, fast möchte ich wirklich ein Farbenkleckser sein. Hast du dort den Draht über den Weg zur Spülküche gespannt?«

Vorsichtig pirschte er sich bis unter das Fenster des Ankleidezimmers heran und begann, seine Klappleiter aufzustellen. Er war ein viel zu erfahrener Praktiker, um auch nur die Spur einer ungewöhnlichen Erregung zu empfinden. Jim kundschaftete unterdessen den Rauchsalon aus. Plötzlich ertönte im Gebüsch unmittelbar neben Mr. Watkins ein gewaltiges Krachen und dann ein unterdrückter

Fluch. Jemand war über den Draht gestolpert, den Watkins' Assistent zuvor gespannt hatte. Unten auf dem Schotterweg wurden eilige Schritte hörbar. Mr. Watkins war, wie alle Künstler, ein übermäßig scheuer Mann. Er ließ auf der Stelle seine Leiter fallen und lief wohlüberlegt durch das Gebüsch. Undeutlich gewahrte er zwei Leute, die ihm dicht auf den Fersen waren, und vor sich glaubte er die Gestalt seines Assistenten zu erkennen. Im nächsten Augenblick hatte er schon die niedrige Steinmauer, welche das Gebüsch umgab, übersprungen und befand sich im öffentlichen Park. Seinem Sprung folgte zweimal ein dumpfes Plumpsen auf den Rasen.

Eine wilde Jagd in der Dunkelheit begann. Mr. Watkins war von leichtem Körperbau und bei guter Kondition, so daß er den Abstand zwischen sich und der heiser keuchenden Gestalt vor ihm mehr und mehr verringern konnte. Niemand gab einen Laut von sich, aber als Mr. Watkins mit ihr gleichzog, befiel ihn plötzlich ein schrecklicher Zweifel. Im selben Moment drehte sich die Gestalt um und stieß einen überraschten Schrei aus. „Es ist gar nicht Jim!" durchfuhr es Mr. Watkins. Da warf sich der Fremde auch schon gegen Watkins' Knie, und im nächsten Augenblick wälzten sie sich auch schon kämpfend auf dem Boden. „Hilf mir, Bill!" schrie der Fremde, als der dritte Mann dazukam. Und Bill half, mit beiden Händen und recht kräftigen Fußtritten. Der vierte Mann, wahrscheinlich Jim, hatte anscheinend einen Bogen geschlagen und war in anderer Richtung davongelaufen. Jedenfalls schloß er sich dem Trio nicht an.

Mr. Watkins' Gedächtnis hat die Ereignisse der folgenden zwei Minuten nur lückenhaft behalten. Schwach erinnerte er sich, daß sein Daumen im Mundwinkel des ersten Mannes steckte; dann auch daran, daß er um seine Sicherheit bangte und daß er den Kopf jenes Mannes, der auf den Namen Bill hörte, einige Sekunden lang bei den Haaren am Boden festhielt. Außerdem wurde er an verschiedenen Stellen des Körpers getreten, offensichtlich von sehr vielen Leuten. Dann stieß der Mann, der nicht Bill hieß, seine Knie gegen Mr. Watkins' Zwerchfell und versuchte, ihn auf diese Art zu erledigen.

Als sich der Taumel seiner Empfindungen etwas gelegt hatte, saß er auf dem Rasen, umgeben von acht bis zehn Männern — es war dunkel und er wirklich zu verwirrt, um zu zählen —, die offensichtlich warteten, bis er sich erholte. Bekümmert stellte er fest, daß er gefangen war und hätte möglicherweise einige philosophische Erörterungen über die Unbeständigkeit des Glücks angestellt, wäre er nicht durch seine inneren Schmerzen am Reden gehindert worden.

Sehr schnell bemerkte er jedoch, daß seine Gelenke nicht in Handschellen steckten. Dann reichte man ihm eine Flasche Brandy. Das rührte ihn ein wenig — war es doch eine unerwartete Freundlichkeit.

„Er kommt zu sich", sagte eine Stimme, die, wie er annahm, dem zweiten Hausdiener von Hammerpond gehörte.

„Wir haben sie, Sir, beide", sagte der Butler, der ihm die Flasche gegeben hatte. „Dank *Ihrer* Hilfe."

Keine Antwort. Denn er begriff nicht, was das mit ihm zu tun haben sollte.

„Er ist ganz schön benommen", sagte eine fremde Stimme, „die Schurken haben ihn fast umgebracht."

Mr. Watkins beschloß, die Benommenheit nicht aufzugeben, bis er die Situation besser durchschaute. Er gewahrte, daß zwei dunkle Gestalten mit bedrückter Miene nebeneinanderstanden, und etwas an ihrer Schulterhaltung gemahnte seinen erfahrenen Blick an am Rücken gefesselte Hände. Zwei! Im Nu war er wieder da. Er leerte die kleine Flasche und rappelte sich hoch — von hilfreichen Händen unterstützt. Ein mitleidiges Murmeln wurde laut.

»Ihre Hand, Sir, Ihre Hand", sagte eine der Gestalten um ihn. „Erlauben Sie, daß ich mich vorstelle. Ich stehe tief in Ihrer Schuld. Die Juwelen meiner Frau, Lady Avelings, waren es, die die Schurken angelockt haben."

„Sehr erfreut, Ihre Lordschaft kennenzulernen", sagte Teddy Watkins.

„Ich nehme an, Sie überraschten die Schurken, als sie sich ins Gebüsch schlugen und überrumpelten sie dann."

„Genau so war es", sagte Mr. Watkins.

„Sie hätten warten sollen, bis sie am Fenster waren", sagte Lord Aveling; „sie würden strenger bestraft werden, wenn sie den Einbruch tatsächlich verübt hätten. Und zu Ihrem Glück standen zwei Polizisten bei den Toren, die die Verfolgung aufnahmen. Ich zweifle, ob Sie alle beide hätten unschädlich machen können — trotzdem, es war immer noch verdammt kühn von Ihnen."

„Ja, das hätte ich berücksichtigen sollen", gab Mr. Watkins zu, „aber man kann nicht an alles denken."

„Natürlich nicht", sagte Lord Aveling und fügte hinzu: „Ich fürchte, sie sind ein bißchen grob mit Ihnen umgegangen." Die Gruppe bewegte sich nun in Richtung Haus. „Sie hinken ziemlich stark. Darf ich Ihnen meinen Arm reichen?"

Und statt durch das Fenster des Ankleidezimmers betrat Mr. Watkins — leicht benebelt und wieder fröhlich gestimmt — Haus Hammerpond durch den Haupteingang und am Arm eines richtigen Peers. „Das", dachte Mr. Watkins, „nenne ich Einbruch mit Stil!" Die „Schurken" stellten sich, bei Gaslicht besehen, als simple, Mr. Watkins nicht bekannte Lokalamateure heraus. Sie wurden in die Speisekammer verfrachtet und dort von drei Polizisten, zwei Wildhütern mit geladenen Gewehren, dem Butler, einem Stallburschen und einem Kutscher bewacht, bis die Morgendämmerung den Transport zur Polizeistation von Hazelhurst ermöglichte. Im Salon wurde von Mr. Watkins viel Aufhebens gemacht. Man wies ihm ein Sofa zu und wollte in dieser Nacht von einer Rückkehr ins Dorf nichts wissen. Lady Aveling war überzeugt, daß er ein herrliches Original sei, und sagte, als einen ebenso rauhbeinigen, angeheiterten, dunkeläugigen, tapferen und klugen Mann stelle sie sich Turner vor. Irgendwer brachte eine auffällige kleine Klappleiter, die man im Gebüsch gefunden hatte, und zeigte ihm, wie man sie aufstellte. Ebenso beschrieb man ihm, wie im Gebüsch gespannte Drähte gefunden worden waren, offensichtlich, damit unachtsame Verfolger darüberstolperten. Glücklicherweise war er diesen Fallen entgangen. Und man zeigte ihm die Juwelen.

Mr. Watkins hatte so viel Verstand, nicht allzu viel zu reden und wurde bei jeder verfänglichen Frage von inneren Schmerzen übermannt. Zu guter Letzt begann sein Nacken ganz steif zu werden und er gähnte. Jedem wurde es mit einem Mal bewußt, daß es eine Schande war, ihn nach diesem Handgemenge noch zu belästigen. Deshalb zog er sich früh in sein Zimmer zurück, in den kleinen roten Raum neben Lord Avelings Suite.

Die Morgendämmerung fand eine verlassene Staffelei im Hammerpond-Park vor, eine Leinwand mit einer grünen Inschrift, und Haus Hammerpond im Aufruhr. Sollte die Morgendämmerung aber auch Mr. Teddy Watkins und die Aveling-Diamanten erreicht haben, so hat sie jedenfalls der Polizei nichts davon erzählt.

Die traurige Geschichte eines Theaterkritikers

Ich war — Sie werden sofort hören, weshalb ich es nicht mehr bin — Egbert Craddock Cummins. Der Name ist mir geblieben. Ich bin noch immer — Gott steh' mir bei! — Theaterkritiker beim ‚Fiery Cross'. Was ich in Bälde sein werde, weiß ich nicht. Ich schreibe dies im Zustand äußerster Betrübnis und Verwirrung. Dennoch werde ich jede Anstrengung unternehmen, um angesichts schrecklicher Schwierigkeiten einen klaren Gedanken zu fassen. Sie müssen ein wenig Nachsicht mit mir haben! Wenn jemand so rasend schnell seine Identität verliert, bereitet es ihm verständlicherweise Schwierigkeiten, sich gut auszudrükken. Ich werde in einer Minute alles erklären, wenn ich erst einmal die Geschichte richtig in den Griff bekommen habe. Lassen Sie mich überlegen — wo *bin* ich? Ich wollte, ich wüßte es. Ah, ich hab's! Gestorben! Ich — Egbert Craddock Cummins!

In Zeiten, die nun vergangen sind, hätte ich es nicht gebilligt, eine Geschichte zu schreiben, die so voller ‚Ichs' ist, wie diese es sein muß. Sie wimmelt von ‚Ichs', hinten und vorn, wie jenes Tier in der ‚Geheimen Offenbarung', das mit dem Kälberkopf. Aber mein Geschmack hat sich geändert, seit ich Theaterkritiker geworden bin und die Meister studiert habe: — G.R.S., G.B.S., G.A.S., und die anderen. Alles hat sich seither geändert. Aber schließlich handelt diese Geschichte von mir, das kann als meine Entschuldigung gelten. Und es geht hier wirklich nicht bloß um Selbstverherrlichung, denn, wie schon erwähnt, seit jenen Tagen ist meine Identität einer völligen Verwandlung unterzogen worden.

Diese Vergangenheit! Ich war ja, in jenen Tagen, ein ganz netter Kerl, ziemlich schüchtern — eine Vorliebe für graue Anzüge, schütterer kleiner Schnurrbart, das Gesicht ‚interessant', leichtes Stottern, das ich in meiner Kindheit von einem Schulkameraden übernommen habe. Verlobt mit einem sehr netten Mädchen namens Delia. War ganz schön modern — Zigaretten — mochte mich, weil ich natürlich war und trotzdem originell. Glaubte, ich sei wie ein Lamm — wegen der Stärke des Stotterns, vermute ich. Der Vater — eine ausgesprochene Autorität in Sachen Briefmarken. Sie las eine Menge im Britischen Museum. (Eine ideale Kontaktstelle für literarisch Interessierte, dieses Britische Museum — Sie sollten George Egerton lesen und Justin Huntly, M'Carthy und Gissing und die anderen.) Wir liebten auf unsere intellektuelle Art und machten gemeinsam die schönsten Zukunftspläne. (Alle zunichte jetzt!) Ihr Vater hatte mich gern, denn ich schien begierig darauf, etwas über Briefmarken zu erfahren. Mutter hatte sie keine. Ich hatte in der Tat die glücklichsten Aussichten, die ein junger Mann nur haben kann. Ich ging damals nie ins Theater. Meine Tante Charlotte hatte mich auf ihrem Totenbett beschworen, es nicht zu tun.

Dann aber machte mich Barnaby, der Herausgeber des ‚Fiery Cross' — trotz meiner verzweifelten Ausbruchsversuche — zum Theaterkritiker. Er ist ein gutaussehender, tüchtiger Mann, dieser Barnaby, mit einem gewaltigen Kopf und gekraustem, schwarzem Haar und mit überzeugendem Auftreten. Er erwischte mich auf der Stiege, als ich gerade Wembly besuchen wollte. Er kam gerade vom Essen und war noch beschwingter als sonst. „Hallo, Cummins!" sagte er, „Genau der Mann, den ich brauche." Er nahm mich bei der Schulter oder am Kragen oder sonstwo, zerrte mich durch den kleinen Korridor hinauf und schleuderte mich über den Papierkorb in den Lehnsessel seines Büros.

„Bitte, nehmen Sie Platz", sagte er gleichzeitig. Dann lief er quer durchs Zimmer und brachte einige rosa und gelbe Zettel, die er mir in die Hand drückte. „Komische Oper", sagte er. „Donnerstag; Freitag das Surrey; Samstag das Frivolity. Das ist alles, glaube ich."

»Aber . . .", begann ich.

„Freut mich, daß Sie Zeit haben", sagte er, schnappte sich einige Korrekturbögen vom Schreibtisch und begann zu lesen.

„Ich verstehe nicht ganz", sagte ich.

„Eh!" schrie er mit schriller Stimme, so als hätte er geglaubt, ich sei schon gegangen, und wäre jetzt durch meine Bemerkung aufgeschreckt.

„Soll ich über diese Theaterstücke Kritiken schreiben?"

„Machen Sie damit, was Sie wollen . . . Haben Sie geglaubt, daß ich Ihnen Freikarten schenke?"

„Das kann ich aber nicht!"

„Halten Sie mich zum Narren?"

„Ich war aber doch mein ganzes Leben noch in keinem Theater."

„Jungfräulicher Boden."

„Aber ich verstehe absolut nichts davon, wissen Sie das?"

„Das ist es ja. Ganz neue Aspekte. Keine überkommenen Maßstäbe. Keine Klischees auf Lager. Wir geben eine lebendige Sammlung heraus, kein Sammelsurium von Redensarten. Kein mechanischer, professioneller Journalismus. Auf Ihre Unbestechlichkeit kann ich mich doch verlassen?"

„Aber ich habe Gewissensbisse . . ."

Er ergriff mich plötzlich und drängte mich zur Tür hinaus.

„Gehen Sie zu Wembley und sprechen Sie mit ihm darüber", sagte er, „der wird es Ihnen erklären."

Als ich noch ganz sprachlos dastand, öffnete er die Tür

noch einmal, sagte: „Das habe ich noch vergessen", drückte mir eine vierte Karte in die Hand (für denselben Abend noch — Beginn in zwanzig Minuten) und schlug mir die Tür vor der Nase zu. Sein Gesichtsausdruck war ganz ruhig, aber sein Blick sprach Bände.

Nun hasse ich Auseinandersetzungen und beschloß deshalb, dieser Aufforderung nachzukommen und (zu meinem Verderben) Theaterkritiker zu werden. Dieser Barnaby hat eine ausgesprochen große Überredungsgabe. Während unserer vierjährigen Zusammenarbeit hat er wenige Ansichten geäußert, die ich mir nicht bedingungslos angeeignet hätte. Es kann natürlich sein, daß ich eine fügsame Natur bin. Sicherlich neige ich zur Anpassung an die jeweiligen Verhältnisse. Tatsächlich ist all mein Unglück dieser unseligen Empfänglichkeit für lebhafte Eindrücke zuzuschreiben. Ich habe bereits auf das leichte Stottern hingewiesen, das ich von meinem Schulfreund angenommen habe. Aber ich schweife ab . . . Ich fuhr in einer Droschke heim, um mich umzuziehen.

Ich möchte den Leser weder mit meinen Gedanken über das Premierenpublikum belästigen, dieser seltsamen Versammlung, das will ich für meine Memoiren aufsparen, noch mit der entwürdigenden Geschichte, wie ich mich während des Zwischenaktes in einem Labyrinth roter Plüschvorhänge verirrte und so den dritten Akt von der Galerie aus sehen mußte. Das einzige, worauf ich Nachdruck legen möchte, ist der bemerkenswerte Eindruck, den das Spiel auf mich gemacht hat. Sie müssen bedenken, daß ich ein ruhiges und zurückgezogenes Leben geführt hatte und noch nie in einem Theater gewesen war, sowie, daß ich äußerst empfänglich für lebhafte Eindrücke bin. Das muß ich noch einmal betonen, auch auf die Gefahr hin, daß ich mich wiederhole.

Die erste Wirkung war tiefes Erstaunen, nicht ohne einen Beigeschmack von Beunruhigung. Die beispiellose

Unnatürlichkeit der Schauspielkunst ist etwas, was von Leuten, die von Kindheit an ins Theater gehen, leicht unterschätzt wird. Sie gewöhnen sich an die übertriebenen Gesten, die flammenden Leidenschaften, die unheimlichen Grimassen, das melodische Lachen, die qualvollen Aufschreie, das Nagen an den Lippen, das starre Entsetzen und die ganze theatralische Empfindungssymbolik. Dies alles wird für sie schließlich zu einer Art Taubstummensprache, die sie gleichsam fließend, zur selben Zeit, da sie den Dialog hören, ablesen können. Aber für mich war das alles neu. Das Ganze nannte sich eine „moderne Komödie", die Leute sollten Engländer darstellen, waren aber wie elegante Amerikaner der heutigen Zeit gekleidet, und ich erlag natürlich dem Irrglauben, die Schauspieler verkörperten wirkliche Menschen. Ich betrachtete mein Premierenpublikum mit Erstaunen und entdeckte — wie jeder frischgebackene Theaterkritiker — daß es mir vorbehalten war, das Theater zu reformieren. Nach dem Essen, das ich hastig hinunterschlang, ging ich ins Büro, um einen Artikel zu schreiben, voll von „neuen Absätzen" (wie alle meine Sachen — das macht sie länger) und glühend vor Entrüstung. Barnaby war entzückt.

Aber in dieser Nacht konnte ich nicht schlafen. Ich träumte von Schauspielern — Schauspieler, die eine Hand mit gespreizten Fingern in die Höhe schleuderten, Schauspieler, die voller Bitterkeit lächelten, voller Verzweiflung lachten, hoffnungslos scheiterten und schwachsinnig starben. Um elf Uhr stand ich mit leichten Kopfschmerzen auf, las meinen Artikel im ‚Fiery Cross', frühstückte und kehrte in mein Zimmer zurück, um mich zu rasieren. (An diese Reihenfolge bin ich gewöhnt.) Dann passierte etwas Seltsames. Ich fand mein Rasierzeug nicht. Plötzlich fiel mir ein, daß ich es am Vormittag nicht ausgepackt hatte.

„Ah!" sagte ich vor dem Spiegel. Und dann: „Hallo!"

Ganz unwillkürlich hatte ich beim Gedanken an meinen Klappkoffer den linken Arm (Finger weit gespreizt) in die Luft geschleudert und die rechte Hand gegen das Zwerchfell gepreßt. Ich bin in allen Lebenslagen ein kritischer Selbstbeobachter, und diese Geste erstaunte mich, weil sie so absolut neu war. Ich wiederholte sie zu meiner vollen Zufriedenheit. „Merkwürdig!" Dann wandte ich mich (ziemlich irritiert) meinem Klappkoffer zu.

Nach dem Rasieren kehrten meine Gedanken zu der Theateraufführung zurück, die ich gesehen hatte, und ich unterhielt mich vor dem Rasierspiegel mit einigen Nachahmungen von Jafferays übertriebensten Gebärden. Man könnte es geradezu für eine Seuche halten, sagte ich — „Bühnengitis" (So manche Wahrheit liegt in Scherzreden.) Dann traf ich — wenn ich mich recht erinnere — Wembly und aß anschließend mit Delia im Britischen Museum. Wir sprachen über unsere Zukunftspläne in Zusammenhang mit meiner neuen Stellung.

Aber genau diese Stellung war der Beginn meines Untergangs. Von jenem Tag an wurde ich notgedrungen regelmäßiger Theaterbesucher, und fast unmerklich begann ich mich zu ändern. Nach jener Geste wegen des Rasiermessers ertappte ich mich dabei, daß ich Delia mit einer ganz unbeschreiblichen Verbeugung begrüßte und mich auf altmodisch-höfliche Weise über ihre Hand beugte. Als ich mir dessen bewußt wurde, richtete ich mich sofort auf und fühlte mich unbehaglich. Ich erinnere mich, daß sie mich sonderbar ansah. Dann — im Büro — erwischte ich mich bei „nervösem Getue" — Finger an den Zähnen — wenn mir Barnaby eine Frage stellte, die ich nicht zufriedenstellend beantworten konnte. Dann griff ich mir bei belanglosen Differenzen mit Delia an die Stirn. Und zu manchen Zeiten stolzierte ich im alltäglichen Leben herum wie ein waschechter Schauspieler. Ich wollte es unterlassen, — niemand war sich der völligen Unsinnigkeit dieses affektierten Gehabens besser bewußt als ich. Und ich tat's doch.

Allmählich dämmerte mir, was das alles zu bedeuten hatte. Die Theateraufführungen, die ich sah, waren zuviel für mein leicht reizbares Nervensystem. Ich weiß, daß ich immer zu anfällig für Umwelteinflüsse gewesen bin. Abend für Abend mit gespanntester Aufmerksamkeit die konventionellen Posen und Redeübungen der englischen Bühne zu verfolgen, färbte nach und nach auf meine Ausdrucksweise und mein Gebaren ab. Ich erlag der Ansteckung durch gleichgestimmte Nachahmungen. Abend für Abend drückte sich eine neue erstaunliche Geste, eine neue empfindungsstarke Überspanntheit wie ein Stempel in mein bildsames Gemüt und wurde aufbewahrt. Eine theatralische Tünche drohte meine persönliche Individualität zu überziehen und sie vollkommen auszulöschen. Ich sah mich selbst wie in einer Vision vor mir. Eines Nachts, als ich allein war, schien mir, als schwebe und posiere und gestikuliere mein neues Selbst durch das Zimmer. Es umklammerte seine Kehle, streckte seine Finger und stelzte wie eine erstklassige Marionette. Es nahm eine Attitüde nach der anderen ein. Es hätte ein Automat sein können. Knapp nach diesem Erlebnis versuchte ich erfolglos, meine Kritikerarbeit aufzugeben. Aber Barnaby sprach die ganze Zeit, die ich bei ihm war, unbeirrbar von der ‚Pölywhiddle-Scheidung', sodaß sich keine Gelegenheit bot, ihm meine Absicht mitzuteilen.

Und dann änderte sich mit einem Mal Delias Verhalten mir gegenüber. Jede Ungezwungenheit zwischen uns verschwand. Ich spürte, wie sie anfing, mich zu hassen. Ich grinste, hüpfte, runzelte die Stirn und machte tausenderlei Mätzchen und wußte die ganze Zeit über — mit welch stummer Qual! — daß ich es tat. Wieder versuchte ich, meine Arbeit aufzugeben, und Barnaby sprach über „X" und „Z" und „Y" in der „New Review", bot mir eine starke Zigarre an und entwaffnete mich auf diese Art. Dann ging ich in Irvings Manier durch das assyrische Museum, um Delia zu treffen und beschleunigte dadurch das Verhängnis.

„Oh! — Liebste!“ rief ich, mehr Munterkeit und Gefühl in der Stimme als je vor meiner Karriere als Theaterkritiker (die meinen Untergang bedeutete).

Sie streckte mir recht kühl die Hand entgegen und blickte mich prüfend an. Ich schickte mich mit neuerworbener Grazie an, neben ihr zu gehen.

„Egbert“, sagte sie, stand still und überlegte. Dann sah sie mich an.

Ich sagte nichts. Ich wußte, was kommen würde. Ich versuchte, wieder der alte Egbert Craddock Cummins mit schlürfendem Gang und stotternder Aufrichtigkeit zu sein, den sie geliebt hatte. Aber sogar während ich dies versuchte, kam mir zu Bewußtsein, daß ich ein neues Wesen war, ein Etwas voll wogender Emotionen und geheimnisvoller Dauerhaftigkeit, — wie kein menschliches Wesen es je gewesen war, außer auf der Bühne. „Egbert“, sagte sie. „Du bist nicht du selbst.“

„Ah!“ Unwillkürlich schlug ich mir aufs Zwerchfell und wandte den Kopf ab (wie sie es immer tun).

„Da“, sagte sie.

„*Was meinst du?*“ fragte ich, gewissermaßen kursiv geflüstert — Sie wissen, wie die das machen — und drehte mich zu ihr, Bestürzung im Gesicht, die rechte Hand unten, die linke an der Stirn. Ich wußte ziemlich genau, was sie meinte. Ich kannte die theatralische Verlogenheit meines Benehmens hinreichend. Aber ich kämpfte vergeblich dagegen an. „Was meinst du?“ fragte ich noch einmal in heiserem Flüsterton, „ich verstehe dich nicht.“

Sie sah wirklich so aus, als würde sie mich hassen. „Warum machst du solche Mätzchen?“ fragte sie. „Ich mag das nicht. Früher hast du das nicht getan.“

„Früher nicht!“ sagte ich langsam und wiederholte diese Worte zweimal. Ich warf kurze Blicke nach rechts und links. „Wir sind allein", sagte ich hastig, „Höre!" Ich richtete meinen Zeigefinger auf sie — und starrte sie an.

„Ich stehe unter einem Fluch."

Ihre Hände klammerten sich um den Sonnenschirm. „Du stehst unter irgendeinem schlechten Einfluß", sagte Delia. „Du solltest dich davon lösen. Ich habe noch bei niemandem eine solche Veränderung beobachtet wie bei dir."

„Delia", sagte ich, wieder in Pathos verfallend. „Erbarmen! Oooh! Delia! Erbaaarmen!"

Sie beobachtete mich geringschätzig. „*Weshalb* du so den Narren aus dir machst, weiß ich nicht", sagte sie. „Jedenfalls kann ich nicht mit einem Mann zusammensein, der sich benimmt wie du. Am Mittwoch hast du uns beide lächerlich gemacht. Ehrlich — ich hasse dich — so wie du jetzt bist. Ich habe mich hier mit dir verabredet, um dir das zu sagen, denn es ist der einzige Ort, wo wir sicher sein können, daß uns niemand sieht."

„Delia!" sagte ich mit Emphase, die Knöcheln der gerungenen Hände weiß. „Du willst doch nicht . . ."

„Doch", sagte Delia. „Das Los einer Frau ist schlimm genug, auch wenn sie's gut getroffen hat. Aber mit dir . . ."

Ich schlug mir an die Stirn.

„Also, leb wohl!" sagte Delia ungerührt.

„Oh, Delia!" sagte ich. „Nicht *das*?"

„Leben Sie wohl, Mr. Cummins", sagte sie.

Mit gewaltsamer Anstrengung faßte ich mich und reichte ihr die Hand. Ich wollte ihr ein Wort der Erklärung sagen. Sie schaute in mein bewegtes Gesicht und schreckte zurück. „Ich *muß* es tun!" sagte sie mutlos. Dann wandte sie sich von mir ab und ging schnell die Galerie hinunter.

Himmel! wie die menschliche Pein in mir aufschrie! Ich liebte Delia. Aber nichts davon fand Ausdruck — zu weit war meine Verwandlung schon fortgeschritten.

„Leb wooohl!" sagte ich zum Schluß, den Blick auf die

sich entfernende Gestalt geheftet. Wie ich mich dafür haßte! Nachdem sie verschwunden war, wiederholte ich träumerisch „Leb woohl!" und blickte verzweifelt um mich. Mit dem gewissen Aufschrei aus gebrochenem Herzen schüttelte ich meine geballten Fäuste in der Luft, taumelte auf den Sockel einer geflügelten Figur nieder, vergrub das Gesicht in den Armen und ließ meine Schultern beben. Etwas in mir sagte „Esel!" dabei. (Ich hatte die größten Schwierigkeiten, den Aufsichtsbeamten des Museums davon zu überzeugen, daß ich nicht angetrunken war, sondern nur an einer vorübergehenden Unpäßlichkeit litt).

Aber nicht einmal dieser große Kummer war imstande, mich vor meinem Verhängnis zu bewahren. Ich bemerke es, jeder bemerkte es: Ich werde jeden Tag ‚theatralischer'. Und niemand könnte sich der quälenden Albernheit theatralischen Benehmens schmerzlicher bewußt sein als ich. Der stille, empfindsame, aber angenehme E.C. Cummins verschwindet. Ich kann ihn nicht retten. Ich werde davongewirbelt wie ein dürres Blatt von den Märzwinden. Sogar mein Schneider gesellt sich zu den zerstörerischen Elementen. Er hat einen ausgezeichneten Sinn für Passendes. Diesen Frühling wollte ich einen dunkelgrauen Anzug von ihm haben, und er unterschob mir einen leuchtend blauen, und ich bemerke, daß er an den Seiten der neuen Hose Borten angenäht hat. Mein Friseur besteht darauf, mir eine „Künstlerlocke" zu verpassen.

Ich beginne auch, Verbindungen mit Schauspielern zu knüpfen. Zwar verabscheue ich sie, aber nur in ihrer Gesellschaft habe ich das Gefühl, nicht so maßlos aufzufallen. Ihre Sprechweise steckt mich an. Ich bemerke eine wachsende Neigung zu dramatischer Kürze, zu Gedankenstrichen und Interjektionen in meinem Stil, zu Verbeugungen und Attitüden, die meine Rede unterbrechen. Barnaby hat das auch bemerkt. Gestern habe ich Wembley dadurch beleidigt, daß ich ihn „lieber Junge“ nannte. Mir graut vor dem Ende, aber ich kann ihm nicht entrinnen.

Tatsache ist, daß ich ausgelöscht bin. Nach einer zurückgezogenen, eintönigen Jugendzeit kam ich zum Theater als das zarte Bild eines Mannes, lediglich Schattierungen und zarte schwache Linien. Ihre prunkenden Farben haben mich gänzlich verblassen lassen. Die Leute vergessen immer, wie ansteckend die Art sich auszudrücken und sich zu bewegen ist.

Schon früher habe ich manchmal von theaterbesessenen Leuten gehört und es für eine Redensart gehalten. Ich habe davon scherzhaft als von einer Seuche gesprochen. Es ist kein Scherz. Es handelt sich wirklich um eine Seuche. Und mich hat sie besonders schlimm erwischt. Tief in meinem Inneren protestiere ich gegen die Gewalt, die man meiner Persönlichkeit angetan hat — vergebens. Drei Stunden oder noch mehr muß ich jede Woche zu einer neuen Vorstellung, und das Theater verstärkt seinen schrecklichen Einfluß auf mich. Mein Benehmen wird so geziert, meine Gemütsbewegungen so professionell, daß ich im Zweifel bin — wie ich schon anfangs sagte — ob es wirklich ich bin, der sich so benimmt. Ich fühle mich bloß als Kern dieses dramatischen Gehäuses, das sich verdichtet und mich erdrückt — mich und das, was mir eigen war. Ich fühle mich wie der Abt König Johanns in seiner bleiernen Kutte.

Tatsächlich überlege ich mir, ob ich nicht diesen ständigen Kampf aufgeben sollte — diese traurige Welt des alltäglichen Lebens, für die ich mich so schlecht eigne, verlassen, den Namen Cummins mit einem Berufspseudonym vertauschen sollte, meine Selbstvernichtung vollenden und — als ein Ding voller Lug und Trug, Posen und Masken — auf die Bühne gehen sollte. Sie scheint mein einziger Zufluchtsort zu sein. „Der Natur den Spiegel vorhalten“. Denn, das muß ich bekennen, im Alltagsleben hält mich jetzt keiner mehr für normal und nüchtern. Nur auf der Bühne werden mich die Leute noch ernst nehmen, davon bin ich überzeugt. Das wird das Ende sein. Ich *weiß*, daß es das Ende sein wird. Und doch . . . ich will es freimütig bekennen . . . verabscheue ich alles, was euch Künstler von gewöhnlichen Menschen unterscheidet. Noch immer teile ich im allgemeinen die Ansicht meiner Tante Charlotte, daß die Schauspielerei es nicht wert ist, daß sich ein gesinnungsreiner Mensch mit ihr befaßt, noch weniger, daß er sie selbst betreibt. Sogar heute noch würde ich meine Tätigkeit als Kritiker aufgeben und Erholung suchen. Nur kann ich Barnaby nicht unter meinen Einfluß bringen. Kündigungsschreiben berücksichtigt er nicht. Er hält es für einen Verstoß gegen die ungeschriebenen Gesetze des Journalismus', an seinen Herausgeber Briefe zu richten. Wenn ich ihn aufsuche, gibt er mir eine dicke Zigarre, einen starken Whisky-Soda, und dann kommt immer etwas dazwischen, was mein Vorhaben vereitelt.

Das Präparat

Draußen lag feucht-grauer Nebel. Im Laboratorium herrschte stickige Wärme, und Gaslampen mit grünen Schirmen, je zwei an der Breitseite eines Tisches, verströmten gelbes Licht. Auf jedem Tisch befanden sich eine Anzahl Petrischalen mit den zerstückelten Überresten von Panzerkrebsen, Muscheln, Fröschen und Meerschweinchen, mit denen die Studenten gearbeitet hatten. Entlang der Wand gegenüber den Fenstern befanden sich in einer Reihe von Schränken Regale, in denen die vom Spiritus ausgebleichten Präparate standen. Über den Regalen hingen sorgfältig ausgeführte anatomische Zeichnungen in hellen Holzrahmen. Alle Türen des Laboratoriums waren mit schwarzen Tafeln versehen, worauf die halb verwischten Diagramme von den Übungen des Vortages zu sehen waren. Außer dem Assistenten, der neben der Tür des Präparierraums saß, befand sich niemand im Laboratorium, und nichts war zu hören, als ein leises, stetiges Gemurmel und das Klicken des Schlittenmikrotoms, mit dem er arbeitete. Aber über den Raum verstreut fanden sich Spuren von zahlreichen Studenten: Handtaschen, glänzende Instrumentenbüchsen, da eine große, von Zeitungspapier verdeckte Zeichnung und dort ein geschmackvoll gebundenes Exemplar der „Kunde von Nirgendwo“, ein Buch, das einen seltsamen Kontrast zur Umgebung bildete. Diese Dinge waren hastig abgelegt worden, als die Studenten hereingekommen und schnell in den angrenzenden Hörsaal geeilt waren, um sich ihre Plätze zu sichern. Gedämpft durch die Tür klang die gemessene Stimme des Professors wie ein monotones Gemurmel. Da schlug — schwach konnte man es durch die geschlossenen Fenster hören — die Uhr an der Kapelle elf. Das Klicken des Mikrotoms hörte auf, der Assistent schaute auf die Uhr, erhob sich, steckte seine Hände in die Taschen und ging langsam durch das Laboratorium zur Tür des Hörsaals. Er horchte einen Moment lang, dann fiel sein Blick auf das kleine Buch von William Morris. Er hob es auf, überflog den Titel, lächelte, schlug es auf, las den Namen auf dem Vorsatzblatt, blätterte es kurz durch und legte es wieder hin. Beinahe im selben Moment verstummte das gleichförmige Murmeln des Vortragenden, man hörte das plötzliche Fallen von Bleistiften, Unruhe erhob sich, das Scharren von Füßen und einzelne Stimmen waren zu hören. Dann näherte sich ein energischer Schritt der Tür, die sich etwas öffnete und angelehnt blieb, als eine undeutlich hörbare Frage den Neuankömmling stoppte.

Der Assistent wandte sich um, ging langsam zurück, am Mikrotom vorbei, und verließ das Laboratorium durch die Tür des Präparierraums. Gleichzeitig kam vom Hörsaal ein Student in das Laboratorium, mehrere andere folgten ihm mit Heften in den Händen und zerstreuten sich zwischen den Tischen oder standen in einer Gruppe am Eingang. Es war eine ungewöhnlich bunte Versammlung, denn während Oxford und Cambridge immer noch vor der beschämenden Vorstellung gemischter Klassen zurückschrecken, war das Institut für Naturwissenschaften in dieser Angelegenheit sogar Amerika um Jahre voraus — auch was unterschiedliche soziale Schichten betraf, denn das Institut darf sich eines hohen Ansehens rühmen, und es fischt in der Stipendienvergabe, die keine Altersgrenze vorschreibt, noch tiefer als die schottischen Universitäten.

Die Klasse zählte einundzwanzig Studenten, davon waren einige noch im Hörsaal, um Fragen an den Professor zu richten, die Diagramme an der Tafel abzuzeichnen, bevor sie weggelöscht wurden, oder die Muster, die der Professor als Anschauungsmaterial mitgebracht hatte, zu begutachten. Unter den neun im Laboratorium waren drei Mädchen. Eines davon, eine kleine Blonde mit Brillen und einem graugrünen Kleid, blickte aus dem Fenster auf den Nebel, während die anderen, robuste, derbgesichtige Schulmädchen, ihre braunen Baumwollschürzen, die sie beim Sezieren trugen, auspackten und anzogen. Von den Studenten gingen zwei durchs Laboratorium an ihre Plätze. Der eine war blaß und dunkelbärtig, ein ehemaliger Schneider, der andere ein hübscher, aufgeweckter junger Mann von etwa zwanzig, in einem gutsitzenden braunen Anzug — der junge Wedderburn, der Sohn des Augenspezialisten Wedderburn. Die anderen bildeten ein Grüppchen neben der Saaltür. Einer von ihnen, eine zwergenwüchsige bebrillte Gestalt mit einem Buckel, saß auf einem schrägen Holzsessel, ein kleiner brünetter Junge und ein flachsblonder Bursche mit rotem Gesicht lehnten Seite an Seite am Schieferbecken, während der vierte ihnen gegenüberstand und die Unterhaltung zum größten Teil alleine bestritt.

Der letztgenannte hieß Hill, war ein kräftig gebauter, blasser junger Mann im selben Alter wie Wedderburn, mit dunkelgrauen Augen, Haar von unbestimmter Farbe und markanten, unregelmäßigen Gesichtszügen. Er redete um einiges lauter als nötig und vergrub seine Hände tief in den Taschen. Sein Kragen war abgescheuert und nachlässig gestärkt, seine Kleidung offensichtlich von der Stange, und ein Stiefel war an der Seite, nahe der Kappe, mit einem Flicken besetzt. Während er mit den anderen sprach oder zuhörte, blickte er von Zeit zu Zeit zur Saaltür. Sie diskutierten über die entmutigenden Schlußfolgerungen, die aus der eben gehörten Vorlesung, der letzten des Einführungskurses für Zoologie, gezogen werden mußten. „Von Ovum zu Ovum — das ist das Ziel der Höheren Vertebraten“ hatte der Vortragende in seiner melancholischen Art gesagt und so kurz und bündig den Überblick über vergleichende Anatomie, den er gegeben hatte, zusammengefaßt. Der bebrillte Bucklige hatte es mit lautstarker Bewunderung wiederholt, es dem blonden Studenten mit offener Provokation entgegengeschleudert und damit eine jener unklaren, weitschweifigen Grundsatzdiskussionen, die den Studenten auf der ganzen Welt so unbegreiflich lieb sind, vom Zaun gebrochen.

„Das ist vielleicht unser Ziel — das gebe ich zu, soweit es die Naturwissenschaft angeht", sagte der blonde Student und nahm die Herausforderung an. „Aber es gibt Dinge, die von den Naturwissenschaftlern nicht erfaßt werden können."

„Naturwissenschaft", sagte Hill überzeugt, „ist systematisiertes Wissen. Ideen, die nicht in das System passen — müssen irgendwie — unexakte Ideen sein." Er war nicht sicher, ob er damit nun etwas Geistvolles oder eine Binsenweisheit von sich gegeben hatte, bis seine Äußerung von den Zuhörern mit Ernsthaftigkeit aufgenommen wurde.

„Mir ist nicht ganz klar", sagte schließlich der Bucklige, „ob Hill nun ein Materialist ist oder nicht."

„Nur eines steht noch über der Materie", ergriff Hill das Wort und spürte, daß er dieses Mal geschickter parierte; im selben Augenblick gewahrte er jemanden im Türrahmen hinter sich und hob ihr zuliebe ein wenig die Stimme, „das ist die Illusion, daß es außer Materie noch etwas gebe."

„Nun kennen wir wenigstens dein Glaubensbekenntnis", erwiderte der blonde Student. „Alles ist Illusion, nicht wahr? Alles Bemühen um ein besseres Leben, all unser Streben nach etwas, das über uns hinausgeht. Aber merkst du nicht, wie du dir widersprichst? Dein Sozialismus, zum Beispiel. Weshalb kümmerst du dich überhaupt um die Interessen der Menschheit? Weshalb machst du dir Gedanken über den Bettler in der Gosse? Weshalb bemühst du dich, dieses Buch" — er wies mit einer Kopfbewegung auf William Morris — „jedem im Laboratorium zu leihen?"

„Mädchen", sagte der Bucklige leise und schaute schuldbewußt über seine Schulter.

Das braungekleidete Mädchen mit den braunen Augen war ins Laboratorium getreten, und stand hinter ihm auf der anderen Seite des Tisches. Sie hielt ihre zusammengelegte Schürze in der Hand und verfolgte die Diskussion. Sie bemerkte den Buckligen nicht, weil sie abwechselnd Hill und dessen Gesprächspartner beobachtete. Daß Hill ihre Anwesenheit registriert hatte, entnahm sie lediglich dem Umstand, daß er sie geflissentlich übersah, aber sie verstand dies und freute sich darüber. „Ich sehe keinen Grund", sagte er, „weshalb jemand wie ein Vieh leben sollte, nur weil er nichts außer der Materie anerkennt und auch nicht glaubt, das es so etwas in hundert Jahren geben wird."

„Weshalb sollte er das nicht?" fragte der blonde Student.

„Weshalb *sollte* er?" gab Hill zurück.

„Welchen Grund hätte er?"

„Mit euch Frommen ist es immer dasselbe. Es ist alles eine Frage der Gründe. Kann denn ein Mensch nicht Gerechtigkeit nur um der Gerechtigkeit willen verlangen?"

Eine Pause folgte. Der blonde Mann flüchtete in Verlegenheitswendungen, um Zeit zu gewinnen. „Aber — weißt du — Grund — als ich Grund gesagt habe . . ." Dann eilte ihm der Bucklige zu Hilfe und stellte eine Frage. Seine Fragen waren im Debattierklub gefürchtet und kannten unweigerlich nur ein Ziel — die Forderung nach einer Definition. „Wie definierst du Gerechtigkeit?" fragte der Bucklige jetzt.

Durch diese Frage erfuhr Hills Selbstzufriedenheit eine plötzliche Erschütterung, aber im selben Moment kam auch schon Hilfe in Gestalt von Brooks, dem Laboratoriumsgehilfen, der durch die Tür des Präparierraumes eintrat und einige eben erst getötete Meerschweinchen an den Hinterbeinen hereintrug. „Das ist der letzte Schub für dieses Semester", sagte der Bursche, der bis dahin geschwiegen hatte. Brooks kam näher und knallte ein paar Meerschweinchen auf jeden Tisch. Der Rest der Klasse witterte die Beute von weitem, schwärmte durch die Tür des Hörsaals, und die Diskussion ebbte sofort ab, als die Studenten, die noch nicht an ihren Plätzen waren, hinstürzten, um die Exemplare auszusuchen. Das Rasseln von Schlüsseln an Sprengringen war zu hören, als die Schränke geöffnet und das Sezierbesteck herausgenommen wurde. Hill stand schon an seinem Tisch, und die Büchse mit den Skalpellen ragte aus seiner Tasche. Das Mädchen in Braun trat einen Schritt auf ihn zu, lehnte sich über seinen Tisch und sagte leise:

„Haben Sie gesehen, daß ich Ihnen das Buch zurückgegeben habe, Mr. Hill?"

Die ganze Zeit über waren sie und das Buch in seinem Bewußtsein lebhaft gegenwärtig gewesen, nun aber täuschte er unbeholfen vor, das Buch zum ersten Mal zu sehen. „Ach ja", sagte er und griff danach. „Hat es Ihnen gefallen?"

„Ich wollte Sie noch einiges darüber fragen — bei Gelegenheit."

„Selbstverständlich", sagte Hill. „Es wird mir eine Freude sein." Er verstummte verlegen. „Es hat Ihnen also gefallen?" sagte er noch einmal.

„Ein wunderbares Buch. Nur verstehe ich einiges nicht."

Dann wurde es im Laboratorium plötzlich still, denn ein merkwürdig schmetterndes Geräusch ertönte. Es war der Assistent. Er stand schon an der Tafel, bereit, die fälligen Unterweisungen zu erteilen. Einer Gewohnheit folgend, brachte er die Studenten durch einen Laut zum Schweigen, der die Mitte hielt zwischen einem gewöhnlichen Räuspern und einem Trompetenstoß. Das Mädchen in Braun glitt an seinen Platz zurück: unmittelbar vor dem Hills. Hill, der sie sofort vergaß, nahm ein Heft aus der Tischschublade, schlug es hastig auf, zog einen stumpfen Bleistift aus der Tasche und machte sich zum Mitschreiben bereit. Demonstrationen und Vorlesungen sind nämlich die unantastbaren Gebotstafeln eines Studenten. Bücher — mit Ausnahme derer des Professors, dürfen — ja sollten sogar — ignoriert werden.

Hill war der Sohn eines Flickschusters aus Landport und durch einen zufälligen Aushang der Schulbehörde am Landporter Technikum geködert worden. Er hielt sich in London mit einem Taschengeld von einer Guinee pro Woche über Wasser und bemerkte, daß er damit bei entsprechender Sparsamkeit auch seinen gelegentlichen Kleidungsbedarf decken konnte, der aus einem imprägnierten Kragen bestand; außerdem reichte es für Tinte, Nadeln und Zwirn und dergleichen Bedarfsartikel eines Lebemannes. Er war das erste Jahr in London und befand sich im ersten Studiensemester, aber sein alter Herr in Landport hatte sich bereits in vielen Gasthäusern unbeliebt gemacht, weil er seinen Sohn prahlerisch „den Professor" nannte. Hill war ein lebhafter Bursche, mit gelassener Geringschätzung für die Geistlichkeit aller Konfessionen und einem schönen Ehrgeiz, die Welt neu zu schaffen. Sein Stipendium erschien ihm als eine einmalige Chance. Er hatte mit sieben lesen gelernt und seither beständig alles gelesen, was ihm in die Hände gefallen war, gleichgültig, ob gut oder schlecht. Seine Welterfahrung war auf die Insel Portsea beschränkt und vornehmlich in der Schuhfabrik, wo er nach erfolgreichem Abschluß seiner Prüfungen an der Internatsschule tagsüber arbeitete, erworben worden. Er besaß eine bemerkenswerte Rednergabe, das der Debattierklub des Technikums, der unten im metallurgischen Hörsaal zwischen stampfenden Maschinen und Minenmodellen zusammenkam, schnell anerkannte, und zwar mit infernalischem Beifallsgetrommel, das jedesmal ertönte, wenn Hill sich erhob. Und er hatte gerade jenes wunderbare, empfindungsstarke Alter erreicht, wenn sich das Leben vor einem am Ausgang eines schmalen Passes auftut, wie ein breites Tal, das einem zu Füßen liegt, reich an Verheißung von wunderbaren Entdeckungen und ungeheuerlichen Heldentaten. Seine eigenen Grenzen — abgesehen davon, daß er sich der Tatsache bewußt war, weder Latein noch Französisch zu beherrschen — waren ihm insgesamt unbekannt. Zuerst hatten sich seine Interessen ziemlich gleichmäßig auf seine biologischen Studien am Institut und auf soziologisches und technologisches Theoretisieren verteilt. Beides nahm er tödlich ernst. In den Nächten, wenn die große Museums-Bibliothek geschlossen hatte, pflegte er auf dem Bett seines Zimmers in Chelsea zu sitzen, angetan mit Mantel und Wollschal, Vorlesungsnotizen abzuschreiben und sein Verzeichnis von Sezierpräparaten durchzugehen, bis Thorpe ihn mit einem Pfiff nach draußen rief — die Zimmerwirtin weigerte sich, Dachkammerbesuchern die Haustür zu öffnen. Dann streiften die beiden durch dunkle und helle, von Gaslaternen erleuchtete Straßen und sprachen — nach Art des schon beschriebenen Beispiels — von Gottesbegriff, von der Gerechtigkeit und Carlyle und der Neuorganisation der Gesellschaft. Und mittendrin mochte Hill, der nicht nur für Thorpe, sondern auch für zufällige Passanten redete, dann wohl zuweilen den Faden verlieren, weil er auf ein hübsch geschminktes Gesicht, das ihn im Vorübergehen bedeutungsvoll ansah, starrte. Naturwissenschaft und Gerechtigkeit! Aber in letzter Zeit waren ein- oder zweimal Anzeichen aufgetaucht, daß ein drittes Interesse in sein Leben getreten war, und er hatte sich dabei ertappt, wie seine Aufmerksamkeit vom Schicksal des Somitenmesoderms oder der möglichen Bedeutung des Blastoporus zu dem Mädchen mit den braunen Augen, das am Tisch vor ihm saß, hinüberwanderte.

Sie zahlte Schulgeld, und wenn sie mit ihm sprach, ließ sie sich von unfaßbaren sozialen Höhen herab. Bedachte er die Erziehung und umfassende Ausbildung, die sie wahrscheinlich genossen hatte, so wurde ihm ganz angst und bang ums Herz. Das erste Mal, da sie mit ihm gesprochen hatte, war es um ein ungelöstes Problem beim Alisphenoid des Kaninchenschädels gegangen. Dabei war ihm aufgefallen, daß er — wenigstens was die Biologie betraf — keinen Grund zur Selbsterniedrigung hatte. Von diesem Problem ausgehend gelangten sie dann — nach Art junger Leute, denen jeder Ausgangspunkt recht ist — zu allgemeinen Fragen, und während Hill sie mit seinen sozialistischen Ideen angriff, riet ihm ein Instinkt, daß er ihr eine direkte Beleidigung ihrer Religion ersparen sollte — sie wiederum faßte den Entschluß, das, was sie für sich seine ästhetische Erziehung nannte, in die Hand zu nehmen. Sie war ein oder zwei Jahre älter als er, was ihm aber nie recht zu Bewußtsein kam. Die Leihgabe der „Kunde von Nirgendwo" bildete den Anfang einer Reihe wechselseitiger Leihgaben. Einem absurden obersten Grundsatz zufolge hatte Hill seine Zeit niemals mit Dichtung „vertrödelt", was ihr als erschreckender Mangel erschien. Eines Tages in der Mittagspause traf sie ihn zufällig allein in dem kleinen Museum, wo die Skelette ausgestellt waren, gerade als er verschämt sein Rosinenbrötchen, das sein Mittagessen bildete, verzehrte. Sie wich zurück, kehrte dann aber wieder um und übergab ihm mit etwas verstohlener Miene einen Band von Browning. Halb zur Seite gekehrt, ergriff er das Buch ziemlich unbeholfen, weil er in der anderen Hand das Brötchen hielt. Im nachhinein betrachtet, fehlte es seiner Stimme auch an jener schönen Klarheit, die er sich gewünscht hätte.

Das geschah bereits nach der Prüfung in vergleichender Anatomie, am Tag, bevor das Institut seine Studenten entließ und von den Bediensteten sorgfältig für die Zeit der

Weihnachtsferien abgeschlossen wurde. Die Aufregung, die das Büffeln für die erste Kraftprobe nach sich zog, hatte Hill für eine kurze Weile bis zur völligen Mißachtung seiner anderen Interessen beherrscht. Erstaunt mußte er feststellen, daß ihn beim allgemeinen Rätselraten über die möglichen Resultate niemand als Anwärter für die Harvey-Commemoration-Medaille betrachtete, die man bei dieser und den zwei folgenden Prüfungen erringen konnte. Ungefähr zur selben Zeit war es auch, daß Wedderburn, der bis dahin unauffällig am äußersten Rand von Hills Wahrnehmungsbereich dahingelebt hatte, die Gestalt eines Hindernisses anzunehmen begann. Durch ein wechselseitiges Abkommen wurden die nächtlichen Streifzüge mit Thorpe während der drei Wochen vor der Prüfung eingestellt, und seine Zimmerwirtin mußte eigens betonen, daß sie zu einem solchen Preis wirklich nicht so viel Lampenöl zur Verfügung stellen konnte. Immer wieder ging er den Weg zum Institut und zurück, in der Hand kleine Merkzettel, Listen von Krebs-Extremitäten, von Kaninchenschädelknochen, oder Vertebratennerven zum Beispiel, und wurde zur regelmäßigen und gewohnten Erscheinung für Fußgänger aus der entgegengesetzten Richtung.

Die Weihnachtsferien aber wurden — als ganz natürliche Reaktion — von der Poesie und dem Mädchen mit den braunen Augen beherrscht. Die ausstehenden Prüfungsergebnisse wurden derart zweitrangig, daß sich Hill über die Aufregung seines Vaters wunderte. Auch wenn er es gewollt hätte, es gab in Landport nichts über vergleichende Anatomie zu lesen, und um Bücher zu kaufen, war er zu arm. Aber die Bibliothek besaß ein reichhaltiges Angebot an Dichtern, und Hills Angriff wurde großzügig unterstützt. Er schwelgte in den fließenden Rhythmen Longfellows und Tennysons, stärkte sich mit Shakespeare, fand in Pope eine verwandte Seele und in Shelley einen Meister, vernahm und floh die Sirenenklänge von Eliza Cook und

Mrs. Hemans. Aber er las nichts anderes von Browning, denn er hoffte auf weitere Bücher von Miss Haysman nach seiner Rückkehr.

Mit jenem bewußten Band Browning in seiner glänzenden schwarzen Tasche und den Kopf voll von äußerst brillanten, allgemein gehaltenen Theorien über Dichtung, ging er von seinem Zimmer zum Institut. Um die Wahrheit zu sagen, er legte sich sogar diese und jene Rede zurecht, mit der er die Rückerstattung ein wenig zu heben gedachte. Es war ein für London außergewöhnlich schöner Morgen, eine durchsichtige, scharfe Kälte herrschte, der Himmel war tatsächlich blau, ein dünner Nebel milderte alle scharfen Umrisse, und warme Sonnenstrahlen drangen zwischen die Häuserreihen und tauchten die eine Seite der Straße in bernsteinfarbenes und goldenes Licht. In der Aula des Instituts streifte er seine Handschuhe ab und setzte seine Unterschrift auf die Liste, mit Fingern, die vor Kälte so klamm waren, daß der charakteristische Strich unter dem Namenszug zu einem zittrigen Strich mißriet. Überall vermutete er Miss Haysman. Auf der Treppe drehte er sich um und sah, wie sich unten eine Gruppe um die Anschlagtafel drängte. Möglicherweise handelte es sich um die Liste mit den Biologienoten. Er vergaß Browning und Miss Haysman für einen Moment und tauchte in dem Gemenge unter. Und endlich las er, die Wange an den Ärmel seines Hintermannes gedrückt, die Liste —

1. GRUPPE

H. J. Somers Wedderburn

William Hill

und daran schloß sich eine 2. Gruppe an, die nicht mehr im Bereich unserer gegenwärtigen Anteilnahme liegt. Es war charakteristisch, daß er sich nicht die Mühe machte, Thorpe auf der Physik-Liste zu suchen, sondern sofort aus dem Gewühl hinausdrängte und in seltsamer psychischer Verfassung, einer Mischung aus Geringschätzung für das gewöhnliche Menschentum der 2. Gruppe und bitterer Enttäuschung über Wedderburns Erfolg, ging er die Treppe hinauf. Als er seinen Mantel oben im Korridor aufhängte, übermittelte ihm der Assistent der Zoologie, ein junger Mann aus Oxford, der ihn im stillen einen aufdringlichen „Streber" der übelsten Sorte nannte, seine herzlichen Glückwünsche. An der Tür des Laboratoriums verharrte Hill eine Sekunde, um Atem zu schöpfen, und trat dann ein. Er schaute in den Raum und sah alle fünf Mädchen an ihren Plätzen versammelt, und Wedderburn, den einst so zurückgezogenen Wedderburn, wie er ziemlich geziert am Fenster lehnte, mit der Blendenkordel spielte und sich offensichtlich mit allen fünf unterhielt. Nun konnte Hill ohne weiteres unerschrocken, ja sogar anmaßend mit einem einzelnen Mädchen sprechen, aber diese lässige Ungezwungenheit, dieses Abschätzen, das Wortgefecht und die gewandte Schlagfertigkeit innerhalb einer Runde gingen, daß wußte er, absolut über seine Kräfte. Noch auf der Treppe waren seine Gefühle für Wedderburn wohlwollend gewesen, ja er hatte eine gewisse Bewunderung empfunden, eine Bereitschaft, seine Hand weithin sichtbar und herzlich zu schütteln, wie einer, der nur die erste Runde gekämpft hat. Aber vor den Weihnachtsferien war Wedderburn niemals bis zu dieser Ecke des Raumes vorgedrungen, um Gespräche zu führen. Mit einem Schlag verdichtete sich Hills unbestimmte Erregung zu lebhaftem Haß gegen Wedderburn. Möglicherweise änderte sich auch sein Ausdruck. Als er an seinen Platz zurückging, nickte ihm Wedderburn achtlos zu, und die anderen drehten sich um. Miss Haysman streifte ihn mit einem kurzen Blick und schaute dann wieder weg. „Ich kann Ihnen nicht zustimmen, Mr. Wedderburn", sagte sie.

„Ich gratuliere Ihnen zur ersten Gruppe, Mr. Hill!" Das

bebrillte Mädchen in Grün drehte sich um und blinzelte ihn an.

„Nicht der Rede wert“, sagte Hill, auf Wedderburn und Miss Haysman starrend, eifrig bemüht, das Gespräch der beiden zu verfolgen. „Wir armen Teufel von der zweiten Gruppe sind da anderer Ansicht“, sagte das Mädchen mit den Brillen.

Was war es doch, was Wedderburn sagte? Irgend etwas über William Morris? Hill reagierte nicht auf das Mädchen mit den Brillen, und das Lächeln verschwand aus seinem Gesicht. Er konnte nichts verstehen und wußte daher auch nicht, wie er in das Gespräch einsteigen sollte. Verdammter Wedderburn! Er setzte sich, öffnete seine Tasche, überlegte, ob er den Band Browning auf der Stelle — vor den Augen aller — zurückgeben sollte, zog aber dann stattdessen seine Hefte für den Grundkurs in elementarer Botanik heraus, der jetzt begann und im Februar endete. In diesem Augenblick kam ein dicker schwerfälliger Mann mit bleichem Gesicht und blassen grauen Augen durch die Hörsaaltür herein und ging händereibend und lächelnd, in stillschweigender Leutseligkeit, durch das Laboratorium. Es war Bindon, der Professor für Botanik, der für die Monate Januar und Februar aus Kew gekommen war.

In den folgenden sechs Wochen gewahrte Hill in seinem Gefühlsleben einige rasch fortschreitende und seltsam verworrene Entwicklungen. Mittelpunkt derselben bildete größtenteils Wedderburn — ein Umstand, den Miss Haysman niemals vermutete. Sie erzählte Hill (denn in der vergleichsweise intimen Atmosphäre des Museums redete sie mit ihm recht ausführlich über Sozialismus, Browning und allgemeine Fragen), daß sie Wedderburn im Haus von Bekannten getroffen hatte und daß er „seine Intelligenz geerbt hat, denn sein Vater, wissen Sie, ist der große Augenspezialist."

„*Mein* Vater ist Flickschuster", sagte Hill, ganz nebenbei, und spürte noch im Augenblick, da er dies sagte, den Mangel an Würde. Aber seine Eifersucht verletzte sie keineswegs, wußte sie doch, daß sie selbst der Anlaß dafür war. Er litt entsetzlich unter Wedderburns Mangel an Fairneß und dem Bewußtsein seines eigenen Handicaps. Da war dieser Wedderburn, hatte zufällig einen berühmten Mann zum Vater, und statt daß ihm dies als unzulässiger Vorteil angekreidet worden wäre, hielt man es für gerecht, einen persönlichen Verdienst daraus zu machen. Und während Hill sich erst bekanntmachen und mit Miss Haysman im Laboratorium unbeholfen über zerstückelte Meerschweinchen sprechen mußte, hatte dieser Wedderburn — in ganz heimtückischer Weise — Zutritt zu ihrer sozialen Höhe und konnte mit ihr in einem manierlichen Jargon, den Hill zwar verstand, nicht aber anwenden konnte, Konversation betreiben. Nicht freilich, daß er überhaupt daran interessiert gewesen wäre, sich diesen Jargon anzueignen. Schließlich hielt es Hill schon an sich für das Zeichen eines miesen, höhnischen Betragens, daß Wedderburn Tag für Tag mit tadellosen Manschetten, elegantem Anzug, sorgfältig rasiert — eben tip-top — daherkam. Darüberhinaus war es einfach heimlichtuerisch von Wedderburn, sich eine Zeitlang so unscheinbar zu geben, Bescheidenheit vorzutäuschen, um ihn — Hill — zu der Annahme zu verleiten, daß zweifellos er selbst Jahresbester sein werde, und dann aber plötzlich vorzubreschen und auf diese Art aufzutrumpfen. Um das Maß voll zu machen, entwickelte Wedderburn auch noch eine wachsende Neigung, sich allen Diskussionen anzuschließen, an denen Miss Haysman beteiligt war, und wagte es, ja brannte sogar darauf, abschätzige Urteile über Sozialismus und Atheismus zu äußern. Durch gezielte, spöttische und äußerst wirkungsvolle Anzüglichkeiten über dic Führer des Sozialismus stachelte er Hill so lange zu Grobheiten an, bis dieser dem reizvollen Egotismus Bernard Shaws, der begrenzten Werkauflage und den luxuriösen Tapeten von William Morris und dem bezaubernd unrealistischen Arbeitsideal eines Walter Crane einen fast ebenso blinden Haß entgegenbrachte, wie er ihn für Wedderburn empfand. Die Dispute im Laboratorium, die ihm im vorigen Semester so viel Ruhm eingetragen hatten, wurden nun zu einer Gefahr, verkümmerten zu beschämenden Zankereien mit Wedderburn, und Hill hielt sie nur aufrecht, weil er dunkel die Befürchtung hegte, irgendwie stehe seine Ehre auf dem Spiel. Allerdings war sich Hill sicher, daß er Wedderburn in dem Debattierklub unter donnerndem Beifallsgetrommel zermalmt hätte. Nur besuchte Wedderburn den Debattierklub nicht, um sich zermalmen zu lassen, weil er — ekelhafte Heuchelei! — „spät zu Abend aß".

Nun darf man nicht annehmen, daß sich all dies dem Bewußtsein Hills in so primitiver Form dargestellt hätte. Hill war der geborene Theoretiker. Wedderburn war für ihn nicht so sehr ein bloß individueller Gegner, als vielmehr ein Typus, der herausragende Repräsentant einer Gesellschaftsschicht. Die ökonomischen Theorien, die sich nach einem endlosen Gärungsprozeß in Hills Kopf herausgebildet hatten, fanden mit einem Schlag ihre Bestätigung am konkreten Beispiel. Die Welt wimmelte plötzlich von lässig charmanten, gut gekleideten, redegewandten, letztlich seichten Wedderburns, Wedderburns als Bischöfe, Wedderburns als Parlamentarier, Wedderburns als Grundbesitzer; alle waren sie an ihrem exklusiv-rituellen Gebaren zu erkennen, und sie alle flüchteten sich vor einem unerbittlichen Redner hinter zierliche Epigramme. Und jeder Schlechtbetuchte und Schlechtgekleidete, vom Flickschuster bis zum Kutscher erschien Hill als Mensch, Bruder und Mitdulder. Er selbst fühlte sich dadurch sozusagen als Vorkämpfer der Erniedrigten und Beleidigten, obzwar ihn Außenstehende nur eben als anmaßenden jungen Mann mit schlechten Manieren betrachteten und als erfolglosen Vorkämpfer obendrein. Wiederholt kam es beim Nachmittagstee, den die Mädchen veranstalteten, zu einem Streit, der Hill das Blut in den Kopf steigen ließ und sein Gemüt zerrüttete, und der Debattierklub gewahrte einen neuen Ton sarkastischer Bitterkeit in seinen Reden.

Man wird also verstehen, weshalb es — und sei es auch nur im Interesse der Menschheit — notwendig war, daß Hill Wedderburn bei der bevorstehenden Prüfung vernichtete und ihn in Miss Haysmans Wertschätzung ausstach; und man wird ebenfalls verstehen, daß Miss Haysman einigen natürlichen weiblichen Mißverständnissen erlag. Sie wertete den Streit zwischen Hill und Wedderburn — denn auf seine zurückhaltende Art erwiderte Wedderburn Hills schlechtverhüllte Rivalität — als Tribut, der ihrem rätselhaften Charme gezollt wurde; sie war die schönste der Frauen in einem Turnier von Skalpellen und stumpfen Bleistiften. Zum geheimen Ärger ihrer besten Freundin machte sie sich deswegen sogar Vorwürfe, denn sie war ein charaktervolles Mädchen und hatte durch Ruskin und zeitgenössische Prosa mit schmerzlicher Deutlichkeit erkannt, daß die Handlungen der Männer vollkommen vom Verhalten der Frauen bestimmt werden. Und wenn Hill ihr gegenüber das Thema Liebe niemals erwähnte, so faßte sie diese Unterlassung nur als Zeichen einer umso schöneren Bescheidenheit auf.

So kam die Zeit der zweiten Prüfung heran, und Hills zunehmende Blässe bekräftigte das allgemeine Gerücht, daß er verbissen arbeitete. Man konnte ihn im belüfteten Bäckerladen beim South-Kensington-Bahnhof antreffen, wo er sein Rosinenbrötchen verzehrte und seine Milch schlürfte, die Augen angestrengt auf ein engbeschriebenes Blatt Papier geheftet. Rund um den Spiegel in seinem

Zimmer klebten Lehrsätze über Knospen und Stengel, über dem Waschbecken hing eine Skizze, die ihm ins Auge stechen sollte, wenn es vom Seifenschaum zufällig verschont blieb. Er versäumte einige Zusammenkünfte des Debattierklubs, fand aber Zeit für die gelegentlichen Begegnungen mit Miss Haysman in den geräumigen Gängen der angrenzenden Kunstgalerie oder im kleinen Museum im Obergeschoß des Institutes, oder auf den Institutskorridoren. Diese Begegnungen erfolgten häufiger und beruhigten ihn außerordentlich. Besonders oft trafen sie einander in dem kleinen Raum mit den schmiedeeisernen Truhen und Gittern neben der Kunstbücherei. Dort redete Hill dann unter dem sanften Ansporn ihres schmeichelhaften Interesses von Browning und seinen persönlichen Plänen. Eine der Eigenschaften, die sie an ihm bemerkenswert fand, war sein Mangel an Habsucht. So beunruhigte ihn die Aussicht, sein ganzes Leben lang mit weniger als hundert Pfund im Jahr auskommen zu müssen, nicht im geringsten. Aber er war entschlossen, berühmt zu werden und die Welt — erkennbar in seiner eigenen Person — zu verbessern. Bradlaugh und John Burns, arme — ja mittellose — große Männer hatte er sich zu seinen Führern und Vorbildern erkoren. Miss Haysman war jedoch der Ansicht, daß ein Leben dieser Art irgendwie unvollkommen sei, weil der ästhetische Aspekt vernachlässigt werde, worunter sie — wenn auch ohne sich dessen bewußt zu sein — gediegene Tapeten und Innenausstattung, schöne Bücher, geschmackvolle Kleider, Konzerte, appetitlich zubereitete und ehrerbietig servierte Mahlzeiten verstand.

Schließlich kam der Tag der zweiten Prüfung heran, und der Professor für Botanik, ein umständlicher gewissenhafter Mann, ordnete alle Tische im Laboratorium neu, damit niemand abschreiben konnte, setzte seinen Assistenten auf einen Sessel, der auf einen Tisch gestellt worden war (wo dieser sich, nach eigenen Worten, wie eine Hindu-Gottheit fühlte), damit er ein Schummeln besser bemerken konnte, und brachte aus unerfindlichen Gründen an der Tür die Aufschrift „Geschlossen“ an. Den ganzen Morgen von zehn bis dreizehn Uhr und ebenso am Nachmittag kreischte Wedderburns Feder Hill ihre Herausforderung entgegen, während die Federn der anderen in unermüdlicher Jagd über das Papier hetzten. Wedderburn war ein wenig ruhiger als gewöhnlich, aber Hills Gesicht brannte den ganzen Tag über vor Erregung und sein Rock beulte sich über Büchern und Heften, die für eine kurze Wiederholung in letzter Minute gedacht waren. Und am nächsten Tag sollte die praktische Prüfung folgen, das Sezieren und Erkennen von Präparaten. Am Morgen war Hill schlecht gelaunt, weil er beim Sezieren nur einen dicken Schnitt zustandegebracht hatte, und am Nachmittag kam dann diese merkwürdige Probe.

Die Prüfung verlief haargenau wie alle Prüfungen des Botanikprofessors. Wie bei der Einkommenssteuer konnte man sich einen Bonus erschwindeln. Es ging um ein Präparat, das unter dem Mikroskop betrachtet werden sollte. Dazu wurde ein Objektträger mit feinen Stahlklammern auf dem Objekttisch des Instruments befestigt und durfte laut Aufschrift nicht bewegt werden. Ein Student nach dem anderen mußte das Präparat abzeichnen, die richtige Benennung in den Prüfungsbogen eintragen und an seinen Platz zurückkehren. Nun kann so ein Objektträger schon durch eine zufällige Fingerbewegung und im Bruchteil einer Sekunde verschoben werden. Dies durfte aber deshalb nicht geschehen, weil das Präparat eine Gewebeprobe war, die charakteristische Merkmale eines ganz bestimmten Baumstammes aufwies. Betrachtete man es nun in der Stellung, in der es fixiert war, so konnte es nur schwer identifiziert werden, verschob man aber den Objektträger, dann wurden andere Teile des Präparates sichtbar, und eine genaue Zuordnung war kinderleicht.

Als Hill an die Reihe kam, bereits erhitzt von einem Wettstreit über Farbreagenzien, setzte er sich auf den kleinen Stuhl vor dem Mikroskop, drehte den Spiegel, um den besten Lichteinfall herzustellen, und verschob — aus reiner Gewohnheit — den Objektträger. Sofort erinnerte er sich des Verbotes, rückte ihn, fast noch mit derselben Handbewegung, zurecht, und war vor Erstaunen über seine Handlungsweise wie gelähmt.

Dann wandte er langsam den Kopf. Der Professor befand sich nicht im Zimmer, der Assistent saß hoch oben auf seiner improvisierten Kanzel und las das „Q.Jou.Mi.Sci.“; der Rest der Prüflinge war beschäftigt und hatte ihm den Rücken zugekehrt. Sollte er sich nun zu dem Mißgeschick bekennen? Er wußte ganz genau, um welches Präparat es sich handelte. Es war eine Lenticelle, ein augenfälliges Charakteristikum des Holunderbusches. Seine Augen streiften die eifrig beschäftigten Kollegen, und plötzlich gewahrte er, daß Wedderburn ihn mit einem seltsamen Blick über die Schulter musterte. Die geistige Erregung, die Hill die letzten beiden Tage in einen Zustand abnormer Hektik versetzt hatte, wich einer seltsam nervösen Anspannung. Sein Prüfungsbogen lag neben ihm. Er schrieb die Benennung des Objektes nicht hinein, sondern begann, ein Auge auf dem Okular, eine schnelle Skizze anzufertigen. Seltsame moralische Überlegungen wirbelten plötzlich in seinem Kopf durcheinander. Sollte er die Probe identifizieren? Oder sollte er diese Frage unbeantwortet lassen? In diesem Fall würde Wedderburn bei dieser zweiten Prüfung wahrscheinlich das beste Resultat erzielen. Wie konnte er jetzt noch feststellen, ob er die Probe auch erkannt hätte, ohne den Objektträger zu verschieben? Es war natürlich möglich, daß Wedderburn sie auch nicht erkannt hatte. Angenommen, Wedderburn hatte den Objektträger auch verschoben? Er schaute auf die Uhr. Er hatte noch fünzehn Minuten Zeit für eine Entscheidung. Er nahm den Prüfungsbogen und die Farbstifte, die er für die Niederschrift seiner Antworten verwendete, und ging an seinen Platz zurück.

Er las seine Antworten durch und kaute dann gedankenverloren an seinen Nägeln. Wenn er jetzt alles zugab, würde das einen seltsamen Eindruck machen. Er *mußte* Wedderburn schlagen. Er vergaß das leuchtende Vorbild von so hochgerühmten Männern wie John Burns und Bradlaugh. Außerdem, so überlegte er, war der Blick, den er auf die übrigen Teile des Präparates geworfen hatte, ja ganz unabsichtlich und zufällig geschehen, und darum gar nicht so sehr ein unredlicher Vorteil, als vielmehr eine Art wunderbarer Enthüllung. Da war es doch bei weitem unehrlicher von Broom, der fest an die Wirksamkeit von Gebeten glaubte, tagtäglich um die besten Noten zu beten. „Noch fünf Minuten", sagte der Assistent, faltete die Zeitung zusammen und blickte aufmerksam in die Runde. Hill beobachtete die Zeiger der Uhr, bis nur noch zwei Minuten übrigblieben, dann nahm er den Prüfungsbogen und schrieb mit vorgetäuschter Ungezwungenheit und brennenden Ohren die richtige Bezeichnung unter die Lenticelle.

Als die zweite Liste der Prüfungsresultate erschien, waren die Positionen von Wedderburn und Hill vertauscht, und das bebrillte Mädchen in Grün, die den Assistenten privat kannte (wo er fast menschlich war) sagte, daß Hill im Gesamtergebnis beider Prüfungen einen Punkt mehr hätte — 167 zu 166, von 200 möglichen. Jeder bewunderte Hill irgendwie, obwohl der Verdacht der „Streberei" auf ihm lastete. Aber Hill mußte man gratulieren. Er stieg in Miss Haysmans Achtung, und Wedderburns Stern ging endgültig unter, befleckt von einer unerfreulichen Erinnerung. Zuerst gewahrte Hill an sich eine neue, erstaunliche Tatkraft, und seine Reden im Debattierklub durchdrang wieder der flammende Eifer eines Demokraten, der über seine Feinde triumphiert. Er trieb sein Studium der vergleichenden Anatomie mit gewaltigem Fleiß und großem Erfolg voran und setzte seine ästhetische Ausbildung fort. Aber dazwischen drängte immer wieder mit lebhafter Deutlichkeit das Bild einer gewissen feigen Person, die einen Objektträger verschob, an sein geistiges Auge.

Kein Mensch war Zeuge des Vorfalls gewesen, und daß es keine höhere Gewalt gab, die ihn hätte beobachten können, dessen war er sich sicher. Und dennoch fand er keine Ruhe. Erinnerungen sind nicht tote Schemen, sie bleiben lebendig; sie schlummern, solange man sie nicht weckt, werden sie aber immer wieder aufgescheucht, dann erstarken sie und entfalten sich auf jede nur erdenkliche Art. Und es war seltsam: Obwohl er damals davon überzeugt gewesen war, daß es sich um reinen Zufall gehandelt hatte, wurden seine Erinnerungen an den Vorfall mit der Zeit so verworren, daß er sich schließlich nicht mehr sicher war — obwohl er sich selbst gegenüber immer wieder hartnäckig das Gegenteil behauptete —, ob die Bewegung tatsächlich ganz unwillkürlich geschehen war. Es kann allerdings auch möglich sein, daß Hills Lebensweise solche krankhaft quälerischen Überlegungen begünstigte: ein Frühstück, das voller Hast hinuntergewürgt wurde, ein Rosinenbrötchen zu Mittag, und wenn es seine Finanzen erlaubten, irgendwann nach fünf Uhr nachmittags ein Stück Fleisch in einem billigen Gasthaus in einer abgelegenen Straße hinter der Brompton Road. Gelegentlich gestattete er sich auch eine preiswerte Klassikerausgabe, was gewöhnlich den Verzicht auf Kartoffeln und Kotelett bedeutete. Es steht außer Frage, daß solche Anfälle von Selbsterniedrigung und gesteigerter Empfindsamkeit stets in Zeiten äußersten Mangels auftreten. Von diesen Einflüssen abgesehen, zeigte Hill auch von sich aus eine heftige Abneigung gegen jede Falschheit, die ihm der lästerliche Flickschuster aus Landport von frühester Zeit an mit Schlägen und groben Worten eingeschärft hatte. Und das eine muß man den erklärten Atheisten lassen: Seien sie nun — gewöhnlich sind sie es auch — Narren, denen jeder Scharfsinn fehlt, schmähliche Verächter aller religiösen Institutionen, dumme Redner und üble Kerle, aber Lügen kommen ihnen nur schwer über die Lippen. Wäre dem nicht so, und hätten sie nur die leiseste Ahnung von Kompromissen, dann würden sie sich einfach der liberalen Geistlichkeit zugesellen. Zu all dem kam noch, daß diese Gedanken seine Beziehung zu Miss Haysman vergifteten. Diese zog ihn jetzt so deutlich Wedderburn vor, daß er seinerseits sich darüber klar wurde, daß er sie mochte, und ihre Aufmerksamkeiten mit schüchternen Zeichen persönlicher Achtung zu erwidern begann. Einmal kaufte er sogar einen Strauß Veilchen und übergab ihn ihr, verwelkt und zerdrückt, mit gestammelten Erklärungen in dem Raum mit den Eisentruhen. Auch entschärften sie den haßerfüllten Tadel, mit dem er die Unehrlichkeit der Kapitalisten gegeißelt hatte, und der bislang eines seiner größten Vergnügen gewesen war. Und schließlich schmälerten sie seinen Triumph über Wedderburn. Früher hatte er sich Wedderburn überlegen gefühlt, und wenn er empört gewesen war, so nur, weil diese Überlegenheit nicht von allen entsprechend gewürdigt wurde. Nun aber quälte ihn der dunkle Verdacht einer tatsächlichen Unterlegenheit. Er hoffte, bei Browning so etwas wie eine Schützenhilfe zu finden, wurde aber darin nach sorgfältiger Lektüre enttäuscht. Schließlich ging er — seltsamerweise aus denselben Motiven, die ihn auch zu seiner Unehrlichkeit bewogen hatten — zu Professor Bindon und redete sich alles von der Seele. Da Hill ein Stipendium bezog, bot ihm der Professor keinen Stuhl an, so blieb er aufrecht vor dem Schreibtisch des Professors stehen, während er das Geständnis ablegte.

„Eine merkwürdige Geschichte“, sagte Professor Bindon, der nach und nach begriff, daß die Affäre auch auf ihn ein seltsames Licht warf, und dann machte er seinem

Ärger Luft: »Eine äußerst ungewöhnliche Geschichte. Ich verstehe nicht, wie Sie so etwas tun konnten. Ebensowenig, wie ich dieses Geständnis verstehe. Sie gehören einem Studententypus an — Cambridge-Leute würden sich so etwas nicht träumen lassen —, ich hätte so etwas wohl erwarten müssen — Weshalb *haben* Sie geschummelt?"

„Ich habe nicht geschummelt", sagte Hill.

„Aber Sie haben mir eben gesagt, daß sie es getan haben."

„Ich dachte, ich hätte ausreichend erklärt . . ."

„Entweder haben Sie geschummelt, oder Sie haben nicht geschummelt."

„Ich habe gesagt, daß es unwillkürlich geschehen ist!"

„Ich bin kein Metaphysiker, ich bin ein Diener der Wissenschaft, der reinen Tatsachen. Man hat Sie angewiesen, den Objektträger nicht zu bewegen. Sie haben den Objektträger bewegt. Wenn das nicht Schummeln ist . . ."

„Wäre ich jemand, der schummelt", sagte Hill, mit hysterischem Unterton in der Stimme, „wäre ich dann hergekommen und hätte Ihnen alles erzählt?"

„Ihre Reue macht Ihnen natürlich alle Ehre", sagte Professor Bindon, „ändert aber nichts an dem vorliegenden Faktum."

„Nein, Sir", sagte Hill und gab mit tiefer Selbsterniedrigung nach.

„Sogar jetzt verursachen sie noch eine ungeheure Menge Schwierigkeiten. Die Prüfungsergebnisse müssen revidiert werden."

„Vermutlich, Sir."

„Vermutlich? Natürlich müssen sie revidiert werden. Und ich glaube nicht, daß ich Sie reinen Gewissens positiv beurteilen kann."

„Nicht positiv?" sagte Hill. „Negativ?"

„So lautet die Vorschrift. Wo kämen wir denn hin? Was

haben Sie denn erwartet? Sie wollen die Konsequenzen Ihrer Handlungen nicht tragen?"

„Ich dachte, vielleicht" — sagte Hill. Und dann: „Negativ? Ich dachte, als ich Ihnen alles erzählt habe, daß Sie einfach die Punkte für diese Prüfungsfrage abziehen würden."

„Unmöglich", sagte Bindon. „Außerdem wären Sie dann immer noch besser als Wedderburn. Nur die Punkte abziehen — Lächerlich! Die Vorschriften der Behörde lauten ausdrücklich —"

„Aber ich habe ein freiwilliges Geständnis abgelegt, Sir."

„Die Vorschriften enthalten keine Einschränkungen bezüglich der Art und Weise, wie der Sachverhalt ans Licht kommt. Sie sehen einfach vor . . ."

„Es wird mich ruinieren. Wenn ich diese Prüfung nicht bestehe, wird mein Stipendium nicht verlängert."

„Das hätten Sie sich vorher überlegen sollen."

„Aber Sir, bedenken Sie meine Situation . . ."

„Ich kann überhaupt nichts bedenken. Professoren dieses Institutes sind Automaten. Die Vorschriften gestatten uns nicht einmal, Studenten für irgendwelche Posten zu empfehlen. Ich bin ein Automat, und Sie haben mich in Gang gesetzt. Ich muß tun . . ."

„Es trifft mich hart, Sir."

„Möglicherweise tut es das."

„Wenn ich die Prüfung nicht bestanden habe, kann ich ebensogut sofort nach Hause fahren."

„Das wird wohl angebracht sein." Bindons Stimme wurde sanfter. Er spürte, daß er ungerecht gewesen war und versuchte nun, etwas Güte walten zu lassen, vorausgesetzt, daß er sich dabei nicht widersprach. „Als Mensch", begann er, „glaube ich, daß Ihr Geständnis das Vergehen mildert. Aber Sie haben das Räderwerk in Bewegung gesetzt und nun nimmt alles seinen Lauf. Es — es tut mir wirklich leid, daß Sie das getan haben."

Hill mußte, von seinen Gefühlen überwältigt, eine Antwort schuldig bleiben. Plötzlich tauchte das faltige Gesicht jenes Flickschusters aus Landport, seines Vaters, lebhaft vor seinen Augen auf. „Großer Gott! Was war ich für ein Narr", sagte er mit einem plötzlichen Aufbrausen.

„Ich hoffe", bemerkte Bindon, „daß es Ihnen eine Lehre sein wird."

Aber, seltsam, die beiden meinten damit nicht dasselbe.

Eine Pause trat ein.

„Ich brauche einen Tag Zeit zum Überlegen, Sir, dann werde ich es Ihnen mitteilen — ob ich nach Hause zurückkehre, meine ich", sagte Hill auf dem Weg zur Tür.

Am nächsten Tag war Hills Platz leer. Das bebrillte Mädchen in Grün wußte, wie immer, die Neuigkeit zuerst. Wedderburn und Miss Haysman sprachen gerade über eine Aufführung der „Meistersinger", als sie zu ihnen trat.

„Haben Sie gehört", sagte sie.

„Was gehört?"

„Bei der Prüfung ist geschummelt worden.

„Geschummelt?" sagte Wedderburn, plötzlich rot im Gesicht. „Wie?"

„Der Objektträger . . ."

„Bewegt? Nein!"

„Doch. Der Objektträger, den wir nicht hätten bewegen dürfen . . ."

„Unsinn", sagte Wedderburn. „Warum? Wie haben sie es herausfinden können? Wer soll es gewesen sein?"

„Es war Mr. Hill."

„Hill?"

„Mr. Hill!"

„Nein — doch nicht etwa der untadelige Hill", sagte Wedderburn und gewann seine Fassung zurück.

„Das glaube ich nicht", sagte Miss Haysman. „Woher wissen Sie das?"

„Ich *habe* es nicht gewußt", erwiderte das Mädchen mit der Brille. „Aber nun weiß ich es ganz sicher. Mr. Hill hat es Professor Bindon selbst gestanden."

„Himmel!" sagte Wedderburn. „Ausgerechnet Hill. Aber ich habe solchen Philantropen aus Prinzip immer schon mißtraut."

„Sind Sie ganz sicher?" fragte Miss Haysman mit stokkendem Atem.

„Ganz sicher. Es ist schrecklich, nicht wahr? Aber Sie wissen ja, was kann man da schon erwarten? Sein Vater ist ein Flickschuster."

Dann verblüffte Miss Haysman das Mädchen mit den Brillen.

„Das ist mir gleichgültig! Ich glaube es nicht", sagte sie mit einem Erröten unter dem warmen Teint ihrer Haut. „Ich werde es nicht glauben, bis er es mir selbst gesagt hat, von Angesicht zu Angesicht. Und sogar dann würde es mir schwer fallen." Und darauf drehte sie dem Mädchen mit den Brillen abrupt den Rücken zu und ging an ihren Platz.

„Trotzdem stimmt es", sagte das Mädchen mit den Brillen und lächelte Wedderburn zu.

Aber Wedderburn gab keine Antwort. Sie gehörte nun einmal zu jenen Menschen, die dazu bestimmt zu sein scheinen, daß man ihnen eine Antwort schuldig bleibt.

Ein Straußenhandel

„Da wir gerade über Preise für Vögel sprechen, — ich habe einmal einen Strauß gesehen, der 300 Pfund gekostet hat", — der Präparator überließ sich den Erinnerungen an die Reisen seiner Jugendjahre. „300 Pfund!"

Er sah mich über die Brille hinweg an. „Und einen zweiten, für den 400 Pfund geboten worden sind."

„Nein", sagte er, „es hat sich dabei nicht um Liebhaberpreise gehandelt. Es waren ganz gewöhnliche Strauße. Ein bißchen mitgenommen sogar — wegen der Ernährung. Und bei dem Angebot waren auch keine besonderen Auflagen dabei. Man möchte meinen, daß fünf Strauße auf einem Ostindienfahrer billiger zu haben sind. Aber die Sache war die: Einer davon hatte einen Diamanten geschluckt.

Der Kerl, von dem er ihn geschnappt hatte, war Sir Mohini Padischah, ein ungeheurer Protz — so ein richtiger Piccadilly-Protz — bis zum Hals hinauf; darüber kam dann nämlich ein häßlicher schwarzer Kopf mit einem schwankenden Turban, in dem der Diamant steckte. Der verdammte Vogel pickte plötzlich zu und hat ihn auch schon. Und wie der Kerl ein Geschrei anfängt, merkt der Vogel, daß er irgendetwas angestellt hat — jedenfalls schien es so —, läuft davon und mischt sich unter die anderen, um sein Inkognito zu wahren. Alles hat höchstens eine Minute gedauert. Ich war einer der ersten, die dazugekommen sind: Da ist dieser Heide dagestanden und hat alle seine Götter angerufen, und daneben zwei Matrosen und der Vogelwärter, die sich fast zu Tode gelacht haben. Es war ja auch, wenn man's genau nimmt, eine komische Art, einen Diamanten zu verlieren. Der Wärter war in jenem Augenblick gerade nicht in der Nähe gewesen und wußte deshalb auch nicht, welcher Vogel es war. Einfach weg, stellen Sie sich vor! Mir hat es, ehrlich gestanden, kein bißchen leid getan. Der Kerl hatte die ganze Reise über schon mit seinem verdammten Diamanten geprotzt.

Natürlich verbreitet sich so etwas auf einem Schiff wie ein Lauffeuer von Bug bis Heck. Jeder sprach davon. Padischah ging in seine Kajüte, um mit seinem Kummer allein zu sein. Beim Mittagessen — er sonderte sich mit zwei anderen Hindus an einem Einzeltisch von den übrigen Fahrgästen ab — neckte ihn der Kapitän wegen dieser Geschichte ein bißchen, was ihn sehr aufbrachte. Er drehte sich um und flüsterte mir ins Ohr: Die Tiere wolle er nicht kaufen, nur seinen Diamanten möchte er wiederhaben. Er berief sich auf seine Rechte als englischer Untertan. Sein Diamant mußte her, darauf bestand er entschieden. Er würde sich an das Parlament wenden. Nun war der Vogelwärter einer jener Holzköpfe, die sich schlechterdings mit nichts Neuem anfreunden können. Er lehnte glatt jeden Vorschlag ab, die Vögel mit irgendwelchen medizinischen Mitteln zu behandeln. Seine Anweisungen lauteten, die Vögel so und so zu füttern, sie so und so zu betreuen, und wenn er sie nicht so und so fütterte und so und so betreute, so würde er seinen Job verlieren. Padischah hatte eine Magenpumpe anwenden wollen, obwohl dies bei Vögeln nicht möglich ist, nicht wahr. Dieser Padischah hatte nichts als blödsinnige Paragraphen im Kopf wie die meisten dieser verdammten Bengalen — redete von Beschlagnahmung der Tiere usw. Aber ein alter Herr, dessen Sohn Rechtsanwalt in London war, erklärte, daß alles, was ein Vogel schluckt, sogleich ipso facto Teil des Vogels ist und daß folglich dem Bengalen nur eine Schadenersatzklage als einzige Möglichkeit übrigbliebe, und sogar dann könnte man ihm eventuell noch Fahrlässigkeit nachweisen.

Schließlich habe er ja gar nicht das Recht, sich in der Nähe eines Straußes, der ihm nicht gehörte, herumzutreiben. Dies versetzte Padischah in gewaltige Aufregung, umso mehr, als die meisten von uns die Behauptung des alten Herrn als den einzig vernünftigen Standpunkt unterstützten. Da kein Rechtsanwalt an Bord war, der Klarheit in diese Angelegenheit gebracht hätte, wandte jeder von uns das ein, was ihm eben dazu gerade einfiel. Dann endlich, nach Aden, war er so weit, daß er sich der allgemeinen Meinung anschloß und heimlich mit dem Wärter über den Kauf aller fünf Strauße verhandelte.

Am nächsten Morgen gab es dann beim Frühstück einen schönen Krach. Der Mann hatte keinerlei Ermächtigung, die Vögel zu verkaufen, und nichts konnte ihn dazu bewegen; anscheinend aber erzählte er dem Bengalen von einem Angebot, das ihm von einem Eurasier namens Potter gemacht worden war, weshalb Padischah diesen Potter vor uns allen beschuldigte. Aber ich vermute, daß es die meisten recht schlau von Potter gefunden haben. Ich wenigstens fluchte ganz schön über die versäumte Gelegenheit, als Potter zugab, daß er wegen des Kaufes von Aden aus nach London telegraphiert hatte und in Suez eine Antwort erwartete.

In Suez, wo die Vögel dann tatsächlich in Potters Besitz übergingen, brach Padischah in Tränen aus — echte, nasse Tränen — und bot ihm ohne Zögern 250 Pfund für die fünf Vögel, was mehr als 200 Prozent von dem ausmachte, was Potter bezahlt hatte. Potter jedoch versicherte, er wolle lieber hängen, als sich auch nur von einer einzigen Feder zu trennen — er würde die Strauße nacheinander schlachten und den Diamanten finden; aber nach weiterer Überlegung ließ er sich schließlich erweichen. Ein verdammter Spieler war er, dieser Potter, nicht ganz astrein, was die Karten betraf, und diese Art von Gewinnspiel muß ganz nach seinem Geschmack gewesen sein. Jedenfalls erbot er sich, als Spaß, die Vögel bei einer Auktion um den Ausrufpreis von 80 Pfund pro Tier an verschiedene Leute zu verkaufen. Aber einen wollte er auf gut Glück selber behalten.

Bedenken Sie, es handelte sich um einen wertvollen Diamanten — ein kleiner Jude, ein Diamantenhändler, der mit an Bord war, hatte ihn auf drei- bis viertausend Pfund geschätzt, als Padischah ihm den Stein gezeigt hatte. — Und es ist deshalb nur verständlich, daß die Idee mit der Straußenlotterie gleich einschlug. Nun hatte ich einige kleinere Gespräche allgemeiner Art mit dem Straußenwärter, und zufälligerweise erwähnte er, daß einem der Vögel irgendetwas fehlte, er vermutete Verdauungsbeschwerden. Dieser Vogel hatte eine fast weiße Feder in seinem Schwanz, so daß ich ihn wiedererkennen konnte, und als er am nächsten Tag bei der Auktion als erster ausgerufen wurde, überbot ich Padischahs 85 Pfund mit 90 Pfund. Ich glaube, ich war ein bißchen zu sicher und zu versessen auf den richtigen Vogel; deshalb kamen einige andere auf die Idee, daß ich etwas wußte. Und Padischah trieb wie ein Irrer den Preis in die Höhe. Schließlich bekam ihn der jüdische Diamantenhändler für 175 Pfund — und Padischah bot 180 Pfund, aber erst eine Sekunde, nachdem der Hammer schon gefallen war, — wenigstens hat Potter das behauptet. Jedenfalls hatte sich der jüdische Händler den Strauß gesichert, holte auch auf der Stelle das Gewehr und erschoß ihn. Potter schlug einen ordentlichen Krach, weil dies — wie er meinte — für den Verkauf der anderen Strauße ungünstig war, und Padischah führte sich sowieso wie ein Verrückter auf; wir anderen waren furchtbar aufgeregt. Ich kann Ihnen versichern, daß ich höllisch froh war, als der Vogel zerlegt war und kein Diamant auftauchte. Ich selbst bin bei diesem Vogel bis zu 140 Pfund mitgegangen.

Der kleine Jude war wie fast alle Juden — er machte

nicht viel Aufhebens um sein Pech; nun aber weigerte sich Potter weiterzumachen, wenn nicht bestimmt werde, daß die einzelnen Versteigerungsstücke erst nach der ganzen Auktion ausgeliefert werden sollten. Der kleine Jude wollte geltend machen, daß es sich hier um einen ganz besonderen Fall handelte, und da die Für- und Gegenstimmen ziemlich gleich verteilt waren, vertagte man die Sache bis zum nächsten Morgen. Ich sage Ihnen, das Abendessen verlief ziemlich lebhaft, aber Potter setzte schließlich seinen Willen durch, denn es war offensichtlich, daß er sicherer ging, wenn er alle Vögel behielt, und wir ihm schließlich für sein faires Verhalten ein bißchen Rücksichtnahme schuldeten. Und der alte Herr, dessen Sohn Rechtsanwalt war, sagte, er habe sich die Sache noch einmal überlegt und halte es für wahrscheinlich, daß der Diamant, wenn er in einem der Vögel entdeckt werden sollte, dem rechtmäßigen Besitzer zurückerstattet werden müsse. Ich weiß noch, daß ich bemerkt habe, das falle vermutlich unter die Bestimmung des Fundgesetzes, was wirklich auch der Fall war. Nach einer hitzigen Debatte einigten wir uns, daß es ohne Zweifel unsinnig sei, das Tier an Bord zu töten. Der alte Herr erging sich in der Folge immer ausführlicher in legistischen Spitzfindigkeiten, versuchte zu beweisen, daß es sich bei diesem Handel um ein Glücksspiel drehe, also um eine illegale Sache, und wandte sich sogar an den Kapitän; Potter warf dagegen ein, daß er die Vögel ja als Strauße verkauft habe. Er wolle nichts weniger, als Diamanten verkaufen und habe dies auch niemals als einen Anreiz für einen Kauf verwendet. Die drei Vögel, die er versteigere, enthielten *seines* Wissens und *seiner* Meinung nach *keinen* Diamanten. Wie er hoffe, stecke dieser in dem einen, den er selbst behalten habe.

Am nächsten Tag schnellten die Preise trotzdem wieder in die Höhe. Natürlich begünstigte die Tatsache, daß nur mehr vier Möglichkeiten übrig waren, einen Preisanstieg.

Diese verdammten Vögel erzielten durchschnittlich 227 Pfund und — komisch genug — dieser Padischah erstand keinen einzigen. Er machte zu viel Wirbel und schwätzte von Paragraphen, wenn er bieten sollte — außerdem schikanierte ihn Potter ein bißchen. Ein Vogel fiel einem schweigsamen jungen Schiffsoffizier zu, ein zweiter dem kleinen Juden, und den dritten erstanden die Matrosen im Syndikat. Auf einmal schien Potter den Verkauf zu bereuen, behauptete, er hätte glatt 1000 Pfund zum Fenster hinausgeworfen, er hätte eine Niete gezogen und sei schon immer ein Schafskopf gewesen. Aber als ich ihn dann beruhigen wollte und ihn an seine letzte Chance erinnerte, mußte ich entdecken, daß er seinen Vogel schon einem Diplomaten verkauft hatte, — einem Kerl, der während seines Urlaubs indische Sitten und soziale Fragen studiert hatte. Dieser letzte war der um 300 Pfund. Also gut — drei von den Biestern schafften sie in Brindisi an Land — obwohl der alte Herr sagte, es sei ein Verstoß gegen die Zollgesetze — und Potter und Padischah schifften sich mit ihnen aus. Der Hindu schien fast den Verstand zu verlieren, als er zusehen mußte, wie sein Diamant in allen Himmelsrichtungen verschwand. Er beteuerte in einem fort, er habe das Eigentumsrecht — dieses Eigentumsrecht hatte er sich nun einmal in den Kopf gesetzt — und händigte den Kerlen, die die Vögel gekauft hatten, seinen Namen und seine Adresse aus, damit sie wüßten, wohin sie den Diamanten schicken sollten. Aber keiner wollte seinen Namen wissen, ebensowenig wollten sie ihm ihre Adresse geben. Es gab einen Krach, wie er im Buche steht — auf dem Bahnsteig. Dann bestieg jeder einen anderen Zug. Ich fuhr nach Southhampton und sah dort den letzten der Vögel, den, der den Maschinisten gehörte, und er stand dicht an der Landungsbrücke, in einer Art Lattenkiste — eine Fassung für einen Diamanten, dürr und albern, wie es wohl noch keine gegeben hat — wenn es überhaupt eine Diamantenfassung war.

Wie die Geschichte ausgegangen ist? Nun — folgendermaßen. Also — vielleicht. Ja, — da ist noch etwas, das vielleicht mehr Licht in die Sache bringt. Ungefähr eine Woche nach der Landung ging ich in die Regent Street, um einige kleinere Einkäufe zu erledigen; und wen sehe ich da, Arm in Arm, in bester Laune? Padischah und Potter! Das müssen Sie sich einmal vorstellen!

Ja, ich habe mir auch meine Gedanken gemacht. Nur — wissen Sie — der Diamant war mit Sicherheit echt. Und Padischah war einer der bekanntesten Hindus. Ich habe seinen Namen öfters in den Zeitungen gelesen. Aber ob nun der Vogel den Diamanten wirklich geschluckt hat, das ist wiederum eine andere Frage, da muß ich Ihnen recht geben."

Die Triumphe eines Tierpräparators

Die Kunst des Präparierens hat ihre Geheimnisse. Einige davon erzählte mir der Tierpräparator einmal in gehobener Stimmung. Er erzählte sie mir zwischen dem ersten und vierten Glas Whisky, zu einem Zeitpunkt also, da der Mensch nicht mehr vorsichtig, aber noch nicht betrunken ist. Wir saßen in seiner Bude, seinem Arbeits-Wohn-und Eßzimmer in einem, und — so weit die Sicht reichte — durch einen Perlenvorhang von dem muffigen Verschlag, in dem er sein Handwerk betrieb, getrennt.

Er saß in einem Liegestuhl. Seine Füße, an denen er die geheiligten Überreste seiner Hausschuhe wie Sandalen trug, ruhten — wenn sie nicht gerade verstreute Kohlestükke zerrieben — auf dem Kaminsims zwischen den Glasaugen. Seine Hosen — dies nebenbei, da sie mit seinen Triumphen nichts zu schaffen haben — waren aus ganz unmöglichem gelbem Wollstoff, wie er zu einer Zeit, da unsere Väter Backenbärte trugen und Krinolinen hoch in Mode standen, hergestellt wurde. Ferner hatte er schwarzes Haar, ein rosiges Gesicht und feurige braune Augen; auf seinem Rock zeichneten sich eine Vielzahl von Fettflecken auf einem Untergrund aus Baumwollsamt ab. Der Porzellankopf seiner Pfeife zeigte eine Darstellung der Grazien, und seine Brillen saßen immer schief, so daß das linke Auge einen nackt, klein und durchdringend anstarrte, während das rechte undeutlich, vergrößert und mild hinter dem Brillenglas schlummerte.

Und folgendes erzählte er: „Niemals hat es jemanden gegeben, der so gut präparieren konnte wie ich, Bellows! Ich habe Elefanten ausgestopft und Motten, und alles hat hinterher nur noch lebendiger und schöner ausgesehen. Ich habe auch Menschen ausgestopft — vornehmlich Amateurornithologen. Aber einmal habe ich einen Neger ausgestopft.

Es gibt kein Gesetz, das es verbietet. Ich habe ihn sogar mit gespreizten Fingern zustandegebracht und ihn als Hutständer benützt, aber Homersby, dieser Narr, hat eines Nachts eine Schlägerei mit ihm angefangen und ihn dabei ruiniert. Das war noch vor Ihrer Zeit. Häute sind so schwer zu bekommen, sonst hätte ich mir schon einen neuen gemacht.

Abstoßend? Das könnte ich nicht behaupten. Mir scheint vielmehr das Präparieren neben Beerdigung und Verbrennen ein dritter vielversprechender Weg zu sein. Man könnte alle seine Lieben um sich haben. Solcher Krimskrams wäre ebensoviel wert wie die Gesellschaft der meisten Leute und käme noch dazu viel billiger. Man könnte sie mit einem Mechanismus versehen, damit sie allerlei Dinge ausführen.

Natürlich müßte man sie lackieren, aber sie brauchen ja auch nicht heller zu glänzen, als so manche Menschen es von Natur aus tun. Der kahle Schädel des alten Mannigtree . . . Jedenfalls könnte man mit ihnen reden, ohne unterbrochen zu werden. Sogar mit Tanten. Das Präparieren hat eine große Zukunft vor sich, darauf können Sie sich verlassen. Es gibt da wieder Ausgrabungen . . ."

Er verstummte plötzlich.

„Nein, ich glaube, das sollte ich Ihnen nicht erzählen!" Er zog nachdenklich an seiner Pfeife. „Ja, bitte! Nicht zu viel Wasser!"

„Selbstverständlich muß das, was ich Ihnen jetzt erzähle, unter uns bleiben. Sie wissen, daß ich ein paar Dronten und einen großen Alk gemacht habe? Nein? Sie sind offensichtlich noch Amateur im Präparieren. Lieber Freund, ungefähr die Hälfte der großen Alken, die es gibt, sind genauso echt wie das Schweißtuch der Veronika oder der Rock von Trier. Wir machen sie aus Möwenfedern und dergleichen. Und mit den großen Alkeneiern ist es ebenso."

„Großer Gott!"

„Ja, wir machen sie aus feinem Porzellan. Das zahlt sich aus, sage ich Ihnen. Sie bringen — eines brachte 300 Pfund ein, erst neulich. Das war übrigens wirklich echt, glaube ich, obwohl man natürlich nie sicher sein kann. Die Arbeit verlangt große Sorgfalt, und hinterher muß man sie mit einer Staubschicht überziehen, weil niemand, der im Besitz eines dieser wertvollen Eier ist, den Mut aufbringt, es zu reinigen. Das ist das Schöne an diesem Geschäft. Auch wenn sie die Echtheit bezweifeln, untersuchen sie es nicht gerne sehr genau. Es ist in jeder Hinsicht eine zerbrechliche Kapitalanlage.

Das hätten Sie sich nicht träumen lassen, daß die Präparierkunst solche Perfektion erreicht! Mein Lieber, das ist noch bei weitem nicht alles. Ich habe sogar die Natur selbst nachgeahmt. Einer von den *echten* großen Alken *ist von mir hergestellt!*

Nein! Sie müssen sich mit Ornithologie befassen und dann selbst herausfinden, welcher es ist. Und — noch mehr — eine Händlergruppe hat mir angetragen, eine von den noch unerforschten Klippenregionen nördlich von Island mit meinen Exemplaren auszustatten. Vielleicht mache ich es eines Tages auch, aber derzeit habe ich eine andere Kleinigkeit vor. Schon einmal von Dinornis gehört?

Es ist einer der großen Vögel Neuseelands, die seit einiger Zeit ausgestorben sind. ‚Moa' ist der übliche Name — eben weil er ausgestorben ist; weil kein ‚Moa' mehr da ist. Verstehen Sie? Nun, man hat Knochen gefunden und in einigen Sumpfgegenden sogar Federn und vertrocknete Stücke der Haut. Ich will nun — man braucht dabei ja wirklich keine Skrupel zu haben — einen kompletten, ausgestopften Moa *fälschen*. Ich kenne dort einen Burschen, der den Fund in einer Art antiseptischem Sumpf vortäuschen und anschließend behaupten wird, das Tier sofort ausgestopft zu haben, weil es zu zerfallen drohte. Freilich, die Federn sind außergewöhnlich, aber ich habe eine einfache, einmalige Methode entdeckt, wie man versengte Straußenfedern zurechtmachen kann. Ja, das ist der ungewohnte Geruch, den Sie wahrgenommen haben. Man kann die Fälschung nur unter einem Mikroskop entdecken, und man wird schwerlich ein so schönes Exemplar zu diesem Zwecke zerlegen.

Auf diese Weise trage ich meinen bescheidenen Teil zum Fortschritt der Wissenschaft bei.

Trotzdem ist alles bloß eine Nachahmung der Natur. Ich habe mehr als das getan. Ich habe — sie noch *übertroffen.*" Er nahm seine Füße vom Kaminsims und beugte sich vertraulich zu mir.

„Ich habe Vögel *geschaffen*", sagte er mit einem Flüstern. „*Neuartige* Vögel. Verbesserungen durchgeführt. Vögel, wie sie noch nie da gewesen sind."

Während eines eindrucksvollen Schweigens nahm er seine frühere Haltung wieder ein.

„Ich habe die Schöpfung bereichert; jawohl! Einige der Vögel, die ich gemacht habe, waren neue Arten von Kolibris und wunderschöne kleine Dinger! Aber ein paar waren einfach goßartig. Der großartigste, glaube ich, war der *Anomalopteryx jejuna*. Jejunus-a-um — leer — so benannt, weil tatsächlich nichts drin war. Ein völlig leerer Vogel — abgesehen vom Ausstopfmaterial natürlich. Der alte Javvers hat das Ding jetzt, und ich glaube, er ist fast ebenso stolz darauf wie ich selbst. Ein Meisterwerk, Bellows! Er besitzt die ganze blöde Schwerfälligkeit des Pelikans, die ernsthafte Würdelosigkeit des Papageis, die zittrige Unbeholfenheit des Flamingos und die ausgefallene Färbung der chinesischen Ente. Was für ein Vogel! Ich habe ihn aus den Skeletten eines Storchs und eines Tukans und einer Menge verschiedener Federn gemacht. Für einen wahren Künstler auf diesem Gebiet ist das Präparieren auf diese Weise ein reines Vergnügen, Bellows.

Wie ich darauf verfallen bin? Eines jener jungen Genies, die uns mit wissenschaftlichen Abhandlungen in den Zeitschriften versorgen, bekam einen deutschen Artikel über Vögel in Neuseeland in die Hand und übersetzte einiges davon mit Hilfe eines Wörterbuches und seines Mutterwitzes — er entstammte sehr wahrscheinlich einer kinderreichen Familie mit einer sehr zarten Mutter — und brachte den lebenden Apteryx und den ausgestorbenen Anomalopteryx durcheinander; redete von einem eineinhalb Meter großen Vogel, der im Busch der Nordinsel lebte, selten, scheu, schwer zu kriegen usw. Javvers, der sogar für einen Sammler überraschend unkundig ist, las die Auszüge und nahm sich vor, diesen Vogel um jeden Preis zu erwerben. Bombardierte sämtliche Händler mit Nachfragen. Dieser Fall zeigt wieder einmal, was ein Mensch durch Ausdauer und Willenskraft erreicht. Da war ein Vogelhändler, der sich geschworen hatte, das Exemplar eines bestimmten Vogels in seinen Besitz zu bringen, eines Vogels, der gar nicht existierte, nie existiert hat und wahrscheinlich aus lauter Scham über seine eigene abstoßende Scheußlichkeit auch jetzt noch nicht existieren würde, wenn er es hätte verhindern können. Und er *bekam* in. Er *bekam* ihn *tatsächlich!*"

„Noch einen Whisky, Bellows?" fragte der Präparator und riß sich aus flüchtigen Betrachtungen über die Geheimnisse menschlicher Willenskraft und Sammlerleidenschaft. Und gleich darauf fuhr er mit neuem Eifer fort, mir zu schildern, wie er eine reizende Nixe hergestellt hatte, die dann ein Wanderprediger, dem sie das Publikum abspenstig gemacht hatte, in Burslem Wakes zerschmettert hatte, weil das Götzendienst oder noch schlimmeres sei. Da aber die Wortwahl und Ausdrucksweise aller drei Parteien — Schöpfer, Publikum und Zerstörer — für eine Veröffentlichung gänzlich ungeeignet sind, muß dieser muntere Zwischenfall bis auf weiteres ungedruckt bleiben.

Der Leser, der mit den unerforschlichen Wegen eines Sammlers nicht vertraut ist, mag vielleicht meinem Präparator gegenüber Zweifel hegen, aber soweit es die Eier des großen Alk und die gefälschten, ausgestopften Vögel betrifft, kann er meiner Meinung nach eine Bestätigung in den Büchern hervorragender Ornithologen finden. Und der Artikel über den neuseeländischen Vogel ist tatsächlich in einer Tageszeitung von unleugbarer Seriösität erschienen, denn der Präparator hat mir ein Exemplar davon gezeigt.

Der gestohlene Bazillus

„Und dies hier", sagte der Bakteriologe und schob ein Glasplättchen unter das Mikroskop, „ist das Präparat des berühmten Cholerabazillus — der Krankheitskeim der Cholera."

Der bleichgesichtige Mann schaute ins Mikroskop. Er war offensichtlich an derartige Dinge nicht gewöhnt und hielt eine schlaffe weiße Hand über sein freies Auge. — „Ich sehe recht wenig", sagte er.

„Drehen Sie an dieser Schraube", riet der Bakteriologe. — „Vielleicht hat das Mikroskop nicht die richtige Einstellung für Sie. Da gibt es große individuelle Unterschiede. Nur die Spur einer Drehung in die eine oder andere Richtung."

„Ah! Jetzt sehe ich etwas!" sagte der Besucher. „Nicht besonders viel allerdings. Kleine Striche und Flecken in Rosa. Und diese kleinen Partikeln, diese bloßen Atömchen, könnten sich vervielfachen und eine ganze Stadt ausrotten! Grandios!"

Er richtete sich auf, löste das Glasplättchen vom Mikroskop und hielt es gegen das Fenster. — „Kaum sichtbar", sagte er, das Präparat prüfend. Er zögerte. „Und sind sie — lebendig? Sind sie jetzt, in diesem Augenblick, gefährlich?"

„Diese hier wurden getötet und eingefärbt", sagte der Bakteriologe.

„Ich für meinen Teil wünschte, wir könnten alle dieser Art auf der ganzen Welt töten und einfärben."

„Ich vermute", sagte der Bleichgesichtige mit einem leichten Lächeln, „daß es Sie nicht gerade reizen würde, solche Dinger im lebenden — ich meine, im aktiven Zustand um sich zu haben."

„Im Gegenteil, wir sind dazu gezwungen", erwiderte der Bakteriologe. „Hier zum Beispiel." Er ging durchs Zimmer und nahm eines von mehreren versiegelten Proberöhrchen. — „Das ist das lebende Exemplar. Eine Kultur von tatsächlich lebenden Seuchenbazillen." Er zögerte. — „In Flaschen abgefüllte Cholera, gewissermaßen."

Ein schwaches Aufleuchten der Befriedigung zeigte sich sekundenlang im Gesicht des blassen Mannes. „Eine mörderische Angelegenheit, so etwas um sich zu haben!" sagte er, das Röhrchen mit den Augen beinahe verschlingend. Der Bakteriologe beobachtete den Ausdruck morbiden Vergnügens in der Miene seines Besuchers. Dieser Mann, der ihn heute nachmittag mit einem kurzen Empfehlungsschreiben eines alten Freundes aufgesucht hatte, interessierte ihn schon allein wegen der Verschiedenheit ihrer beiden Naturen. Das glatte schwarze Haar und die hintergründigen grauen Augen, der verhärmte Ausdruck und das zerfahrene Wesen, das sprunghafte, aber doch brennende Interesse seines Besuchers bildeten eine ungewohnte Abwechslung gemessen an den gleichmütigen Bemerkungen der gewöhnlichen wissenschaftlichen Arbeitskräfte, mit denen es der Bakteriologe sonst hauptsächlich zu tun hatte. Es war wohl nur zu verständlich, angesichts eines Zuhörers, der sich offensichtlich so stark vom lebensgefährlichen Aspekt des Gegenstandes beeindrucken ließ, daß sich der Bakteriologe bemühte, das Ganze ins wirkungsvollste Licht zu rücken.

Er wog nachdenklich das Proberöhrchen in der Hand. „Ja, hier drin ist die Seuche verwahrt. Man zerbricht einfach eines dieser Röhrchen über einem Trinkwasserreservoir, befiehlt diesen winzigen Teilchen Leben, die man zuerst einfärben und unter dem schärfsten Mikroskop betrachten muß, um sie überhaupt zu sehen; die man weder riechen noch schmecken kann, — man befiehlt ihnen: Geht hin, gedeiht und vermehrt euch, füllt die Brunnen, — und der Tod — ein rätselhafter, unergründlicher Tod, ein Tod, plötzlich und schrecklich, voller Qual und Erbärmlichkeit käme über diese Stadt, würde umherziehen und seine Opfer suchen. Der Ehefrau würde er den Mann rauben, der Mutter das Kind, den Staatsmann würde er mitten aus seinen Pflichten reißen, den Arbeiter aus seinen Plagen. Er würde den Wasserleitungen folgen, die Straßen entlangschleichen, da ein Haus auswählen und heimsuchen, dort ein anderes, wo sie ihr Trinkwasser nicht abkochten, er würde in die Brunnen der Mineralwassererzeugung schleichen, auf Salatblättern und in Gefrorenem lauern. Er würde in Pferdetrögen schlummern und in öffentlichen Brunnen darauf warten, von arglosen Kindern getrunken zu werden. Er würde in die Erde sickern, um an tausend unvermuteten Orten in Brunnen und Quellen wieder aufzutauchen. Einmal in der Wasserversorgungsanlage, würde er, noch ehe man ihn ankündigen oder aufhalten könnte, die gesamte Hauptstadt entvölkert haben."

Er brach plötzlich ab. Man hatte ihm schon öfters gesagt, daß Rhetorik seine schwache Seite sei.

„Aber hier ist er sicher verwahrt, müssen Sie wissen, ganz sicher!" Der bleichgesichtige Mann nickte. Seine Augen glänzten. Er räusperte sich. „Die Anarchisten, diese Schufte", sagte er, „sind Narren, völlige Narren! Bomben zu werfen, wenn Mittel dieser Art zur Verfügung stehen! Ich glaube . . ."

An der Tür war ein leises Klopfen zu vernehmen. Der Bakteriologe öffnete. „Eine Minute, Liebling!" flüsterte seine Frau.

Als er das Laboratorium wieder betrat, blickte sein Besucher gerade auf die Uhr. „Ich hatte keine Ahnung, daß ich Ihre Zeit eine ganze Stunde lang in Anspruch genommen habe!" sagte er. „Zwölf Minuten vor vier. Um halb vier hätte ich gehen sollen. Aber es war einfach zu interessant. Jetzt darf ich wirklich keine Minute mehr bleiben. Ich habe um vier eine Verabredung."

Sich mehrmals bedankend, verließ er den Raum. Der Bakteriologe begleitete ihn zur Tür und ging dann gedankenverloren durch den Korridor in sein Laboratorium zurück. Er sann über die Herkunft seines Besuchers nach. Der Mann war jedenfalls weder von germanischer noch von typisch romanischer Art. — „Ein unheimlicher Kauz, scheint mir!" sagte der Bakteriologe bei sich. „Wie er sich am Anblick der Bakterienkulturen geweidet hat!" Plötzlich durchfuhr ihn ein beunruhigender Gedanke. Er wandte sich zur Bank neben dem Wasserbad und darauf schnell zum Schreibtisch. Dann nestelte er hastig in seinen Taschen und stürzte schließlich zur Tür.

„Vielleicht habe ich es auf den Korridortisch gelegt!" sagte er.

„Minnie!" rief er heiser durch den Korridor.

„Ja, Liebling", kam es aus einiger Entfernung.

„Habe ich irgendwas in der Hand gehabt, als ich vorhin mit dir sprach?"

Pause.

„Nichts, Liebling. Ich weiß noch . . ."

„Verdammt!" schrie der Bakteriologe, schoß zur Haustür und die Treppe hinunter auf die Straße.

Minnie, als sie die Tür zuschlagen hörte, lief erschrocken ans Fenster. Unten auf der Straße stieg eben ein schlanker Mann in eine Droschke. Der Bakteriologe rannte wild gestikulierend, ohne Hut und in Hausschuhen, auf die Gruppe zu. Er verlor einen Pantoffel, achtete aber nicht darauf. „Er ist verrückt geworden!" murmelte Minnie. — „Das macht seine entsetzliche Wissenschaft!" Sie öffnete das Fenster und wollte ihm etwas nachrufen. Dem schlanken Mann, der sich plötzlich umsah, schien ebenfalls der Gedanke an zerrüttete Geistesverfassung zu kommen. Er zeigte hastig auf den Bakteriologen, sagte irgendetwas zum Kutscher, die Tür der Droschke flog zu, die Peitsche knallte, die Hufe der Pferde klapperten und im nächsten Augenblick hatte die Droschke, mit dem aufgeregten Bakteriologen dicht in ihrem Gefolge, das Ende der Straße erreicht und war um die Ecke verschwunden.

Minnie starrte noch minutenlang regungslos aus dem Fenster. Sie war wie betäubt. „Natürlich ist er exzentrisch", überlegte sie. „Aber so durch London zu stürzen — mitten in der Saison — und das in Socken!" Ein glücklicher Einfall kam ihr. Hastig setzte sie ihren Hut auf, griff nach den Schuhen ihres Mannes, ging in den Korridor, nahm seinen Hut und den leichten Überzieher vom Kleiderständer, trat aus dem Haus und rief eine Droschke, die glücklicherweise gerade vorbeikam. „Fahren Sie mich die Straße hinauf und rund um Havelock Crescent, und passen Sie auf, ob dort irgendwo ein Herr in Samtjacke und ohne Hut herumläuft!"

„Samtjacke und ohne Hut. Sehr wohl, gnädige Frau." Und der Kutscher trieb auch sofort ganz ungerührt sein Pferd an, so als erledige er solche Aufträge jeden Tag.

Wenige Minuten später wurde die kleine Gruppe von Kutschern und Herumtreibern an der Haltestelle bei Haverstock Hill vom wilden Vorüberrattern einer Droschke mit einer rötlichen Schindmähre von einem Pferd aufgeschreckt.

Alles verstummte, als sie vorüberfuhr. Nachdem sie verschwunden war, sagte ein untersetzter Gentleman mit dem Spitznamen Old Tootles: „Harry Hicks war das. Was hat denn der für Fuhre?"

„Der knallt aber die Peitsche!" rief der Laufbursche von der nächsten Kneipe.

„Holla!" entfuhr es dem armen, alten Tommy Byles. „Da kommt der nächste Wahnsinnige! Hol's der Teufel!"

„Das ist der alte George", sagte Old Tootles. „Hat auch

einen Verrückten dabei, genau wie du sagst! Was? Klettert der Kerl etwa aus der Kutsche? Vielleicht ist er hinter Harry Hicks her!"

Das Grüppchen belebte sich. Chor: „Weiter, George!" „Volle Fahrt!" „Du kriegst ihn!" „Schneller!"

„Feiner Renner!" sagte der Laufbursche.

„Da soll mich ja gleich . . ." schrie Old Tootles. „Achtung! Gleich bin ich mit dabei! Da ist noch einer! Wenn die nicht alle übergeschnappt sind!"

„Was Weibliches, diesmal!" sagte der Laufbursche.

„Sie ist hinter *ihm* her", sagte Old Tootles. „Sonst ist's immer umgekehrt."

„Was hat sie denn in der Hand?"

„Sieht aus wie ein Hut."

„So was Verrücktes! Drei gegen einen — alle hinter George her!" sagte der Laufbursche. „Da!"

Unter stürmischem Applaus fuhr Minnie vorüber. Es war ihr nicht gerade angenehm, aber sie hielt es für ihre Pflicht, und so raste sie weiter, Haverstock Hill hinunter und Camdem Town High Street hinauf, die Augen unbeirrt auf die ausdruckslose Rückfront des alten George gerichtet, der ihren streunenden Ehemann unbegreiflicherweise entführte.

Der Mann in der vordersten Droschke saß zusammengekauert in einer Ecke, seine Arme fest verschränkt, die kleine Röhre, die Möglichkeiten für ein unübersehbares Vernichtungswerk barg, fest in der Hand. Seine Gemütsverfassung war eine Mischung aus Furcht und Frohlocken. Zunächst befürchtete er einmal, eingeholt zu werden, bevor er noch sein Vorhaben ausführen konnte; dahinter jedoch lauerte ein unbestimmtes, aber umso bangeres Entsetzen über die Grauenhaftigkeit seines Verbrechens. Dennoch übertraf das Frohlocken bei weitem alle Furcht. Kein Anarchist vor ihm hatte sich je an so etwas gewagt. Ravachol, Vaillant, all diese hervorragenden Männer, die er um ihren

Ruhm beneidet hatte, verschwanden neben ihm in Bedeutungslosigkeit. Er mußte nur an die Wasserversorgungsanlage kommen und über dem Reservoir die Röhre aufbrechen. Wie brillant er alles geplant hatte: das gefälschte Empfehlungsschreiben, mit dem er sich Zugang zum Laboratorium verschafft hatte, und wie geschickt er die Gelegenheit genützt hatte! Die Welt würde noch von ihm hören! All die Leute, die ihn verhöhnt, verachtet, die Gesellschaft anderer der seinen vorgezogen hatten, sie mußten ihn nun endlich beachten. Tod, Tod, Tod! Immer hatten sie ihn behandelt wie eine Null. Die ganze Welt hatte sich verschworen, ihn im Hintergrund zu halten. Nun würde er ihnen zeigen, was es hieß, einen Mann einfach abzudrängen! Was war denn das für eine bekannte Straße? Great St. Andrews Street natürlich. Und wie stand es eigentlich? Er lugte vorsichtig aus dem Fenster. Der Bakteriologe befand sich kaum fünfzig Schritt hinter ihm. Das war bedenklich. Zum Schluß holte man ihn noch ein! Er suchte in seiner Tasche nach Geld und fand eine Münze. Die reichte er durch die Lucke dem Kutscher. „Schneller!" rief er. „Bloß weiter — fort!" Das Geldstück wurde blitzschnell ergriffen. „Jawohl!" sagte der Kutscher, das Fenster flog zu, und die Peitsche sauste über die schweißglänzenden Flanken des Pferdes. Die Droschke schwankte, und der Anarchist, halb aufgerichtet, stemmte die Hand mit der Glasröhre auf das Spritzleder, um das Gleichgewicht zu halten. Da spürte er, wie das spröde Ding zersprang. Die Stücke klirrten auf den Boden. Mit einem Fluch fiel er auf den Sitz und stierte verzweifelt auf die zwei, drei Tropfen die auf dem Leder hingen.

Es schauderte ihn.

„Nun ja. Ich werde also der erste sein! Gleichviel — ein Märtyrer immerhin. Trotzdem ein miserables Ende. Ob es wirklich so weh tut, wie man sagt?"

Gleich darauf kam ihm ein Gedanke. Er tastete zwischen

seinen Füßen herum. Ein Tropfen befand sich noch im Bodenstück der Röhre; den trank er, um sicher zu gehen. Es war besser, sicher zu gehen. Jedenfalls würde er sich treu bleiben.

Dann fiel ihm ein, daß nun keine Notwendigkeit mehr bestand, vor dem Bakteriologen zu flüchten. Auf der Wellington Street befahl er dem Kutscher zu halten. Er stieg aus. Auf dem Trittbrett glitt er aus. Ihm war merkwürdig zumute. Dieses Choleragift wirkte schnell. Er winkte den Kutscher davon. Die Arme über der Brust verschränkt, wartete er auf den Bakteriologen. Etwas Tragisches lag in seiner Haltung. Das Bewußtsein des nahen Todes verlieh ihm eine gewisse Würde. Er begrüßte seinen Verfolger mit herausforderndem Lachen.

„Vive l'Anarchie! Sie kommen zu spät, mein Freund! Ich habe es getrunken! Die Cholera nimmt ihren Lauf!"

Der Bakteriologe blinzelte ihn durch seine Brille hindurch neugierig an. „Sie haben es getrunken. Ein Anarchist! Nun verstehe ich." Er wollte noch etwas sagen, hielt aber plötzlich inne. Ein Lächeln spielte um seine Mundwinkel. Er öffnete die Tür der Kutsche, wie um auszusteigen. Da hob der Anarchist mit weitausholender Gebärde die Hand zum Abschied und ging in Richtung Waterloo Bridge davon, sorgsam darauf bedacht, so viele Leute wie möglich mit seinem verseuchten Körper zu streifen. Der Bakteriologe war von diesem Anblick so gefangen, daß er kaum Erstaunen über das Auftauchen Minnies, die nun mit Hut, Schuhen und Überzieher herankam, zeigte. „Gut, daß du mir meine Sachen bringst", murmelte er, immer noch in die Betrachtung der entschwindenden Gestalt versunken.

„Setz dich lieber in die Droschke", sagte er, dem anderen nachstarrend. Minnie war nun vollkommen davon überzeugt, daß er verrückt geworden war und gab dem Kutscher eigenmächtig die Anweisung, sie nach Hause zu fahren. „Meine Schuhe anziehen? Natürlich, Liebling!“ sagte ihr Mann, als die Kutsche wendete und die davoneilende dunkle Gestalt, nun winzig in weiter Entfernung, seinem Blick entzog. Ein grotesker Gedanke schoß ihm durch den Kopf, und er lachte auf. „Trotzdem, es ist wirklich äußerst ernst!“ bemerkte er. „Weißt du, der Mann ist zu mir auf Besuch gekommen. Er ist Anarchist. Nein — bitte fall nicht gleich in Ohnmacht, sonst kann ich dir nicht weiter erzählen. Ich wollte ihn beeindrucken — ich hatte natürlich keine Ahnung, daß er Anarchist war —, nahm eine Kultur jener neuen Spezies von Bakterien, von der ich dir erzählt habe, daß sie bei diversen Affenarten blaue Flecken erzeugt; in meiner Unvernunft gab ich vor, es handle sich um die Erreger der asiatischen Cholera. Sogleich machte er sich damit davon, um das Londoner Trinkwasser zu vergiften, möglicherweise hätte er eine schöne Bescherung angerichtet. Und jetzt hat er es selbst geschluckt. Natürlich kann ich nicht mit Sicherheit sagen, was passieren wird. Aber wie du weißt, hat sich damals die kleine Katze blau verfärbt — die Hunde und der Sperling — alle himmelblau. Das Ärgerliche an der ganzen Sache ist nur, daß es mich wieder Geld und Zeit kostet, neue Bakterien zu präparieren.

Den Mantel soll ich anziehen bei der Hitze? Warum denn, bitte schön? Weil wir Mrs. Japper begegnen könnten? Aber Liebling — Mrs. Japper ist doch kein kalter Luftzug. Warum soll ich denn an einem so heißen Tag einen Mantel tragen, nur wegen Mrs. . . Mein Gott! Also gut!“

Eine Katastrophe

Das kleine Geschäft war insolvent. Ganz unmerklich war es so weit gekommen. Winslow war kein Mann exakter Addition und Subtraktion und blitzartiger Entdeckungen. So langsam wurde ihm der wahre Sachverhalt bewußt, daß er glaubte, es sei immer schon so gewesen. Eine Menge Kleinigkeiten hatten zusammengewirkt, um ihn so weit zu bringen. Da lagen diese Cretonnes, vier Stück — unberührt, bis auf einen halben Meter, der für einen Sesselüberzug verkauft worden war. Da waren diese Hemdenstoffe zu je vierdreiviertel Pence — Bandersnatch am Broadway verkaufte sie um zweidreiviertel — wirklich unter dem Selbstkostenpreis. (Bandersnatch könnte einen doch wahrhaft leben lassen) Diese Dienstbotenmützen, ein Verkaufsschlager, hätten nachbestellt werden müssen, und das brachte Winslows Gedanken auf seinen einzigen Grossisten, die Firma Helter, Skelter & Grab. Wie stand es mit ihrem Konto?

Während er daran dachte, stand Winslow am Ladentisch, eine große, grüne Schachtel lag geöffnet vor ihm. Seine blaß-grauen Augen rundeten sich, sein blaß-grauer, zerzauster Schnurrbart zitterte. Tag für Tag hatte es ihn so umgetrieben. Er ging hinüber zu dem wackligen Kassenpult in der Ecke. Es war Winslows Schwäche, seine Waren über dem Ladentisch zu verkaufen, den Kunden einen Durchschlag der Rechnung auszuhändigen und das Geld blitzschnell im Pult verschwinden zu lassen, als mißtraue er der eigenen Ehrlichkeit. Sein dünner Zeigefinger mit den knotigen Gelenken fuhr über den kleinen, bunten Kalender (Clarks Baumwollstoffe halten ewig). „Eins — zwei —

drei; drei Wochen und ein Tag", murmelte er mit starrem Blick. „März! Nur drei Wochen und ein Tag. Das darf doch nicht wahr sein!"

„Es gibt Tee, Liebling!" Mrs. Winslow öffnete die Glastür mit dem weißen Vorhang, die zum Wohnzimmer führte.

„Einen Augenblick", sagte Winslow und sperrte das Pult auf.

Ein nervöser alter Herr in einem schweren, pelzverbrämten Mantel und mit erhitztem, stark gerötetem Gesicht trat geräuschvoll ein. Mrs. Winslow verschwand.

„Buh!" stöhnte der alte Herr. „Ein Taschentuch!"

„Bitte, Sir", sagte Winslow. „Was darf es kosten?"

„Buh!" schnaufte der alte Herr. „Taschentuch, schnell!"

Winslow wurde ganz aufgeregt. Er zog zwei Schachteln hervor.

„Diese, Sir", begann Winslow.

„Steifes Zeug", sagte der alte Herr, als er das Leinen befühlte.

„Vielleicht etwas aus Baumwolle?" sagte Winslow.

„Was kostet das?" fragte der alte Herr, das Taschentuch vor der Nase.

„Sieben Pence, Sir. Darf es sonst noch etwas sein? Krawatten vielleicht oder Hosenträger . . .?"

„Verdammt!" sagte der alte Herr, kramte in seinen Taschen und brachte schließlich eine halbe Krone zum Vorschein.

Winslow suchte seinen metallenen Rechnungblock, den er je nach den Umständen an verschiedenen Orten aufbewahrte, da begegnete er dem Blick des alten Herrn. Sofort ging er geradewegs zum Pult und gab das Wechselgeld heraus, was eine völlige Mißachtung seiner üblichen Geschäftsgepflogenheiten bedeutete.

Winslow konnte immer noch durch einen Kunden mehr oder weniger in Aufruhr versetzt werden. Aber das offene

Pult rief ihm seine Sorgen neuerlich ins Gedächtnis. Allerdings nur zum Teil. Er hörte einen Fingernagel leise ans Glas klopfen und sah über dem Vorhang Minnies Augen. Ein Zufluchtsort schien sich aufzutun. Er schloß das Pult, versperrte es und ging ins Wohnzimmer zum Tee.

Aber seine Gedanken ließen ihn nicht los. Drei Wochen und ein Tag. Er nahm ungewöhnlich große Bissen von seinem Butterbrot und blickte starr auf das kleine Marmeladeglas. Zerstreut reagierte er auf Minnies Konversationsversuche. Der Schatten von Helter, Skelter & Grab lag über dem Teetisch. Er kämpfte gegen diese neue Vorstellung eines Bankrotts an, die greifbare Wirklichkeit zu werden begann, Form und Gestalt annahm, sich gleichsam verdichtete aus dem trüben Unbehagen vieler Tage. Eines war jedenfalls sicher: 39 Pfund lagen noch auf der Bank, und heute in drei Wochen würden die Herren Helter, Skelter & Grab, diese unternehmungslustigen Großlieferanten junger Kaufleute, ihre 80 Pfund einfordern.

Nach dem Tee kam so etwas wie Kundschaft — kleine Einkäufe: ein wenig Musselin und Steifleinen, Kleiderschoner, schmales Band und ein Paar Baumwollstrümpfe. Da Winslow wußte, daß Frau Sorge in den dämmrigen Ekken des Ladens lauerte, zündete er früh die drei Lampen an und machte sich daran, die bedruckten Baumwollstoffe zusammenzulegen, die kraftaufwendigste und zugleich geistig anspruchsloseste Tätigkeit, die ihm einfiel. Schattenhaft sah er Minnie im Zimmer um den Tisch gehen. Sie war damit beschäftigt, ein altes Kleid zu wenden. Nach dem Abendessen unternahm er einen Spaziergang, schaute rasch in den Verein Christlicher Junger Männer, fand aber niemanden für ein Gespräch und ging schließlich zu Bett. Minnie war ebenfalls schon schlafen gegangen. Und auch Frau Sorge war da, nahm ihn sanft in ihre Arme, so daß bis Mitternacht nicht an Schlaf zu denken war.

Er hatte in letzter Zeit schon hie und da eine Nacht in

dieser Gesellschaft verbracht, aber diesmal war es ärger. Zuerst kamen die Herren Helter, Skelter & Grab mit ihrer Forderung über 80 Pfund — eine enorme Summe, wenn man mit nur 170 Pfund ein Geschäft aufgebaut hat. Sie schlugen gewissermaßen vor ihm ihre Zelte auf, ließen sich nieder und belagerten ihn. Er suchte in der Dunkelheit ringsum vergeblich nach einem Ausweg. Angenommen, er veranstaltete einen Ausverkauf, verkaufte sein Lager zu Schleuderpreisen. Er versuchte, sich einen wider Erwarten sagenhaft erfolgreichen Ausverkauf vorzustellen, der auch noch trotz tief reduzierter Preise einen kleinen Gewinn abwarf. Da schloß sich die „Bandersnatch G.m.b.H.", Broadway 101, 102, 103, 105, 106, 107, der Belagerung an, eine Geschäftsfront, lang wie ein Bandwurm, eine ganze Reihe von Auslagenfenstern, die Waren alle um einen Penny über dem Einkaufspreis. Wie konnte man sich gegen ein solches Unternehmen durchsetzen! Außerdem, was hatte er überhaupt zu verkaufen? Er ging im Geiste sein Warenlager durch. Was hatte er denn Verlockendes für den Ausverkauf? Unverzüglich marschierten jene Cretonnes auf, gelb und schwarz, mit bläulich-grüner Blume; jene minderwertigen Unterrockstoffe, Druckmuster ohne jeden Chic, allerhand Kurzwaren, einige unmögliche Handschuhe von einem jämmerlichen Handschuhmacher — ein kläglicher Kram. Und das war seine Streitmacht gegen Bandersnatch und Helter, Skelter & Grab und die erbarmungslose Welt hinter ihnen. Was um alles in der Welt hatte ihn glauben machen, irgendein Sterblicher könnte so etwas kaufen? Weshalb hatte er ausgerechnet dies gekauft und jenes nicht? Plötzlich kam ihm erst die ganze Tiefe seines Hasses gegen den Verkäufer von Helter, Skelter & Grab zu Bewußtsein. Sodann überließ er sich einem Anfall von Selbstvorwürfen. Er hatte zu viel für das Kassenpult ausgegeben. Welche Notwendigkeit bestand denn wirklich für ein solches? Die Eitelkeit, die ihn zu diesem Kauf verleitet hatte, enthüllte sich ihm im unbarmherzigen Licht der Selbsterkenntnis. Und die Lampen? 5 Pfund! Dann erinnerte er sich mit einem Gefühl, das geradezu an körperliche Qual grenzte, des Mietzinses.

Er stöhnte und drehte sich um. Da bemerkte er, undeutlich in der Dunkelheit, die Linie von Mrs. Winslows Schulter. Das gab seinen Gedanken eine andere Richtung. Minnies Mangel an Gefühl wurde ihm schmerzlich bewußt. Da lag er, von Sorgen um das Geschäft beinahe zu Tode gepeinigt, und sie schlief wie ein Kind. Mit jener unendlichen Bitterkeit, die das menschliche Herz nur in den kurzen Stunden der Morgendämmerung befällt, bedauerte er, geheiratet zu haben. Diese weiße Rundung schien ohne jede Hilfsbereitschaft zu sein, nichts als eine Last, eine bloße Verpflichtung. Was waren die Männer für Narren, daß sie heirateten! Minnies beharrlicher Schlummer brachte ihn so sehr auf, daß er sie am liebsten geweckt und ihr gesagt hätte, daß sie ruiniert waren. Sie würde zu ihrem Onkel zurückgehen müssen, ihr Onkel war immer gegen ihn gewesen; und was seine eigene Zukunft betraf, war sich Mr. Winslow sehr im unklaren. Ein Angestellter, der sich einmal selbständig gemacht hatte, findet schwer wieder eine Anstellung. Er sah sich selbst wieder auf Arbeitssuche, von einem Großhandelshaus zum anderen gehend, unzählige Briefe schreibend. Wie er das Briefschreiben haßte! „Sehr geehrter Herr! Bezugnehmend auf ihre Annonce in der „Christlichen Welt . . .“. Er sah einen endlosen Weg voller Mühen und Enttäuschungen, und an dessen Ende — ein Abgrund.

Gähnend kleidete er sich an und ging hinunter, um den Laden aufzusperren. Er war schon müde, bevor der Tag noch begonnen hatte. Als er die Türläden hineintrug, fragte er sich, wozu das gut sei. Das Ende war unausweichlich, ob er sich nun abplagte oder nicht. Das helle Tageslicht flutete in den Raum und machte deutlich, wie alt, abgescheuert und zersplissen der Fußboden war, wie schäbig der übertragen gekaufte Ladentisch, wie trostlos das ganze Unternehmen. Die vergangenen sechs Monate hatte er von einem hellen Laden geträumt, von einem glücklichen Paar, von einem bescheidenen, aber hübschen Gewinn. Jäh war er aus seinem Traum aufgeschreckt. Der Gürtel seines bescheidenen schwarzen Mantels hatte sich gelockert, blieb an der Türschnalle hängen und wurde losgerissen. Das verwandelte seinen Jammer in Wut. Bebend stand er da, riß dann den Stoff mit erbostem Griff noch weiter ein und ging zu Minnie.

„Da", sagte er mit erbittertem Vorwurf in der Stimme, „schau her! Du könntest dich auch ein bißchen um deinen Mann kümmern!"

„Ich habe nicht gesehen, daß es zerrissen war", sagte Minnie.

„Du siehst ja nie etwas", sagte Winslow mit grober Ungerechtigkeit, „bis es zu spät ist."

Minnie blickte in kurz an. „Ich werde es jetzt nähen, Sid, wenn es dir recht ist."

„Zuerst werden wir frühstücken", sagte Winslow. „Erledige die Dinge zur rechten Zeit!"

Beim Frühstück war er in Gedanken versunken, und Minnie beobachtete ihn besorgt. Da einzige, was er sagte, war, daß sein Ei schlecht sei. Das stimmte jedoch nicht. Es roch ein bißchen — verständlich bei 15 Stück zu einem Shilling — war aber sonst immerhin genießbar. Er schob es von sich, bekannte sich dann aber, nachdem er ein Butterbrot gegessen hatte, zu seiner Ungerechtigkeit, indem er das Ei doch noch aß.

„Sid", sagte Minnie, als er sich erhob, um wieder in den Laden zu gehen, „du bist nicht ganz gesund."

„Ich bin ganz gesund." Er sah sie an, als haßte er sie.

„Dann ist irgendetwas anderes los. Du bist doch nicht böse auf mich wegen des Gürtels? Sag mir doch, was los ist! Gestern beim Tee und beim Abendessen warst du genauso. Da war's nicht der Gürtel."

„Und ich werde auch weiterhin so sein!"

Sie glich einem lebenden Fragezeichen. „Was ist denn nur los?" fragte sie.

Die Gelegenheit war zu günstig, um sie nicht zu nützen, und er brachte die schlimme Neuigkeit mit dramatischer Schärfe vor. „Was los ist?" rief er aus. „Mein Bestes habe ich getan, — und so stehen wir jetzt da! Das ist los! Wenn ich bis heute in drei Wochen Helter, Skelter & Grab nicht 80 Pfund zahlen kann —" Pause — „werden wir gepfändet! Gepfändet! Das ist los, Min! *Gepfändet!*"

„Oh, Sid" begann Minnie.

Er schlug die Tür hinter sich zu. Für den Moment fühlte er sich wenigstens um die Hälfte seines Unglücks erleichtert. Er begann Schachteln abzustauben, die nicht staubig waren, und legte einen Cretonne noch einmal zusammen, der tadellos gefaltet dagelegen war. Er war in einem Zustand grimmigsten Elends, ein Märtyrer unter der Folter des Schicksals. Jedenfalls durfte niemand behaupten, daß sein Versagen auf Mangel an Fleiß zurückzuführen sei. Wie hatte er doch überlegt und gerechnet und gearbeitet. Und das war der Lohn! Schreckliche Zweifel plagten ihn. Vorsehung und Brandersnatch ließen sich nun einmal nicht vereinbaren. Wurde er etwa „geprüft"? Dies brachte ihn auf eine neue Idee, eine sehr tröstliche: Die Märtyrer-Pose, das „Wie-Gold-im-Feuer-Sein" hielt den ganzen Morgen über an.

Beim Mittagessen — Kartoffelauflauf — schaute er plötzlich auf und begegnete Minnies Blicken. Sie war blaß und gerötet um die Augen. Irgendetwas überkam in plötzlich und schnürte ihm die Kehle zu. Seine Gedanken schweiften in eine neue Richtung.

Er schob seinen Teller zurück und starrte seine Frau beschämt an. Dann stand er auf, ging um den Tisch — jetzt starrte sie auf ihn — und fiel wortlos vor ihr auf die Knie. „Oh, Minnie", sagte er, und sie wußte, daß wieder Frieden herrschte, und schloß ihn in die Arme, als er laut zu schluchzen begann.

Er weinte wie in Kind, stammelte an ihrer Schulter, welch ein Schuft er sei, sie geheiratet und in eine solche Sache hineingezogen zu haben, daß er nicht einmal so viel Verstand hätte, mit einem einzigen Penny umgehen zu können, daß alles seine Schuld sei; daß er aber so gehofft *hätte* . . . seine Stimme hob sich zu einem Heulen. Und sie, selbst leise weinend, tätschelte seine Schulter, sagte beruhigend „Sch-sch!" in sein lautes Schluchzen und besänftigte den Ausbruch. Dann läutete auf einmal die altersschwache Klingel an der Ladentür, und Winslow mußte auf die Beine und wieder ein Mann sein.

Nach dieser Szene „besprachen sie die Angelegenheit" beim Tee, beim Abendessen, im Bett, in jeder freien Minute zwischendurch, tiefernst — erfolglos — mit gefaßten Mienen, die Augen die meiste Zeit starr nach vorne gerichtet — und doch waren diese Gespräche für beide in gewisser Hinsicht tröstlich. „Ich weiß nicht, was wir tun sollen", war Winslows häufigste Bemerkung. Minnie versuchte, einem Posten als Dienstmädchen verlockende Seiten abzugewinnen — dabei erwartete sie ein Kind. Aber sie war der Meinung, sie müsse allen Mut zusammennehmen. Und ihr Onkel würde ihr vielleicht helfen, gerade im kritischen Augenblick. Es ging nicht an, daß einfache Leute allzu stolz waren. Außerdem: „Vielleicht geschieht irgendetwas!" — so ihre Lieblingsidee.

Ein Hoffnungsschimmer leuchtete auf, wenn man sich einen plötzlichen Zustrom von Kunden ausmalte. „Vielleicht", sagte Minnie, „kannst du 50 Pfund zusammenbekommen. Sie kennen dich gut genug, um dir ein bißchen Zeit zu geben." Sie erwog dies. Einmal die Möglichkeit eines Kredits von Helter, Skelter & Grab ins Auge gefaßt, war es geradezu vergnüglich, das Zahlungsminimum in Gedanken immer tiefer anzusetzen. Am zweiten Tag nach Winslows Entdeckung waren sie beim Tee eine Stunde lang wieder recht fröhlich, ja lachten sogar über ihre furchtbare Angst am Anfang. 20 Pfund könnten ihnen vielleicht schon helfen. Dann verschwand aber die tröstliche Hoffnung, daß sich Helter, Skelter & Grab ihres unglücklichen Kunden erbarmen könnten, auf geheimnisvolle Weise — verschwand spurlos, und Winslow stürzte wieder in den tiefsten Abgrund der Verzweiflung.

Er betrachtete kritisch die Einrichtungsgegenstände und überlegte, was sie wohl einbringen könnten. Der Schrank dort war immerhin etwas wert, und dann noch Minnies altes Silber, das schon ihre Mutter benutzt hatte. Dann dachte er verzweifelt darüber nach, wie er den Schreckenstag hinausschieben könnte. Irgendwo hatte er von „Übertragungsurkunden" gehört, in diesem Wort lag für ihn etwas trostverheißend Solides. Und schließlich — warum nicht zu einem Geldverleiher gehen?

Eine erfreuliche Begebenheit ereignete sich Donnerstag nachmittags, als ein kleines Mädchen mit einem Kattunmuster kam, und er den dazupassenden Stoff fand. Nie sonst hatte er in seinem dürftigen Lager etwas zu einem Muster Passendes finden können. Er ging ins Zimmer und erzählte es Minnie. Dieser Vorfall wird nur angeführt, damit der Leser nicht etwa glaubt, Winslow habe sich ohne Unterlaß in Verzweiflung befunden.

Am nächsten und übernächsten Morgen nach der Entdeckung sperrte Winslow den Laden erst spät auf. Wenn jemand die ganze Nacht wach gelegen ist und gar keine Hoffnung mehr hat, zu welchem Ende soll er dann noch pünktlich aufstehen? Aber als Winslow am Freitag den finsteren Laden betrat, sah er etwas auf dem Boden liegen, etwas, das von dem Licht, das durch die schlecht schließende Tür einfiel, beschienen wurde — ein dunkles Rechteck. Er bückte sich und hob einen Briefumschlag mit breitem Trauerrand auf. Er war an seine Frau adressiert. Gewiß ein Todesfall in ihrer Familie — vielleicht ihr Onkel. Er kannte den Mann zu gut, um Erwartungen zu hegen. Sie würden sich Trauerkleidung anschaffen und zum Begräbnis gehen müssen. Diese rohe Grausamkeit, daß Leute starben. Er sah alles blitzschnell vor sich — er stellte sich immer alles ganz bildhaft vor. Schwarze Hosen, Trauerflor, schwarze Handschuhe — nichts davon im Lager — die Fahrtkosten, das Geschäft einen Tag geschlossen.

„Ich fürchte, es gibt eine traurige Nachricht, Minnie", sagte er.

Sie kniete gerade vor dem Ofen und schürte das Feuer. Sie hatte ihre Arbeitshandschuhe übergezogen, auf dem Kopf eine alte Mütze, die sie auf dem Land als Schutz gegen die Sonne getragen hatte und die sie jetzt morgens aufsetzte, damit ihr Haar nicht staubig wurde. Sie drehte sich um, sah den Umschlag, schnappte nach Luft und preßte die blutleeren Lippen zusammen.

„Ich fürchte, es ist der Onkel", sagte sie, den Brief in der Hand, die aufgerissenen Augen starr auf Winslow gerichtet. „Eine fremde Schrift!"

„Der Poststempel ist von Hull", sagte Winslow.

„Der Poststempel ist von Hull."

Minnie öffnete langsam das Kuvert, zog den Brief heraus, zögerte, drehte ihn um und betrachtete die Unterschrift. „Von Mr. Speight."

„Was schreibt er?" fragte Winslow.

Minnie begann zu lesen. „Oh!" schrie sie. Der Brief entglitt ihrer Hand, sie sank in sich zusammen. Winslow nahm den Brief. „Ein fürchterliches Unglück ist geschehen", las er; „Melchiors Kamin ist gestern direkt auf das Haus Ihres Onkels gestürzt. Dabei wurden alle, die sich im Haus befanden, getötet — Ihr Onkel, Ihre Kusine Mary, Will und Ned und die Dienstmädchen — alle, ohne Ausnahme, zerschmettert — man kann sie kaum mehr wiedererkennen. Ich schreibe Ihnen, damit Sie das Unglück nicht aus der Zeitung erfahren müssen." Der Brief flatterte zu Boden. Winslow streckte den Arm aus, um sich am Kamin zu stützen.

Alle tot! Dann sah er, wie in einer Vision, sieben kleine Landhäuser in einer Reihe, jedes um sieben Shilling pro Woche vermietet, einen Zimmerplatz, zwei Villen und — immer noch von einem gewissen Wert — die Ruine von Onkels Haus. Er versuchte, Schmerz über den Verlust zu empfinden — aber es wollte ihm nicht gelingen. Sicher hatte Minnies Tante alles geerbt. Alle tot! 7 x 7 x 52:20 begann er unwillkürlich, aber im Kopfrechnen war er immer schwach gewesen, die Ziffern tanzten vor seinen Augen wie spielende Kinder. Waren es um die 200 Pfund — oder 100 Pfund? Er hob den Brief auf und las ihn zu Ende. „Sie sind die nächste Verwandte", schrieb Mr. Speight.

„Wie furchtbar", flüsterte Minnie mit schreckerfüllter Stimme und hob endlich den Blick. Winslow schaute sie an und schüttelte trauervoll den Kopf. Tausend Gedanken kreisten in seinem Gehirn, aber davon schien kein einziger — nicht einmal seiner eigenen gefühllosen Überlegung zufolge — für eine Bemerkung geeignet zu sein. „Es war Gottes Wille", sagte er schließlich.

„Es ist so unbeschreiblich furchtbar", sagte Minnie, „Tantchen, liebes Tantchen — Ted — armer, lieber Onkel . . ."

„Es war Gottes Wille, Minnie", wiederholte Winslow mit tiefem Gefühl. Ein langes Schweigen folgte. „Ja", sagte Minnie sehr langsam und starrte gedankenverloren auf das knisternde Papier im Ofen. Das Feuer war ausgegangen. „Ja, vielleicht war es Gottes Wille."

Sie blickten einander feierlich an. Jeder wäre furchtbar erschrocken, hätte der andere etwas über das Vermögen erwähnt. Minnie wandte sich dem dunklen Ofenloch zu und begann, eine alte Zeitung zu zerreißen. Was wir auch an Verlusten erleiden mögen, das Tagwerk will getan sein. Winslow stieß einen tiefen Seufzer aus und ging dann in Schweigen gehüllt zur Eingangstür. Als er sie öffnete, strömte eine Flut Sonnenlicht in den dunklen Laden. Bandersnatch und Helter, Skelter & Grab hatten sich aus seinen Gedanken verflüchtigt wie Nebel in der aufgehenden Sonne.

Als er die Türläden hereinnahm, knisterte das Feuer in der Küche lebhaft und munter, in einem Topf brodelte Wasser — Minnie kochte heute zwei Eier, eines für ihn, eines für sich selbst — und es war zu hören, daß sie den Frühstückstisch mit größtem Eifer deckte. Der Schicksalsschlag war unerwartet und schrecklich gewesen — aber es ziemt uns, solchen Dingen tapfer die Stirn zu bieten, in dieser traurigen, unberechenbaren Welt. Es wurde fast Mittag, ehe sie von den Landhäusern zu sprechen begannen.

Der Schatz im Walde

Das Kanu näherte sich nun dem Land. Die Bucht tat sich auf, und eine Lücke in der weißen Brandung zwischen den Klippen zeigte die Stelle an, wo der kleine Fluß ins Meer mündete; ein Streifen volleres und tieferes Grün inmitten des Urwalds bezeichnete den Flußlauf bis hin zu einer fernen Hügelkuppe. Der Wald reichte hier nahe an den Strand. Weit dahinter, schwach und wolkenähnlich, erhoben sich die Berge wie plötzlich erstarrte Wellenkämme. Das Meer war ruhig, bis auf eine kaum wahrnehmbare Dünung. Der Himmel leuchtete. Der Mann mit dem geschnitzten Ruder hielt an. „Hier muß es irgendwo sein", sagte er. Er zog das Ruder ein und streckte die Arme aus.

Der andere Mann saß im vorderen Teil des Kanus und musterte die Umgebung mit aufmerksamen Blicken. Auf seinen Knien lag ein Bogen gelben Papiers.

„Schau dir das an, Evens", sagte er. Beide Männer sprachen mit gedämpfter Stimme, ihre Lippen waren trocken und aufgesprungen.

Der Mann mit dem Namen Evans balancierte durch das Boot, bis er seinem Begleiter über die Schulter blicken konnte. Das Papier sah aus wie eine grobskizzierte Landkarte. Durch ständiges Falten war es zerknittert und abgescheuert und an den Bügen schon zerrissen, so daß der zweite Mann die ausgebleichten Stücke aneinanderhalten mußte. In fast verwischter Bleistiftzeichnung konnte man undeutlich die Umrisse der Bucht erkennen.

„Hier", sagte Evans, „sind die Klippen, und hier ist die Öffnung." Er fuhr mit dem Daumennagel über die Karte. „Diese gewundene Linie ist der Fluß — jetzt könnte ich einen Schluck vertragen — und dieser Stern markiert die Stelle."

„Diese punktierte Linie", sagte der Mann mit der Karte, „verläuft ganz gerade. Sie führt von der Öffnung in den Klippen zu einer Palmengruppe. Der Stern ist genau dort, wo sie den Fluß schneidet. Wir müssen uns die Stelle merken, wenn wir in die Lagune kommen."

„Ich möchte wissen", sagte Evans nach einer Pause, „was diese kleinen Zeichen hier unten bedeuten. Sieht aus wie die Skizze eines Hauses oder irgendetwas in dieser Art. Aber ich habe keinen blassen Schimmer, was diese kleinen Striche nach allen Richtungen darstellen sollen. Und was ist das für eine Schrift?"

„Chinesisch", sagte der Mann mit der Karte.

„Natürlich! *Er* war ja Chinese", sagte Evans.

„Alle waren es", erwiderte der Mann mit der Karte.

Während das Kanu langsam dahintrieb, saßen beide minutenlang schweigend da und starrten auf das Land hinüber. Dann sah Evans nach dem Ruder.

„Du bist dran, Hooker", sagte er.

Sein Begleiter faltete ruhig die Karte zusammen, steckte sie in die Tasche, ging vorsichtig an Evans vorbei und ergriff das Ruder. Seine Bewegungen waren kraftlos wie die eines Mannes, der am Rande der Erschöpfung ist.

Evans beobachtete mit halbgeschlossenen Augen, wie das Korallenriff, einem schäumenden Wellenbrecher gleich, näher und näher herankroch. Der Himmel glühte jetzt wie ein feuriger Ofen, denn die Sonne stand fast im Zenit. Nun, da sie dem Schatz greifbar nahe waren, verspürte er nichts von der Erregung, die er erwartet hatte. Die zermürbende Anspannung beim Kampf um die Landkarte, und die lange, nächtliche Überfahrt vom Festland in einem Boot ohne Proviant, hatte ihn, wie er selbst sagte, „ausgebrannt". Er versuchte sich aufzumuntern, indem er an die Goldbarren, von denen der Chinese gesprochen hatte, dachte, aber seine Gedanken schweiften sogleich ab und kehrten immer wieder zu dem süßen Wasser zurück, das im Fluß plätscherte, und zu der beinahe unerträglichen Trockenheit seiner Lippen und seiner Kehle. Jetzt hörte man schon, wie die Brandung rhythmisch an das Riff anschlug. Ein wohltuendes Geräusch für seine Ohren! Das Wasser schwappte gegen die Planken des Kanus und troff bei jedem Schlag vom Ruder. Er begann vor sich hinzudösen.

Immer noch gewahrte er schwach die Insel, aber ein seltsames Traumgesicht drängte sich in sein Bewußtsein. Er durchlebte abermals die Nacht, in der er und Hooker zufällig hinter das Geheimnis des Chinesen gekommen waren. Er sah die mondbeschienenen Bäume, das kleine Feuer und die dunklen Gestalten der drei Chinesen — auf einer Seite vom Mondlicht silbern, auf der anderen glutrot vom Feuer. Sie sprachen in ihrem Pigeon-Englisch miteinander, denn sie stammten aus verschiedenen Provinzen und konnten sich deshalb nicht anders verständigen. Hooker erfaßte als erster, worum es in ihrem Gespräch ging, und er bedeutete ihm, zuzuhören. Einzelne Bruchstücke der Unterhaltung waren unhörbar, andere unverständlich. Im wesentlichen war die Rede von einer spanischen Galeone, die, von den Philippinen kommend, rettungslos gestrandet war, von ewig begrabenen Schätzen, von einer schiffsbrüchigen Mannschaft, durch Seuchen dezimiert, von irgendeinem Streit und der Notwendigkeit, Disziplin zu bewahren, und schließlich von einer Abfahrt in den Booten auf Nimmerwiedersehen. Vor einem Jahr erst hatte dann Chang-hi, als er am Strand entlang ging, zufällig die Goldbarren gefunden, die zweihundert Jahre versteckt gewesen waren. Er hatte seine Dschunke verlassen und das Gold mit unvorstellbarer Mühe wieder vergraben — ganz allein, aber sehr sicher. Er legte großen Nachdruck auf diese Sicherheit — darin bestand sein Geheimnis. Und nun brauchte er Hilfe, um die Goldbarren wieder auszugraben. Daraufhin knisterte die kleine Landkarte, die Stimmen wurden leise. Das war vielleicht eine Geschichte für zwei heruntergekommene englische Vagabunden. Evans' Gedanken verweilten bei dem Moment, als er Chang-his Zopf mit der Hand festhielt. Das Leben eines Chinesen ist nicht annähernd so wertvoll wie das eines Europäers. Das verschmitzte, kleine Gesicht Chang-his, zuerst wütend und wild wie das einer gereizten Schlange, dann ängstlich, verschlagen und jämmerlich, stand ihm mit überwältigender Deutlichkeit vor Augen. Am Ende hatte Chang-hi gegrinst, ein ausgesprochen hintergründiges und beängstigendes Grinsen. Mit einem Mal wurde alles recht unerfreulich, wie das manchmal in Träumen geschieht. Chang-hi plapperte unverständliches Zeug und bedrohte ihn. Sein Traum zeigte nun Haufen über Haufen von Gold, und Chang-hi trat dazwischen und zerrte ihn zurück. Er packte Chang-hi beim Zopf — wie groß diese gelbe Bestie war, wie sie um sich schlug und grinste! Und sie wurde immer größer. Dann verwandelten sich die glänzenden Goldhaufen in einen prasselnden Hochofen, und ein gewaltiger Teufel, Chang-hi verblüffend ähnlich, nur mit einem riesigen, schwarzen Schwanz, begann Evans mit Kohlen zu füttern. Sie verbrannten ihm ganz entsetzlich den Mund. Ein zweiter Teufel schrie seinen Namen. „Evans, Evans, du verschlafener Idiot!" — oder war es Hooker, der schrie?

Er erwachte. Sie befanden sich an der Mündung der Lagune.

„Dort sind die drei Palmen. Es muß auf einer Linie mit dieser Gruppe von Büschen liegen", sagte sein Begleiter. „Merk' dir das! Wenn wir zu diesen Büschen gehen und uns in direkter Linie durch das Dickicht schlagen, müssen wir zu der Stelle kommen, sobald wir den Fluß erreichen."

Nun kam die Flußmündung in Sicht. Bei diesem Anblick belebte sich Evans. „Schneller, Mann!" rief er aus,

„oder ich muß noch Salzwasser trinken!“ Er kaute an den Nägeln und starrte auf den silbernen Schimmer zwischen den Felsen und dem grünen Dickicht.

Gleich darauf wandte er sich beinahe wütend zu Hooker um. „Gib mir das Ruder!“ sagte er.

Sie erreichten die Flußmündung. Ein Stückchen flußaufwärts schöpfte Hooker mit der hohlen Hand ein wenig Wasser, kostete es und spuckte es aus. Etwas später versuchte er es noch einmal. „Das geht“, sagte er, und sie tranken gierig.

„Verflucht!“ sagte Evans plötzlich, „das ist mir zu langsam.“ Er beugte sich gefährlich weit über den Kanurand und schlurfte das Wasser mit dem Mund direkt aus dem Fluß.

Dann hörten sie auf zu trinken, lenkten das Kanu in die Bucht und wollten zwischen den üppig wuchernden Pflanzen, die von der Böschung ins Wasser überhingen, anlegen.

„Da müssen wir uns durchkämpfen, damit wir unsere Büsche und die Richtung zu der Stelle finden“, sagte Evans.

„Wir sollten besser hinrudern“, sagte Hooker.

So stießen sie wieder hinaus auf den Fluß und ruderten ins Meer zurück, dem Ufer entlang, bis zu der Gruppe von Büschen. Dort legten sie an, zogen das leichte Kanu auf den Strand und gingen zum Dschungel hinauf, bis sie die Öffnung im Riff und die Büsche in einer Geraden vor sich sahen. Evans hatte ein Werkzeug, wie es auch von den Eingeborenen benutzt wurde, aus dem Kanu mitgenommen. Es war geformt wie ein L, wobei die Querleiste mit einem glattgeschliffenen Stein versehen war. Hooker trug das Ruder. „In dieser Richtung geradeaus durch“, sagte er, „wir müssen den Fluß erreichen und dann zu graben anfangen.“

Sie zwängten sich durch ein dichtes Gestrüpp von Schilf, breiten Farnwedeln und jungen Bäumen. Zuerst war es mühsam, aber sehr bald wurden die Bäume höher, und das Unterholz lichtete sich. Kühle Schatten hielten die Gluthitze der Sonne ab. Endlich wurden die Bäume zu riesigen Säulen, die hoch oben einen grünen Baldachin trugen. Mattweiße Blüten baumelten an ihren Stengeln herab, und Schlingpflanzen schwangen sich wie Seile von Baum zu Baum. Die Schatten wurden tiefer. Eine rotbraune Kruste, durchsetzt mit gefleckten Pilzen, überzog den Boden.

Ein Schauer überlief Evans. „Nach der Hitze da draußen kommt es einem hier fast kalt vor."

„Ich hoffe, wir bleiben auf der Geraden", sagte Hooker.

Plötzlich sahen sie, weit entfernt, einen Spalt in der düsteren Finsternis, durch den weißes Sonnenlicht in den Wald einfiel. Leuchtend grünes Unterholz gab es dort und bunte Blumen. Dann hörten sie das Rauschen des Wassers.

„Das ist der Fluß. Wir müssen nahe dran sein", sagte Hooker.

Am Flußufer war die Vegetation besonders üppig. Riesige Pflanzen, bis heute noch unbenannt, wuchsen zwischen den Wurzeln ungeheurer Bäume und entfalteten Rosetten breiter, grüner Fächer gegen den Streifen Himmel. Auf dem weiten, ruhigen Wasserspiegel, der sich nun den Blikken der Schatzsucher darbot, trieben große, ovale Blätter mit einer wächsernen, rosig-weißen Blüte, ähnlich der Seerose. Weiter unten, wo der Fluß eine Biegung machte, schäumte das Wasser plötzlich und bildete einen rauschenden Strudel.

„Also?" sagte Evans.

„Wir sind ein wenig von der Geraden abgekommen", sagte Hooker. „Das war zu erwarten."

Er drehte sich um und blickte zurück in die dämmrigen, kühlen Schatten des stillen Waldes. „Wenn wir uns Pfade den Fluß hinauf und hinunter bahnen, müssen wir etwas finden."

„Du hast doch gesagt —" begann Evans.

„*Er* hat gesagt, daß dort ein Steinhaufen ist", sagte Hooker.

Einen kurzen Augenblick lang trafen einander die Blicke der beiden Männer.

„Probieren wir es zuerst flußabwärts", schlug Evans vor.

Sie drangen langsam vor und blickten sich dabei neugierig um. Plötzlich hielt Evans an. „Was zum Teufel ist das?"

Hookers Blick folgte seinem ausgestreckten Finger. „Irgend etwas Blaues", sagte er. Es war ihnen erst aufgefallen, nahdem sie eine Bodenerhebung erstiegen hatten. Dann erkannte es Hooker auf einmal.

Hastig lief er näher, bis der Rumpf, der zu der schlaffen Hand und dem Arm gehörte, sichtbar wurde. Seine Faust umklammerte das Werkzeug fester. Das blaue Etwas war ein Chinese, der auf dem Gesicht lag. Die Schlaffheit seiner Haltung war unmißverständlich.

Die beiden Männer traten unwillkürlich näher zusammen und starrten schweigend auf den unheilverkündenden toten Körper. Er lag auf einer Lichtung zwischen den Bäumen. Neben ihm befand sich ein chinesischer Spaten, und etwas weiter entfernt ein lockerer Steinhaufen, dicht bei einem frischen Grabloch.

„Jemand war vor uns da", sagte Hooker mit einem Räuspern. Dann begann Evans auf einmal zu fluchen und toben und mit den Füßen auf den Boden zu stampfen.

Hooker erblaßte, sagte aber nichts. Er ging auf den ausgestreckten Leichnam zu. Der Hals wies Schwellungen und gerötete Flecken auf, Hände und Fußgelenke waren aufgequollen. „Pah!" sagte er, drehte sich um und ging zur Grube. Er stieß einen Schrei der Überraschung aus und rief Evans, der ihm langsam folgte.

„Narr! Alles in Ordnung! Es ist noch hier!" Er drehte sich um und warf einen Blick auf den toten Chinesen, dann auf das Loch.

Evans stürzte zur Grube, scharrte mit bloßen Händen

die Erde weg und zog hastig einen schweren Klumpen heraus. Ein kleiner Dorn verletzte ihn an der Hand. Er zog den kleinen Stachel aus dem Finger und hob den Barren hoch.

„Nur Gold oder Blei kann so schwer sein", sagte er triumphierend.

Hooker starrte immer noch auf den toten Chinesen. Etwas beunruhigte ihn.

„Er wollte seinen Freunden zuvorkommen", sagte er endlich. „Er ist alleine hergekommen, und eine Giftschlange hat ihn getötet. Ich möchte wissen, wie er die Stelle gefunden hat."

Evans hielt das Gold in den Händen. Was hatte schließlich ein toter Chinese schon zu bedeuten? „Wir müssen das Zeug hier nach und nach auf das Festland bringen und dort einstweilen vergraben. Aber wie tragen wir es ins Kanu?"

Er zog die Jacke aus und breitete sie auf den Boden. Dann warf er zwei, drei Goldbarren darauf. Dabei merkte er, daß ihn noch ein kleiner Dorn gestochen hatte.

„Mehr können wir nicht tragen", keuchte er. Dann plötzlich, in einem seltsamen Anfall von Zorn: „Wo starrst du eigentlich hin?"

Hooker wandte sich zu ihm. „Ich kann das einfach nicht ertragen." Er deutete auf den Leichnam. „Es ist wie . . ."

„Unsinn", entgegnete Evans, „alle Chinesen schauen gleich aus."

Hooker blickte ihm ins Gesicht. „Ich werde das hier jedenfalls begraben, bevor ich dir helfe."

„Sei kein Narr, Hooker", sagte Evans, „laß diesen stinkenden Haufen in Ruhe."

Hooker zögerte, dann wanderten seine Augen suchend über den braunen Boden. „Es ist mir irgendwie nicht geheuer", murmelte er.

„Das Problem ist", sagte Evans, „was wir mit diesem

Gold machen. Sollen wir es hier wieder vergraben oder im Kanu über die Meerenge mitnehmen?"

Hooker überlegte. Sein besorgter Blick streifte die hohen Baumstämme und hob sich dann zu dem fernen, sonnenbeschienenen Grün über ihren Köpfen. Ein Schauer überlief ihn, als sein Auge wieder auf die blaue Gestalt des Chinesen traf. Suchend starrte er wieder in die grauen Tiefen zwischen den Bäumen.

„Was ist mit dir, Hooker?" fragte Evans. „Hast du den Verstand verloren?"

„Wir müssen jedenfalls das Gold hier wegschaffen", sagte Hooker.

Er ergriff den Kragen des Rockes, während Evans das andere Ende nahm, dann hoben sie das Ganze hoch.

„Wohin?" fragte Evans. „Zum Kanu?"

„Merkwürdig", sagte Evans nach wenigen Schritten, „mir tun die Arme immer noch vom Rudern weh."

„Verflucht!" sagte er dann, „das tut höllisch weh! Ich muß mich ausruhen."

Sie setzten ihre Last ab. Evans war weiß im Gesicht und auf seiner Stirn bildeten sich kleine Schweißperlen. „Es ist irgendwie stickig in diesem Wald."

Dann, mit jähem Umschlag in unbegründeten Haß: „Worauf warten wir hier den ganzen Tag? Hilf mir, verdammt! Seit wir den Chinesen gesehen haben, hast du nur in die Luft gestarrt."

Hooker blickte seinen Begleiter unverwandt an. Er half ihm, den Rock mit den Goldbarren hochzuheben, und sie gingen stillschweigend etwa hundert Meter. Evans atmete schwer. „Kannst du nicht reden?" stieß er hervor.

„Was hast du denn?" fragte Hooker.

Evans taumelte und warf mit einem plötzlichen Fluch den Rock hin. Einen Moment starrte er auf Hooker, dann griff er sich stöhnend an den Hals.

„Bleib' mir vom Leib!" sagte er und lehnte sich gegen einen Baum. Dann etwas ruhiger: „In einer Minute wird es mir besser gehen." Nach wenigen Minuten jedoch konnte er sich nicht mehr aufrechthalten, er glitt langsam am Stamm hinunter, bis er zusammengekrümmt auf dem Boden lag. Seine Hände waren verkrampft, sein Gesicht vor Schmerz verzerrt. Hooker beugte sich zu ihm.

„Rühr' mich nicht an! Rühr' mich nicht an!" sagte Evans mit erstickter Stimme. „Leg' lieber das Gold wieder auf den Rock."

„Kann ich dir irgendwie helfen?" fragte Hooker.

„Leg' das Gold wieder auf den Rock!"

Als Hooker die Goldbarren anfaßte, verspürte er einen leichten Stich im Daumenballen. Er schaute auf seine Hand und sah einen feinen Dorn.

In diesem Augenblick stieß Evans einen wilden Schrei aus und wälzte sich herum.

Hooker öffnete den Mund. Mit aufgerissenen Augen starrte er einen Augenblick auf den Dorn, dann auf Evans, der zusammengekauert, mit zuckendem Rücken auf dem Boden lag. Dann schaute er zwischen den Säulen der Bäume und dem Netzwerk von Schlingpflanzen hindurch, dorthin, wo im grauen Schatten der blaugekleidete Leichnam des Chinesen noch undeutlich zu sehen war. Die kleinen Striche am Rande der Landkarte fielen ihm ein — und da verstand er.

„Gott steh' mir bei!" flüsterte er. Die Dornen glichen jenen, welche die Dajaks auf Borneo vergifteten und für ihre Blasrohre verwendeten. Nun wußte er auch, weshalb Chang-hi so nachdrücklich die Sicherheit seines Schatzes betont hatte. Und er verstand das Grinsen.

„Evans!" schrie er.

Aber Evans lag jetzt stumm und reglos da, nur seine Glieder zuckten in schrecklichen Krämpfen. Tiefe Stille brütete über dem Wald.

Da begann Hooker wie rasend an dem kleinen Punkt auf

seinem Daumenballen zu saugen — er saugte um sein Leben. Aber schon fühlte er einen seltsamen, dumpfen Schmerz in Armen und Schultern, und seine Finger ließen sich immer schwerer bewegen. Da wußte er, daß alles Saugen nichts mehr half.

Mit einem Mal hörte er damit auf, setzte sich neben die Goldbarren, stützte das Kinn auf die Hände und die Ellbogen auf die Knie und starrte auf den verrenkten, immer noch zuckenden Körper seines Begleiters. Er sah wieder Chang-his Grinsen vor sich. Der dumpfe Schmerz kroch bis zum Hals hinauf und wurde langsam heftiger. Hoch über ihm bewegte eine leichte Brise das Grün, und die weißen Blätter einer unbekannten Blume taumelten durch das Dämmerlicht herab.

Jimmy Goggles, der Gott

„Nicht jeder ist einmal ein Gott gewesen“, sagte der braungebrannte Mann. „Aber mir ist es passiert, — unter anderem.“

Ich gab ihm zu verstehen, daß ich seine gnädige Herablassung zu würdigen wußte.

„Da bleibt einem nicht mehr viel, worauf man seinen Ehrgeiz noch richten könnte, nicht wahr?“ sagte der Braungebrannte.

„Ich war einer von den Geretteten des ‚Ocean Pioneer‘. Himmel, wie die Zeit vergeht! Zwanzig Jahre ist das her. Sie werden wohl kaum mehr etwas vom ‚Ocean Pioneer‘ wissen.“

Der Name kam mir bekannt vor, und ich versuchte, mich zu erinnern, wo und wann ich ihn gelesen hatte.

Der ‚Ocean Pioneer‘? „Irgendetwas mit Goldstaub“, sagte ich unsicher, „aber genaueres . . .“

„Ganz recht!“ erwiderte er. „In einem verdammten, kleinen Kanal, wo er gar nichts zu suchen hatte — hinter Piraten her. Das war noch, bevor sie dazu ihre eigenen Leute hatten. Es gab einmal Vulkane dort, oder ähnliches, denn alle Felsen waren übereinander gestürzt. Es g'bt Stellen in der Nähe von Soona, wo man einfach den Felsen nachfahren und zusehen muß, wo es hingeht. Zwanzig Faden tief sank er hinunter, bevor man noch ein Spiel Karten hätte austeilen können, mit vierzigtausend Pfund Gold in verschiedenster Gestalt, — so behauptete man wenigstens.“

„Gab es Überlebende?“

„Drei.“

„Jetzt kann ich mich daran erinnern“, sagte ich. „Man hat irgendetwas von Bergung gemunkelt —“

Als das Wort Bergung fiel, stieß der Braungebrannte so wüste Flüche hervor, daß ich entgeistert verstummte. Schließlich ließ er sich wieder zu geläufigeren Verwünschungen herab und faßte sich dann abrupt. „Verzeihen Sie!“ sagte er. „Aber — Bergung!“

Er beugte sich zu mir. „Ich war mit dabei“, sagte er. „Versuchte, einen reichen Mann aus mir zu machen. Stattdessen hat man einen Gott aus mir gemacht. Schließlich habe ich ja auch Gefühle . . . Es ist nicht gerade ein Honiglecken, ein Gott zu sein“, sagte der braungebrannte Mann und bediente sich eine Zeitlang ähnlich kerniger aber ebenso nutzloser Ausdrücke wie vorhin. Schließlich nahm er seine Erzählung wieder auf.

„Ich war dabei“, fuhr er fort, „und ein Forschungsreisender namens Jacobs, und Always, der erste Steuermann des ‚Ocean Pioneer‘. Dieser war es, der alles angezettelt hat. Ich seh' ihn vor mir, in dem kleinen Boot, wie er uns den Vorschlag mit wenigen Worten unterbreitete. Er verstand sich wunderbar darauf, den Leuten Grillen in den Kopf zu setzen. ‚Vierzigtausend Pfund‘, sagte er, ‚waren auf dem Schiff, und ich allein kann die Stelle angeben, wo es gesunken ist.‘ Es brauchte nicht viel Hirn, weiter zu denken . . . Und er hat alles geleitet, von Anfang bis Ende. Er sicherte sich die Sanders und ihre Brigg; sie waren Brüder, und die Brigg war die ‚Pride of Banya‘; er kaufte auch den Taucheranzug — einen übertragenen, mit einem Sauerstoffgerät statt einer Pumpe. Auch das Tauchen hätte er noch selbst besorgt, wäre ihm beim Sinken nicht schlecht geworden. Und während dieser ganzen Zeit trödelten die Leute der Bergungsmannschaft todernst in Starr Race — hundertzwanzig Meilen entfernt — herum, mit einer Seekarte, die er höchstpersönlich zusammengepfuscht hatte.

Ich sage Ihnen, wir waren vielleicht ein fröhlicher Haufen

an Bord der Brigg! Späße und Saufgelage und große Hoffnungen die ganze Zeit über. Alles schien in Ordnung und sauber und einfach zu sein — eben was man ein ‚bombensicheres Ding' nennt. Und wir malten uns immer aus, wie die anderen Kerle, die eigentliche Bergungsmannschaft, die zwei Tage vor uns ausgelaufen waren, weiterkamen, bis uns vor Lachen der Bauch ganz schön weh tat. Wir aßen alle miteinander in der Kajüte der Sanders — eine komische Besatzung, lauter Offiziere und keine Mannschaft — und daneben stand der Taucheranzug und wartete auf seinen Einsatz. Der junge Sanders war ein Witzbold, — sicher, es hatte ja etwas Lachhaftes, das verdammte Ding mit seinem großen, runden Kopf und den Glotzaugen. Und Sanders machte uns auch immer wieder darauf aufmerksam. ‚Jimmy Goggles', nannte er es und redete mit ihm wie mit einem Christenmenschen. Fragte es, ob es verheiratet sei, wie es Mrs. Goggles gehe und all den kleinen Goggles. Einfach zum Brüllen! Und jeden Tag, den Gott schenkte, tranken wir Rum auf Jimmy Goggles' Gesundheit, schraubten eins von seinen Augen heraus und schütteten ein Glas Rum in ihn hinein, bis er statt dieses scheußlichen Gummigestanks einen Geruch ausströmte wie ein Rumfaß. Tolle Zeiten waren das, ich schwör's Ihnen — wir ahnten ja nicht, wir armen Kerle, was kommen sollte! Wir waren klug genug, wissen Sie, unsere Chancen nicht durch allzu großen Eifer aufs Spiel zu setzen. Einen ganzen Tag brachten wir damit zu, uns zu der Stelle zu manövrieren, wo der ‚Ocean Pioneer' gesunken war. Wir mußten ungefähr eine halbe Meile weitersteuern, um einen sicheren Ankerplatz zu finden, und es gab einen ordentlichen Krach, als es darum ging, wer an Bord bleiben sollte. Und da lag er, der ‚Ocean Pioneer', genau so, wie er gesunken war — man sah deutlich die Spitzen der Masten, die noch aufrecht standen. Der Krach endete damit, daß alle ins Boot kamen. Ich tauchte Freitag morgen, sobald es hell wurde, im Taucheranzug hinunter. Was war das für eine Überraschung! Ich sehe noch immer alles ganz deutlich vor mir. Es war eine seltsam aussehende Gegend. Gerade brach das Licht der Dämmerung durch. Die Leute hier glauben, überall in den Tropen gäbe es flachen Strand, Palmen und Brandung. Bewahre! Dort zum Beispiel war nichts dergleichen. Keine gewöhnlichen, vom Wasser ausgehöhlten Felsen, sondern große, seltsam gewundene Felsbänke wie Haufen aus Eisenschlacke — mit grünem Schlamm an den Rändern und dornigen Büschen, die da und dort überhingen; und das Wasser gläsern ruhig und klar, eine grauschwarz schimmernde Fläche, mit riesigen, flammend rotbraunen Wasserpflanzen bewegungslos ausgefächert und von krabbelnden und flitzenden Dingern durchwimmelt. Weit entfernt hinter den Gräben und Tümpeln und Bukkeln zog sich ein Wald an der Bergflanke entlang, der nach den Flammen und Ascheregen des letzten Ausbruches wieder emporwuchs. Und auf der anderen Seite ebenfalls Wald und eine Art geborstenen — wie nennt man es gleich — Amphitheaters von schwarzer, rostiger Schlacke, das aufragte. Und in der Mitte — wie eine Bucht — das Meer.

Wie gesagt — die Dämmerung brach eben herein und alles war eher farblos, und weit und breit kein menschliches Wesen außer uns. Nur die ‚Pride of Banya' lag hinter aufgetürmten Felsen.

Kein menschliches Wesen zu sehen", wiederholte er und hielt inne. „Ich weiß nicht, woher sie gekommen sind, keine blasse Ahnung. So sicher fühlten wir uns, daß der arme junge Sanders zu singen begann. Ich steckte in Jimmy Goggles, nur der Helm fehlte. ‚Vorsicht!' sagt Always. ‚Da ist der Mast!' Ich schaue noch einmal über die Brüstung und wäre fast hineingefallen, während der ältere Sanders das Boot drehte. Nachdem man die Fenster dichtgemacht und alles in Ordnung gebracht hatte, schloß ich das Ventil des Luftgürtels, damit ich sinken konnte, und sprang über

Bord — mit den Füßen voran — eine Leiter hatten wir nicht. Das Boot neigte sich, und alle starrten mir nach, während mein Kopf zwischen Seetang und Nacht, die den Mast umgaben, hinuntersank. Ich glaube, kein Mensch — nicht einmal der allervorsichtigste Kerl, hätte an diesem abgeschiedenen Ort Wachsamkeit gezeigt. Es stank geradezu nach Verlassenheit. Natürlich müssen Sie bedenken, daß ich im Tauchen Anfänger war. Keiner von uns hatte Übung darin. Wir mußten die größten Anstrengungen machen, um überhaupt zurechtzukommen, und es war das erste Mal, daß ich tiefer tauchte. Ein verteufeltes Gefühl. Die Ohren tun entsetzlich weh. Ich weiß nicht, ob Sie das kennen, diesen stechenden Schmerz manchmal beim Schneuzen oder Niesen — so ist es, nur zehnmal ärger. Und ein Schmerz über der Stirn — hier! — und im Kopf ein Gefühl wie bei starkem Fieber. Und auch in der Lunge, ja eigentlich überall ist einem nicht gerade wohl zumute. Und beim Sinken ist es fast, als wäre man in einem Aufzug, nur daß es immer weitergeht. Man kann den Kopf nicht heben, um hinaufzuschauen, genausowenig kann man sich vorbeugen, um zu sehen, was unter einem passiert, ohne daß es weh tut. Natürlich ist in dieser Tiefe auch alles dunkel, ganz abgesehen von der Schwärze der Asche und des Schlammes auf dem Grund. Es war, als kehre man sozusagen aus der Dämmerung in die Nacht zurück.

Der erste Mast tauchte wie ein Geist aus der Schwärze auf und gleich darauf eine Menge Fische, dann ein Gewirr flatternden, roten Seetangs. Schließlich landete ich mit einem Aufprall auf dem Deck des ‚Ocean Pioneer‘, und die Fische, die an den Leichen knabberten, schwärmten um mich herum auf wie Fliegen auf einer heißen Landstraße. Ich ließ wieder Luft aus dem Sauerstoffgerät, denn der Anzug war ein bißchen stickig und wie eine Gummihaut — trotz des Rums —, und stand eine Weile still, um neue

Kräfte zu sammeln. Es war kalt da unten, das milderte die Stickigkeit ein wenig.

Als ich mich etwas erholt hatte, begann ich Umschau zu halten. Ein seltsamer Anblick bot sich mir. Sogar das Licht war merkwürdig — rötliches Zwielicht, das durch die Tangbüschel hervorgerufen wurde, die zu beiden Seiten des Schiffes emporfächelten. Und hoch oben ein mondlichtähnliches, tiefes Grünblau. Das Schiffsdeck lag — abgesehen von einer schwachen Neigung steuerbordwärts — eben, dunkel und langgezogen zwischen dem Tang. Es war unbeschädigt, bis auf die Masten, die durch das Seitwärtskippen abgebrochen waren. Das Vorderdeck verschwand im Dunkel. Keine Toten befanden sich auf dem Deck — die meisten hingen vermutlich irgendwo im Tang. Später fand ich zwei Skelette in der Passagierkabine, wo diese Leute der Tod überrascht hatte. Es war seltsam, so auf dem Deck zu stehen und nach und nach alles wiederzuerkennen; eine Stelle an der Reling, wo ich gerne im Sternenlicht geraucht hatte, und die Ecke, wo der alte Kerl aus Sydney gewöhnlich mit einer Witwe geflirtet hatte. Was für ein wohlgenährtes Pärchen noch einen Monat zuvor, und jetzt hätte sich nicht einmal mehr ein winziger Krebs an den beiden sattfressen können.

Ich habe immer schon ein bißchen zu philosophischen Spekulationen geneigt und habe mich wohl mindestens fünf Minuten tiefgründigen Gedanken hingegeben, bevor ich hinunterging, um den verdammten Goldstaub zu suchen. Es war ein mühseliges Suchen — zum größten Teil nur ein Herumtasten — stockdunkel, mit plötzlichen bläulichen Lichtern, die durch das Deckfenster einfielen. Und überall bewegte sich etwas, da ein Stoß gegen meine Gläser, dort ein Zwicken an meinem Bein. Krebse wahrscheinlich. Ich stolperte fortwährend über herumliegende Gegenstände, die ich nicht identifizieren konnte, bückte mich und hob etwas auf, das Bögen und Zacken hatte.

Was meinen Sie, was es war? Rückenwirbel! Aber ich hatte ja nie ein besonderes Gespür für Knochen. Wir hatten die Sache genau durchbesprochen, und Always wußte, wo sich die Ladung befand. Da war sie dann auch. Ich hob eine der Kisten sogar ein wenig hoch."

Er brach seine Erzählung ab. „Ich hab' sie hochgehoben", sagte er. „So hoch! Vierzigtausend Pfund in purem Gold! Gold! Ich schrie in meinem Helm auf — ein Hurra! — daß mir die Ohren weh taten. Ich war mit der Zeit verdammt müde und benommen geworden — fünfundzwanzig Minuten oder länger muß ich da unten gewesen sein — und dachte, das sei fürs erste genug! Ich stieg wieder durch die Kajütenluke hinauf, und eben als ich mich auf Augenhöhe des Verdecks befand, machte ein riesiger Krebs einen hysterischen Sprung und krabbelte seitwärts davon. Einen ordentlichen Schrecken versetzte mir das! Dann stand ich wieder auf dem Deck, schloß das Ventil hinten am Helm, damit sich die Luft sammelte und ich emporgetragen wurde. Ich bemerkte zwar einen dumpfen Schlag über mir, als werde das Wasser durch Ruder bewegt, schenkte dem aber keine weitere Beachtung. Ich nahm an, es handle sich um das Signal zum Auftauchen.

Auf einmal schoß etwas neben mir herab — etwas Schweres — und blieb zitternd in den Planken stecken. Ich schaute hin — es war ein langes Messer, das ich oft beim jungen Sanders gesehen hatte. Denk' ich, er hat es fallen gelassen und schimpfe ihn noch einen verdammten Narren — denn ich hätte ernstlich verletzt werden können —, als ich schon nach oben treibe, dem Tageslicht entgegen. Ungefähr in der Höhe der Mastspitzen — plötzlich — krach! — ich prallte gegen etwas, das absank, und ein Stiefel schlug gegen meinen Helm. Dann noch etwas — furchtbar um sich schlagend. Eine schwere Last drückte mich tiefer, keine Ahnung, was es war, bäumte sich und ruderte wild. Wäre nicht der Stiefel gewesen, ich hätte es für einen Riesenkraken gehalten oder etwas in dieser Art. Aber Polypen tragen keine Stiefel. Alles spielte sich natürlich in Sekundenschnelle ab. Ich spürte, wie ich wieder hinuntersank, breitete meine Arme aus, um die Balance zu halten, und die ganze Masse rollte über mich weg und schoß in die Tiefe, während ich wieder aufstieg. —" Er machte eine Pause.

„Ich erblickte das Gesicht des jungen Sanders über einer nackten, schwarzen Schulter, ein Speer steckte in seiner Kehle, aus Mund und Hals quoll es wie Wolken rosa Nebels ins Wasser. Abwärts sanken sie, ganz ineinander verklammert, sich überschlagend, und beide schon zu weit hinüber, um sich noch loslassen zu können. Im nächsten Moment stieß mein Helm mit einem Krach, als würde er zersplittern, gegen das Kanu der Neger. Ja, es waren Neger! Zwei Kanus voll!

Augenblicke waren das, das sag' ich Ihnen! Always ging über Bord mit drei Speeren in seinem Körper. Drei oder vier schwarze Kerle stießen mit ihren Beinen nach mir. Sehen konnte ich nicht viel, nur das eine war mir klar, daß es aus war! Ich drehte wie wild am Ventil, sank wieder in die Tiefe, dem armen Always nach — Sie werden sich vorstellen können, in welch einem Zustand des Entsetzens und der Bestürzung — vorbei am jungen Sanders und dem Neger, die gerade wieder hochtrieben, noch immer kämpfend, und im nächsten Moment stand ich im Dämmerlicht auf dem Deck des ‚Ocean Pioneer'.

‚Himmel!' denk' ich, ‚jetzt sitz' ich in der Klemme! Schwarze?' Zuerst schien mir nur die Wahl zu bleiben zwischen dem Ersticken unten und dem Durchbohrtwerden oben. Ich wußte nicht genau, wie viel Luft ich noch hatte, aber mein Gefühl sagte mir, daß ich nicht mehr lange durchhalten konnte. Mir war heiß und schwindlig, ganz zu schweigen von der Angst, die ich ausstand. Mit diesen verdammten Eingeborenen, diesen lausigen Papuas, hatten wir nicht gerechnet. An Ort und Stelle aufzutauchen, hatte absolut keinen Sinn, aber irgendetwas mußte geschehen. Also kletterte ich, ohne lange zu zögern, über die Reling in den Seetang hinein und machte mich so schnell wie möglich davon. Nur einmal hielt ich an, kniete nieder und hob mühsam den Kopf, um nach oben zu schauen. In dem außergewöhnlich hellen Grünblau über mir schaukelten die beiden Kanus und das Boot, winzig klein und weit entfernt, in einer Formation, die aussah wie ein verzerrtes H. Wenn ich daran dachte, was das Schwanken und Drehen der drei bedeutete, wurde mir beim Hinaufschauen übel.

Es waren so ungefähr die entsetzlichsten zehn Minuten, die ich jemals erlebt habe: das Herumirren in der Dunkelheit — ein schreckliches Beklemmungsgefühl, als sei ich unter Sand begraben, ein dumpfer Schmerz im Brustkorb, krank vor Angst, und zum Atmen, so schien es, nichts als Rum- und Gummigestank. Himmel! Nach einer Weile merkte ich, daß ich einen ziemlich steilen Hang hinaufkletterte. Ich schaute noch einmal nach oben, ob die Kanus und das Boot noch sichtbar waren, dann kletterte ich weiter. Als ich nur mehr eine Fußbreit unter der Oberfläche war, hielt ich an, um herauszufinden, welche Richtung ich genommen hatte. Natürlich war nichts zu sehen als die Reflexe des Meeresbodens. Dann stieß ich meinen Kopf heraus — wie durch einen Spiegel. Sobald ich die Augen aus dem Wasser hatte, sah ich, daß ich an einem Strand neben dem Wald herausgekommen war. Ich blickte mich um, aber die Eingeborenen und die Brigg waren durch einen aufgestauten Hügel erstarrter Lava verdeckt. Der geborene Schwachkopf, der ich nun einmal bin, beschloß ich, zum Wald zu laufen. Den Helm nahm ich nicht ab, öffnete aber eines der Fenster und watete aus dem Wasser. Sie machen sich keine Vorstellung davon, wie sauber und frisch die Luft roch.

Nun ja, mit vier Zoll Blei in den Schuhsohlen, den Kopf in einer Kupferkugel so groß wie ein Fußball und nach fünfunddreißig Minuten unter Wasser kann man kein Wettrennen gewinnen. Ich lief wie ein Ackerknecht, der den Pflug führt. Auf halbem Weg zum Wald sah ich ein Dutzend Neger oder mehr, die mir mit offenem Mund staunend entgegenkamen . . .

Ich blieb wie angewurzelt stehen und verwünschte meine Dummheit aus tiefster Seele. Ich hatte ebensoviel Chancen, ins Wasser zurückzukommen, wie eine auf dem Rücken liegende Schildkröte. Ich schraubte meine Fenster wieder zu, um wenigstens die Hände frei zu haben, und wartete auf die Schwarzen. Etwas anderes blieb mir ja auch gar nicht übrig.

Aber sie kamen nicht so recht vorwärts. Langsam dämmerte mir, weshalb. ‚Jimmy Goggles', sagte ich, ‚deinen Reizen habe ich das zu verdanken!' Ich wurde sogar ein bißchen leichtsinnig, wie mir scheint, all dieser Gefahren und des verdammten Luftdruckwechsels wegen. ‚Was starrt ihr denn so?' fragte ich, als könnten diese Wilden mich verstehen. ‚Für wen haltet ihr mich? Hängen will ich, wenn ich euch nicht einen Grund zum Starren liefern werde!' sagte ich, öffnete gleichzeitig das Sicherheitsventil und ließ Luft ausströmen, bis ich angeschwollen war wie ein aufgeblasener Frosch. Wirklich imposant muß das ausgesehen haben. Der Teufel soll mich holen, wenn sie auch nur einen Schritt näher gekommen sind. Dafür warfen sie sich nach und nach auf den Boden. Sie wußten nicht, was sie von mir halten sollten, und wählten deshalb die extrahöfliche Tour, was sehr klug und vernünftig von ihnen war. Halb überlegte ich, ob ich nicht zum Meer zurücklaufen sollte, aber das schien zu aussichtslos. Einen Schritt zurück, und sie hätten mich verfolgt. So begann ich aus reiner Verzweiflung, ihnen entgegenzugehen, mit gemessenen, schweren Schritten, meine aufgeschwollenen Arme schwenkend, in ganz würdevoller Art. In meinem Inneren freilich piepste ich vor Angst wie eine winzige Meise.

Aber nichts kann einen Mann leichter aus Schwierigkeiten helfen als eine eindrucksvolle Erscheinung, davon war ich immer schon überzeugt. Unsereiner, der von klein auf mit Taucheranzügen vertraut ist, kann sich gar nicht richtig vorstellen, wie ein solcher auf einfältige Wilde wirkt. Etliche liefen sogleich davon, die anderen begannen in höchster Eile, sich die Köpfe auf dem Boden wund zu schlagen. Und ich schritt dahin, so langsam und ehrwürdig und blöde geziert wie ein alter Dachdecker. Es lag auf der Hand: Sie hielten mich für etwas Ungeheuerliches.

Dann sprang einer auf und deutete auf mich, wobei er äußerst merkwürdige Gebärden vollführte. Alle anderen begannen nun, ihre Aufmerksamkeit abwechselnd auf mich und auf ein Etwas draußen auf dem Meer zu richten. ‚Was ist jetzt wieder los?‘ fragte ich. Langsam — meiner Würde angemessen — drehte ich mich um, und da sah ich — eben um einen Felsen biegend — die arme alte ‚Pride of Banya‘, an ein paar Kanus getäut. Der Anblick machte mich ganz krank. Offensichtlich lauerten sie auf ein Zeichen des Wiedererkennens von meiner Seite, deshalb schwenkte ich auch meine Arme auf eine überzeugend unverbindliche Art. Dann wandte ich mich um und stapfte wieder auf die Bäume zu. In diesem Moment betete ich wie verrückt, das weiß ich noch, wieder und immer wieder: ‚Herr des Himmels, hilf mir da raus! Herr des Himmels, hilf mir da raus!‘ Nur Narren, die nichts von Gefahren wissen, können sich's leisten, über das Beten zu lachen.

Aber sie dachten nicht daran, mich gehen zu lassen. Sie begannen, um mich herumzutanzen und drängten mich auf einen Pfad durch den Wald. Eins war mir klar: Für einen Untertan der britischen Krone hielten sie mich jedenfalls nicht, was sie auch sonst von mir denken mochten. Und ich für meinen Teil war nie weniger darauf erpicht gewesen, mich zu meinem guten, alten Vaterland zu bekennen.

Vielleicht werden Sie es nicht für möglich halten, es sei denn, Sie sind an den Umgang mit Wilden gewöhnt, aber diese armen, irregeleiteten, unwissenden Kreaturen brachten mich geradewegs zu einer Art Tempelplatz, um mich ihrem alten, schwarzen Steinfetisch vorzustellen. Zu diesem Zeitpunkt begann ich langsam, den ganzen Abgrund ihrer Unwissenheit zu ermessen, und sowie ich die Gottheit erblickte, wußte ich auch, was zu tun war. Ich stieß ein Geheul aus — wau-wau — möglichst langgezogen, in gleichmäßigem Bariton, schwenkte die Arme, wälzte dann sehr langsam und sehr feierlich ihren Fetisch auf die Seite und setzte mich darauf. Ich hatte mir schon sehnlichst gewünscht, mich niedersetzen zu können, denn als Bekleidungsstück leistet so ein Taucheranzug in den Tropen recht wenig. Oder, um es anders auszudrücken — er leistete eine Spur zu viel. Es raubte ihnen den Atem, wie ich da auf ihrem Götzen saß, aber binnen einer Minute hatten sie sich gefaßt und gingen mit Eifer daran, mich anzubeten. Ich gestehe Ihnen, daß ich ein wenig erleichtert war über die Wendung, die die Dinge genommen hatten — trotz des Gewichtes auf meinen Schultern und in meinen Sohlen.

Was mich beunruhigte, war, was sich wohl die Kerle aus den Kanus denken würden, wenn sie zurückkamen. Wenn sie mich auf dem Boot gesehen hatten — sie könnten ja die ganze Nacht auf der Lauer gelegen und herumspioniert haben — würden sie die Sache doch vermutlich mit etwas anderen Augen betrachten als die übrigen. Stundenlang befand ich mich deswegen in arger Bedrängnis, bis endlich das Spektakel der Ankunft begann.

Aber sie schluckten es — das ganze verdammte Dorf schluckte es. Um den Preis, beinahe ganze zwölf Stunden so steif und starr wie eben möglich dazusitzen, genau wie jene kauernden ägyptischen Standbilder, die man hin und wieder sieht, schaffte ich es schließlich doch noch, den

Rummel zu überstehen. Sie werden sich kaum vorstellen können, was das in dieser Hitze und dem Gestank bedeutete. Ich glaube nicht, daß einer von denen auch nur im Traum daran dachte, daß da inwendig ein Mann steckte. Es war einfach ein wunderbarer, riesengroßer Lederfetisch, der da durch einen Glücksfall dem Wasser entstiegen war. Aber die Erschöpfung! Diese Gluthitze! Diese verteufelte Stickigkeit! Der Gummigeruch und der Rum! Und der Radau! Auf einer Lavaplatte zu meinen Füßen zündeten sie ein stinkendes Feuer an, brachten einen Haufen blutiges Zeug herbei — die ekelhaftesten Abfälle von dem, woran sie sich draußen gütlich taten, diese Bestien! — und verbrannten alles mir zu Ehren. Ich war ein bißchen hungrig geworden, aber seit damals verstehe ich, weshalb Götter ohne Essen auskommen — bei dem Geruch solcher Opfergaben. Dann schleppten sie Dinge an, die sie von der Brigg mitgebracht hatten, darunter — wie ich mit Erleichterung feststellte — eine Pumpe, die für diese Sauerstoff-Sache verwendet wird, und anschließend folgte ein Trupp von Burschen und Mädchen, die irgendwie unanständig um mich herumtanzten. Die Leute drückten ihre Ehrerbietung wirklich auf die unterschiedlichsten Arten aus. Hätte ich ein Beil gehabt, ich wäre auf dieses Pack losgegangen — so wild machten sie mich. Die ganze Zeit über saß ich so steif da, als sei ich in guter Gesellschaft, weil ich einfach keine andere Möglichkeit sah. Schließlich, als die Dämmerung einfiel und der umzäunte Fetischplatz für ihren Geschmack zu schattig wurde — diese Wilden fürchten sich ja vor der Dunkelheit, das dürfen Sie nicht vergessen — und ich ein Muh-Gebrüll anstimmte, errichteten sie draußen große Scheiterhaufen und ließen mich in meiner dunklen Hütte in Frieden, sodaß ich endlich ungehindert meine Fenster etwas aufschrauben und meine Lage überdenken konnte und mich wirklich so erbärmlich fühlen durfte, wie mir eben zumute war. Und Herrgott! wie jämmerlich fühlte ich mich!

Ich war vollkommen geschwächt, hatte Hunger, mein Verstand gebärdete sich wie ein Insekt auf einer Nadel, ungeheuer rührig, ohne daß dabei etwas herausgekommen wäre. Dazu der Kummer über die Kameraden, verdammte Säufer, sicherlich — aber ein solches Schicksal hatten sie nicht verdient. Der junge Sanders mit dem Speer in der Kehle ging mir nicht aus dem Kopf. Dann der Schatz dort unten auf dem ‚Ocean Pioneer', wie man ihn heben und sicherstellen, dann abhauen und ihn wieder holen könnte. Und auch die Frage, woher ich etwas zu essen kriegen sollte. Ich kam ganz schön ins Schwitzen, das sag' ich Ihnen! Durch Zeichen etwas Nahrung verlangen wagte ich nicht, aus Angst, es könnte zu menschlich wirken. So blieb ich sitzen und hungerte bis fast zum Tagesanbruch. Dann wurde es im Dorf ein wenig ruhiger, und ich hielt es nicht mehr länger aus. Ich ging also und versorgte mich mit Artischocken und etwas saurer Milch. Was davon übrigblieb, legte ich unter dieses Opferzeug, um sie auf meine Geschmacksrichtung zu bringen. Und als sie am Morgen zur Anbetung kamen, fanden sie mich steif und ehrfurchtgebietend auf ihrem früheren Gott sitzen, genau wie sie mich am Vorabend verlassen hatten. Ich hatte den Rücken gegen den Mittelpfosten der Hütte gelehnt und schlief fast. Und so wurde ich ein Gott unter Heiden, — ein falscher zweifellos, und ein blasphemischer, aber man kann sich's eben nicht immer aussuchen. Nun ja — ich will mich als Gott nicht über Gebühr selbst loben, aber ich muß doch sagen, daß diese Leute, während ich ihr Gott gewesen bin, außerordentliche Erfolge verzeichnen konnten. Ich behaupte nicht, daß was dran ist, das möchte ich betonen. Aber sie gewannen einen Krieg gegen einen anderen Stamm — das brachte mir eine Menge Opfergaben ein, die ich gar nicht haben wollte — ihre Fischzüge waren wunderbar ertragreich und ihre Ernte außerordentlich groß. Auch die Erbeutung der Brigg zählten sie zum Segen, den ich ihnen gebracht hatte. Ich möchte behaupten, daß das keine schlechte Leistung ist für einen blutigen Anfänger in diesem Gewerbe. Und — ich erwähne das, obwohl Sie es wahrscheinlich nicht entsprechend würdigen können — ich war für fast vier Monate der Stammesgott dieser verdammten Wilden.

Was sollte ich denn tun, Mann? Aber den Taucheranzug habe ich nicht die ganze Zeit über getragen. Ich ließ mir eine Art Allerheiligstes bauen, wobei es verteufelt schwer war, ihnen klar zu machen, was ich von ihnen wollte. Das war überhaupt das Schwierigste — ihnen meine Wünsche klarzumachen. Ich konnte mich ja schließlich nicht so weit erniedrigen, ihre Sprache zu radebrechen — auch wenn ich sie tatsächlich beherrscht hätte —, ebensowenig konnte ich ihnen andauernd mit wildem Gestikulieren kommen. Also schrieb ich Zeichen in den Sand, setzte mich daneben und brüllte wie ein Besessener. Manchmal machten sie dann alles richtig, manchmal machten sie alles falsch. Zugegeben, an gutem Willen fehlte es ihnen nicht. Die ganze Zeit über rätselte ich herum, wie ich diese leidige Angelegenheit regeln könnte. Immer vor Anbruch der Nacht marschierte ich in voller Montur zu einer Stelle, von der aus der Kanal, in dem der gesunkene ‚Ocean Pioneer' lag, sichtbar war. Einmal versuchte ich sogar, weiter hinauszuwaten, aber Tang und Felsen und Finsternis hinderten mich daran. Erst am hellichten Tag kehrte ich zurück und fand dieses dumme Negervolk am Strand, wo es um die Rückkehr des Meeresgottes betete. Ich war so wütend und erschöpft von all dem Herumstolpern und der sinnlosen Anstrengung, von diesem ewigen Auf und Ab, daß ich ihnen am liebsten ihre blöden Köpfe eingeschlagen hätte, als sie plötzlich in Jubel ausbrachen. Hängen will ich, wenn ich mir aus solchen Zeremonien etwas mache.

Und dann tauchte der Missionar auf. Himmel, dieser Missionar! Eines Nachmittags kam er an. Ich saß gerade in aller Feierlichkeit auf meinem äußeren Tempelplatz auf dem alten, schwarzen Stein. Zuerst vernahm ich draußen Lärm und Geschrei, dann seine Stimme, die zu einem Dolmetscher sprach. ‚Sie beten Holz und Stein an!' sagte er, und sofort wußte ich, was los war. Ich hatte eines meiner Fenster geöffnet — aus Bequemlichkeitsgründen — und platzte, ohne lang zu überlegen, heraus: ‚Holz und Stein!' ruf' ich, ‚kommen Sie nur herein, ich werd' Ihnen den Kopf schon zurechtsetzen.' Zunächst wurde es still, dann erhob sich lautes Geschrei, und dann kam er tatsächlich herein, die Bibel in der Hand, wie es so ihre Art ist — ein kleiner, farbloser Wicht mit Brille und Tropenhelm. Ich darf mir schmeicheln, daß ihn mein Anblick, so wie ich da mit meinem kupfernen Schädel und den riesigen Glotzaugen im Schatten saß, zunächst einmal ganz erheblich beeindruckte. ‚Nun', sag' ich, ‚wie geht das Geschäft mit der Baumwolle?' denn aufs Missionieren lasse ich mich gar nicht erst ein.

Ich hatte meinen Spaß mit diesem Missionar. Er war vollkommen unerfahren und einem Mann wie mir heillos unterlegen. Er stammelte mühsam, wer ich denn sei, worauf ich ihm riet, die Inschrift zu meine Füßen zu lesen, wenn er das wissen wolle. Er beugt sich hinunter und liest, was sein Dolmetscher, — abergläubisch wie alle diese Kerle — als Zeichen der Anbetung auffaßt und deshalb ebenfalls niederfällt wie ein Sack. Mein Volk stieß ein Triumphgeheul aus, und damit hatten diese Leute in meinem Dorf auch schon ausgespielt.

Natürlich war es dumm von mir, ihn so auf den Arm zu nehmen. Wenn ich auch nur ein bißchen Verstand gehabt hätte, hätte ich ihm von dem Schatz erzählt und ihm einen Anteil versprochen. Ich zweifle nicht im mindesten daran, daß er dieses Angebot angenommen hätte. Ein Kind wäre nach kurzem Nachdenken auf die Idee gekommen, daß zwischen dem Taucheranzug und dem gesunkenen ‚Ocean Pioneer' ein Zusammenhang bestehen mußte. Eine Woche nach seiner Abreise ging ich eines morgens an den Strand und sah die ‚Motherhood', das Bergungsschiff von Starr Race, im Kanal sondieren. Damit war die ganze verdammte Sache zu Ende, und meine Mühe umsonst! Können Sie verstehen, wie wild ich war! In diesem blödsinnigen, stinkenden Anzug! Vier Monate!"

Wiederum sank die Erzählung des braungebrannten Mannes unter jedes Niveau. „Bedenken Sie", sage er, als er sich endlich zu sprachlicher Reinheit aufraffen konnte, „vierzigtausend Pfund in Gold!"

„Kam der kleine Missionar zurück?" fragte ich.

„Ja! Hol' ihn der Teufel! Und er verwettete seinen Kopf, daß ein Mensch in diesem Götzen steckte und ging mit ungeheurer Umständlichkeit daran, das zu beweisen. Aber es steckte keiner drin — er war wieder der Geprellte. Immer schon habe ich Szenen und langwierige Erklärungen gehaßt; deshalb hatte ich mich auch lange vor seiner Rückkehr aus dem Staub gemacht — die Küste entlang heim nach Banya. Tagsüber versteckte ich mich im Gebüsch, in der Nacht stahl ich etwas Eßbares in den Dörfern. Die einzige Waffe — ein Speer. Keine Kleidung, kein Geld. Nichts. Nichts als meine schönen Augen, wie man so sagt. Und dabei um ein Haar achttausend Pfund in Gold — mein Anteil. Aber die Eingeborenen haben ihm übel mitgespielt — Gott sei Dank! —, denn sie glaubten, er hätte sie um ihr Glück gebracht.

Die Versöhnung

Temple war noch keine fünf Minuten mit Findlay zusammen, da stieg auch schon der alte Ärger in ihm hoch, und die Erinnerung an dieses unvergeßliche Unrecht wurde wieder lebendig. Aber da er noch immer von seinem guten Vorsatz verblendet war, wahrte er den Schein vorgetäuschter Versöhnung, einer Versöhnung, die Findlay so eifrig begrüßt hatte. Sie sprachen über dies und das und vermieden sorgsam, den Grund des Streites zu erwähnen. Temple erzählte zunächst hauptsächlich von seinen Reisen. Er stand zwischen der Vitrine mit der Mineraliensammlung und dem Kamin und hatte sein Whiskyglas auf dem Kaminsims abgestellt. Findlay saß etwas vom Schreibtisch entfernt, auf dem ein Dutzend Igel- und Spitzmausschädel, die er gerade untersucht hatte, verstreut waren.

Temples Blick fiel darauf, und das lenkte seine Gedanken von Westafrika ab. „Und was ist mit dir?" fragte Temple. „Ich nehme an, du hast unbeirrt weitergemacht, während ich herumgezogen bin."

„Immer im selben Trott", sagte Findlay. „Die Royal Society als Ziel vor Augen und den Ruhm und all das andere, von dem wir geträumt haben — wie lang ist das nun her?"

„Fünf Jahre — seit unseren Studententagen."

Temple blickte sich im Zimmer um, und seine Augen ruhten einen Moment lang auf einem runden graubraunen Gegenstand, der in einer Ecke neben der Tür lag. „Dieselben dicken Bücher und Folianten, nur mehr davon, der Geruch von alten Knochen, und ein Präparat — etwa gar dasselbe — im Fenster. Ruhm ist also *deine* Geliebte?"

„Ruhm?" entgegnete Findlay. „So kann man es schwerlich nennen. Der große Haufen da draußen spricht von einer Kapazität auf dem Gebiet der vergleichenden Anatomie!"

„Kapazität auf dem Gebiet der vergleichenden Anatomie. Keine Heirat — keine Geldgier."

„Nichts davon", sagte Findlay und blickte ihn von der Seite an.

„Ich glaube, es ist die angenehmste Lebensweise. Aber für mich wäre das nichts. Aufregung! — Indessen bin ich der Meinung," sein Blick war wieder auf das pilzartige schmutziggraue Gebilde gefallen, „daß der wissenschaftlichen Unmenschlichkeit Grenzen gesetzt sind. Man kann ja wirklich nicht eine menschliche Gehirnschale dazu benützen, die Tür offen zu halten."

Er ging durchs Zimmer und hob das Ding auf. „Gehirnschale!" sagte Findlay. „Oh, *das!* Mann, das ist keine Gehirnschale. Wo bleibt dein wissenschaftlicher Verstand?"

„Ach ja! Es ist wirklich keine", sagte Temple, nahm den Gegenstand an sich und betrachtete ihn neugierig. „Aber was zum Teufel ist es dann?"

„Weißt du das denn nicht?" fragte Findlay. Das Ding war ungefähr dreimal so groß wie eine Männerfaust und glich einer klobigen Uhrentasche aus massivem Bein.

Findlay lachte fast ungezwungen. „Du hast ein schlechtes Gedächtnis — es ist die *Cochlea* eines Wales."

„Natürlich", sagte Temple, und sein Interesse ließ sogleich nach. „Die *Cochlea* eines Wales. Ich habe eine Menge vergessen."

Er drehte sich halb um und legte das Ding auf die Vitrine neben Findlays Mantel.

„Wenn es dir mit deinem Varieté-Besuch ernst ist", sagte er, einen jovialen Vorschlag Findlays aufgreifend, „bin ich einverstanden. Ich fürchte nur, daß ich ein bißchen zu alt für solche Dinge bin — ich habe seit Jahren kein Varieté mehr gesehen."

„Aber wir haben einander ja getroffen, um uns die Jugendzeit wieder in Erinnerung zu rufen", begegnete Findlay diesem Einwand.

„Und unsere frühen Mannesjahre zu begraben", sagte Temple. „Nun ja — also gut, wenn du Lust hast, gehen wir auf alle Fälle einmal hin. Es ist seicht — und angemessen. Etwas Tragisches wollen wir ja ohnehin nicht sehen."

Als die Männer in Findlays Arbeitszimmer zurückkehrten, zeigte die kleine Uhr auf dem Kaminsims im Dämmerlicht halb zwei. Das kleine braune Zimmer mit seinen Büchern und Knochen war nach dem Fortgang der Männer verlassen geblieben, nur Findlays aufmerksamer Diener betrat es zweimal, sah nach dem Feuer, ließ die Jalousien herunter und zog die Vorhänge zu. Die Uhr tickte in der Stille. Ab und zu flackerte und loderte das Feuer, sandte blutrote Lichter aus, die den Schatten auf der Zimmerdecke nachjagten, und brachte einen Teil dieser grotesken Versammlung von Tierknochen und Schädeln auf den Regalen zu geisterhaft flüchtigem Leben. Dann wurde die Stille durch das Öffnen und Schließen des schweren Haustores unterbrochen, und das Geräusch unregelmäßiger Schritte näherte sich über den Korridor. Die Tür ging auf, und die beiden Männer traten in den warmen Schein des Kaminfeuers.

Temple trat zuerst herein, sein braunes Gesicht vom Alkohol gerötet, sein Mantel offen und die Hände tief in den Hosentaschen vergraben.

Sein weihnachtlicher Vorsatz hatte sich längst schon im Alkohol verflüchtigt. Es überraschte ihn ein wenig, sich in Findlays Gesellschaft zu sehen. Sein umnebeltes Gehirn beschäftigte sich hartnäckig mit unangebrachten Erinnerungen. Er ging geradewegs zum Kamin und blieb davor stehen, eine verzerrte schwarze Gestalt, die in die rote Glut hinunterstarrte. „Im Grunde", sagte er, „sind wir Idioten, daß wir streiten — Idioten, daß wir wegen einer solchen Kleinigkeit streiten. Verdammte Idioten."

Findlay ging zum Schreibtisch und tastete mit unsicheren Händen nach Streichhölzern. „Ich hab sie nicht veranlaßt", sagte er.

„Du hast sie nicht veranlaßt", sagte Temple. „Das hast du nie. Du bist immer im Recht — Findlay der Vollkommene."

Findlays Aufmerksamkeit wurde von der Lampe in Anspruch genommen. Seine Hand war unruhig, und es bereitete ihm einige Schwierigkeiten, die Dochte höherzuschrauben, einer wurde geknickt und der andere flackerte wie wild. Als er die Lampe schließlich neuerlich angezündet und aufgedreht hatte, ging er auf Temple zu. „Leg deinen Mantel ab, alter Junge, und nimm dir noch einen Whisky", sagte er. „Eine aufreizende Kleine war das, beim Serpentintanz."

„Idioten, daß wir streiten", sagte Temple langsam, und Findlays Worte schienen ihn aus dumpfem Brüten zu reißen. „Was?"

„Leg deinen Mantel ab und setz dich", sagte Findlay, rückte den kleinen Metalltisch näher und holte Zigaretten, eine Siphonflasche und Whisky her. „Diese Lampe gibt ein entsetzlich schlechtes Licht, aber ich habe keine andere. Irgend etwas stimmt mit dem Öl nicht. Hast du den Trick beim Steinzertrümmern durchschaut?"

Temple blieb stehen, aufrecht und düster, und starrte weiter ins Feuer. „Idioten, daß wir streiten", wiederholte er. Findlay war nun halb betrunken, und seine Gewandtheit ließ langsam nach. Temple war schwer betrunken und befand sich in einem seltsam schwankenden Stadium. Und Findlays einziger Wunsch war es nun, diese merkwürdige Wiedervereinigung zu einem guten Ende zu bringen.

„Keine Frau verdient die Freundschaft eines Mannes", sagte Temple plötzlich.

Er setzte sich in einen bequemen Sessel, schenkte sich ein und trank einen Schluck Whisky Soda. Die Idee der Freundschaft nahm ihn gefangen, und er dachte an Studentenzeit und Studentenabenteuer. Eine Zeitlang ging es: „Erinnerst du dich an dies?" und „Erinnerst du dich an das?" Und Findlay wurde wieder fröhlich. „Das waren Zeiten", sagte Findlay und füllte Temples Glas.

Dann ließ ihn Temple plötzlich wieder aufschrecken, indem er neuerlich auf jenen blödsinnigen Streit zurückkam. „Keine Frau der Welt", sagte er. „Der Teufel soll sie holen." Er lachte dümmlich. „Im Grunde", sagte er, „letztendlich".

„Oh, verdammt!" sagte Findlay.

„Du hast leicht schimpfen", sagte Temple, „aber du hast mich vergessen. Es steht dir nicht zu, jetzt zu schimpfen. Wenn du dich nur nicht eingemischt hättest . . ."

„Ich dachte, die Parole sei ‚Vergessen'", sagte Findlay.

Temple starrte eine Weile ins Feuer. „Vergessen", sagte er und dann, mit einer überraschenden Rückkehr zu klarer Ausdrucksweise: „Findlay, ich werde langsam betrunken."

„Unsinn, Mann, nimm noch einen!"

Mit einem Ausdruck eines eben Erwachenden erhob sich Temple aus seinem Sessel. „Es gibt keinen Grund, weshalb ich mich betrinken sollte, denn . . ."

„Trink!" sagte Findlay, „und vergiß es!"

„Bah! Ich möchte meinen Kopf unters Wasser halten. Ich möchte klar denken können. Was zum Teufel mache ich hier, ausgerechnet mit *dir?*"

„Unsinn! *Sag's* und vergiß es, wenn du schon nicht trinkst. Erinnerst du dich an den alten Jason und die Boxhandschuhe? Ich wüßte gerne, ob du deine Fäuste noch hochkriegst."

Temple stand mit dem Rücken zum Feuer, sein Hirn

vom Alkohol benebelt, und wie eine Woge kehrte der alte Haß gegen Findlay zurück. Er suchte nach irgendeiner Beleidigung, die er ihm an den Kopf werfen könnte, und sein Gesicht verdüsterte sich. Findlay erkannte das Gefährliche des Augenblicks und fluchte leise. Es gelang ihm immer schwerer, den Anschein fröhlicher Geselligkeit, die Pose des herzlichen Trösters, zu wahren. Aber was sonst sollte er tun?

„Der gute alte Jason — ganz Techniker, und dabei langsam wie ein Elefant! — aber er hat Boxer aus uns gemacht. Erinnerst du dich an unsere kleine Schlägerei, dort in der Gower Street?"

Um seine arglose Fröhlichkeit und seine Unvoreingenommenheit unter Beweis zu stellen, schob Findlay seinen Sessel beiseite und trat zur Mitte. Dort ahmte er den alten Jason nach und gab eine lebhafte Darbietung der Ausbildungsmethode des alten Preisboxers. Dann holte er seine Boxhandschuhe vom Regal im Alkoven und streifte sie über. Er konnte Temple, der dem Explodieren nahe stand, einfach nicht mehr ertragen. Irgendwie spürte er, daß es ein Fehler war, so viel Hochstimmung zur Schau zu stellen, aber nun konnte er nicht mehr zurück.

„Steh nicht da und brüte vor dich hin, Mann. Du bist in einer Verfassung, in der einem die Welt pechschwarz vorkommt. Trink, damit du wieder in Stimmung kommst. Keine Frau verdient die Freundschaft eines Mannes — komm! Eine Runde mit den Handschuhen — vier Unzen schwere Handschuhe. Nichts belebt Körper und Geist mehr als so etwas."

„Also gut", sagte Temple mechanisch. Dann erst besann er sich darauf, was er tun wollte: „Wo sind die anderen Handschuhe?"

„Drüben in der Ecke. Oben auf dem Mineralien-Schrank. Himmel! Temple, das ist wie in alten Zeiten!"

Temple, der seltsam zitterte, ging in die Ecke hinüber.

Er hatte vor, Findlay niederzuschlagen, und wußte, daß er dies trotz seines leichteren Gewichtes schaffen würde. Aber es war doch kindisch und unangemessen bis zur Absurdität, wenn man das unfaßbare Unrecht bedachte, das Findlay ihm angetan hatte. Da berührte seine Hand im Dunkeln etwas Blasses — es war die *Cochlea* des Wales. Wie ein Blitzstrahl durchzuckte ihn die Versuchung. Er stülpte einen Handschuh über seine Linke und zwängte die Finger seiner Rechten in die Höhlung der *Cochlea*. Sie wölbte sich über Finger und Handrücken und war einem Boxhandschuh ohne Daumen erstaunlich ähnlich. Ebenso geformt wie der gepolsterte Rückenteil. Seine Stimmung hob sich sogleich bei der plötzlichen Aussicht auf einen wüsten Scherz — wie grausam er werden würde, ahnte er nicht. Unterdessen stellte Findlay mit nervöser Hektik die Lampe in die Ecke hinter dem Lehnsessel und rückte den Schreibtisch in die Fensternische.

„Los!" sagte Findlay hinter ihm, und er drehte sich blitzschnell um.

Findlay blickte ihm fest in die Augen, kampfbereit, die Fäuste halb geöffnet. Er bemerkte nicht, welch seltsamen Handschuh Temples Rechte trug. Beide waren schon so betrunken, daß ihr Wahrnehmungsvermögen nachgelassen hatte. Sekundenlang maßen sie einander, der Gastgeber lächelte, der Gast ebenfalls, aber mit gefletschten Zähnen, zwei dunkle Gestalten, die im Licht des Kaminfeuers und im schwachen Lampenschein schwankten. Dann schlug Findlays Linke in Richtung Gesicht des Gegners. Temple duckte leicht nach links ab und hieb mit seinem knöchernen Handschuh mit aller Kraft auf Findlays Schläfe. Der Schlag hatte eine so ungeheure Wucht, daß Findlay, der darauf nicht gefaßt war, halb betäubt zur Seite taumelte. Das Ding hatte sein Ohr getroffen, und die rechte Gesichtshälfte wurde kalkweiß von dem Schlag. Er rappelte sich mühsam wieder hoch, aber schon landete Temples knochenbewehrte Rechte auf seinen Rippen und wirbelte ihn gegen den Rauchtisch.

Findlay riß vor Erstaunen die Augen auf. Temple war um einiges leichter als er, und er begriff einfach nicht, wie er ihn niederschlagen konnte. Er war zwar nicht bewußtlos, aber durch den Schlag zu benommen, um das Blut, das ihm vom Ohr über die Wange rann, zu bemerken. Er lachte gezwungen und stemmte sich wieder hoch, wobei er fast den Rauchtisch umwarf, schien etwas sagen zu wollen, und riß seine Hand instinktiv hoch, als Temple wieder gegen ihn ausholte und einen linken Haken vortäuschte. Findlay war ein geübter Boxer und kam einem weiteren Schlag gegen das Ohr zuvor, indem er seine Linke blitzschnell in Temples Gesicht landete, wobei er sein ganzes Gewicht in diesen Schlag legte und dann Temples Gegenschlag schnell auswich.

Temples Oberlippe war bis zu den Zähnen gespalten, der Geschmack des Blutes und der Anblick des Blutes, das von Findlays Wange tropfte, raubten ihm die Selbstbeherrschung, die der Alkohol noch übriggelassen hatte, und tilgte alle Spuren einer Erziehung. Nur die wütende Menschenbestie war mehr vorhanden, die Kreatur, die nach Blut lechzte. Mit einem fast tierischen Schrei stürzte er sich auf Findlay, als dieser zurückwich, und mit einem plötzlichen Schwung seines rechten Armes durchbrach er Findlays Abwehrstellung, zertrümmerte ihm den Arm genau über dem Gelenk und versetzte ihm mit der *Cochlea* drei schnelle Schläge ins Gesicht. Findlay stieß einen unartikulierten Schrei der Überraschung aus, konterte einmal schwach und ging dann zu Boden wie ein gefällter Ochse. Temple fiel über ihn. Mit einem Krachen stürzte die Lampe herunter.

Die Lampe war beim Herunterfallen verlöscht, das Zimmer nun in Rot und Schwarz getaucht. Findlay schlug schwerfällig gegen Temples Brustkorb, und Temple, den linken Ellbogen auf Findlays Nacken gestemmt, holte mit der Rechten aus und wuchtete einen Schlag wie von einem Schmiedehammer in Findlays Gesicht, und noch einen und dann noch einen, bis sich der Körper unter seinen Knien nicht mehr rührte.

Als plözlich das durchdringende Kreischen einer Frauenstimme den Raum erfüllte, erwachte er aus seiner Raserei. Er schaute auf und duckte sich, als die Tür des Arbeitszimmers geschlossen wurde und er das Getrampel hastig flüchtender Schritte vernahm. Dann blickte er nach unten und sah das Etwas, das einmal Findlays Gesicht gewesen war. Einen schrecklichen Augenblick lang blieb er knien, den Mund vor Entsetzen aufgerissen.

Als er wieder auf die Füße kam, taumelte er über Findlay, wie jemand, der aus einem Alptraum erwacht. Die Leiche lag im Schein des verlöschenden Feuers. Plötzlich bemerkte er die *Cochlea* an seiner Hand, verschmiert mit Haaren und Blut, und begriff langsam, was geschehen war. In einem plötzlichen Anfall von Entsetzen riß er das grauenhafte Ding von seiner Hand. Es prallte neben dem Rauchtisch auf den Boden, rollte dort etwa einen Meter weiter und blieb fast genau an der Stelle liegen, an der er es zum ersten Mal erblickt hatte. Für Temples überreizte Phantasie schien es genau am selben Punkt zu sein — dieses Ding, das allein genügt hatte, um Findlays Tod und sein eigenes Schicksal zu besiegeln.

Die verlassene Jane

Eben höre ich von meinem Arbeitszimmer aus, wie unsere Jane mit Besen und Kehrschaufel die Stiege hinunterpoltert. Früher sang sie zu dieser Begleitmusik Kirchenlieder oder die britische Nationalhymne, aber neuerdings verrichtet sie ihre Arbeit stumm, ja sogar gewissenhaft. Inbrünstig habe ich zu manchen Zeiten schon um diese Ruhe gefleht, und meine Frau unter Seufzern um so viel Sorgfalt, aber nun, da es wirklich so weit gekommen ist, sind wir darüber nicht so glücklich, wie wir uns vorgestellt haben. Ich gestehe rundheraus — obwohl es ein Zeichen männlicher Schwäche ist, so etwas zuzugeben —, ich würde aufjauchzen, könnte ich Jane auch nur über Gänseblümchen singen hören, oder einen Teller — nur nicht einen von Euphemias besten grünen — zerbrechen hören, denn dann wüßte ich, daß die Zeiten des düsteren Brütens vorbei sind.

wie gespannt waren wir doch immer auf die letzten Neuigkeiten über Janes jungen Mann, bis wir schließlich die letzte von ihm hörten. Jane unterhielt sich mit meiner Frau stets sehr freimütig und erörterte in der Küche die verschiedensten Themen, daß man nur so staunte, so gekonnt, daß ich manchmal die Tür des Arbeitszimmers offen ließ — unser Haus ist ja klein —, um mitzuhören. Aber als dann William auftauchte, gab es nur mehr William und nichts als William. William hin und William her; und als wir schon dachten, William sei nun erschöpfend behandelt und endlich abgetan, ging's mit William wieder von vorne los. Alles in allem dauerte die Verlobung drei Jahre, aber wie sie ihn kennengelernt hat, und weshalb sie sich in ihn vernarrte, das blieb immer ein Geheimnis.

Ich für meinen Teil glaube, daß es an der Straßenecke begann, wo Rev. Barnabas Baux jeden Sonntag nach der Abendmesse eine Andacht im Freien abhielt. In dieser geheiligten Sphäre hochkirchlichen Liederklanges schwirrten die jungen Amors wie Motten im Schein der Paraffinkerzen herum. Ich nehme an, daß sie, statt zum Abendessen nach Hause zu kommen, dort Kirchenlieder teilweise aus dem Gedächtnis, teilweise frei nach Phantasie, sang, und William an sie herantrat und „Grüß dich!" sagte, „Ebenfalls" wird sie geantwortet haben; und dann — nachdem der Etikette Genüge getan war -- werden sie ihr Gespräch fortgesetzt haben.

Da Euphemia in tadelnswerter Weise den Dienstboten gestattete, mit ihr Gespräche zu führen, hörte sie bald von ihm. „Er ist ein sooo ehrbarer junger Mann, Ma'am!" sagte Jane. „Sie können sich das nicht vorstellen!" Meine Frau ignorierte das Ungebührliche an dieser Vertraulichkeit und erkundigte sich weiter über William.

„Er ist zweiter Lieferant bei Maynard's, dem Tuchwarenhändler", erzählte Jane, „und bekommt 18 Shilling — fast ein Pfund — die Woche, Ma'am, und wenn der Cheflieferant kündigt, wird er diesen Posten kriegen. Seine Verwandten sind ziemlich angesehene Leute. Keine Arbeiter. Sein Vater war Gemüsehändler, hatte Tumor und ging zweimal pleite. Und eine seiner Schwestern ist in einem Pflegeheim für Todkranke. Das ist eine gute Partie für mich, Ma'am, wo ich doch nur ein Waisenkind bin."

„Dann bist du also mit ihm verlobt?" fragte meine Frau.

„Nicht verlobt, Ma'am, aber er spart auf einen Ring — mit einem Amethyst."

„Nun Jane, wenn du richtig mit ihm verlobt bist, kannst du ihn an den Sonntagnachmittagen einladen und in der Küche mit ihm Tee trinken." Meine Euphemia hat nämlich recht mütterliche Vorstellungen von ihrer Pflicht gegenüber den Dienstmädchen. Nicht lange, und dieser

Amethystring wurde im Haus getragen, sogar mit Prahlsucht, und Jane entwickelte eine ganz neue Methode, den Braten aufzutragen, um dieses Liebespfand sichtbar zu machen. Die ältere Miss Maitland war darüber entrüstet und sagte meiner Frau, daß Dienstboten keine Ringe tragen dürften. Aber meine Frau schlug sowohl im „Ratgeber" als auch in „Mutters Haushaltsfibel" nach und fand kein derartiges Verbot. So durfte Jane weiterhin neben ihrer Liebe auch noch dieses Glück auskosten.

Janes Auserwählter schien mir das zu sein, was Leute von Einfluß einen äußerst verdienstvollen jungen Mann nennen. „William, Ma'am", sagte Jane eines Tages mit kaum unterdrückter Selbstzufriedenheit, als sie gerade die Bierflaschen zusammenzählte, „William ist Abstinenzler. Wirklich, Ma'am; und raucht auch nicht. Das Rauchen, Ma'am", fuhr sie fort, als könne sie in den Herzen lesen, „macht einfach so viel Staub überall. Außerdem die Geldverschwendung. Und dann der Gestank! Obwohl, manche Leute brauchen es, glaube ich."

Möglicherweise wurde ihr bewußt, daß sie das vergleichsweise bedauernswerte Schicksal Euphemias allzu streng tadelte, denn sie fügte gleich begütigend hinzu: „Aber ich bin sicher, der Herr ist ein Engel, wenn er seine Pfeife raucht. Verglichen mit der übrigen Zeit."

William war zuerst ein eher schäbiger junger Mann, eine Art Stutzer. Er hatte wässrige Augen, und seine Gesichtsfarbe machte es glaubhaft, daß seine Schwester in einem Sterbeheim war. Euphemia mochte ihn gleich von Anfang an nicht besonders. Ein Alpaka-Regenschirm, von dem er sich keine Minute trennte, bezeugte seine ungeheuerliche Ehrbarkeit.

„Er besucht keinen hochkirchlichen Gottesdienst", sagte Jane. „Sein Papa . . ."

„*Wer*, Jane?"

„Sein Papa, Ma'am, war anglikanisch, aber Mr. Maynard

gehört der Plymoth-Bruderschaft an, und William hält es für Diplomatie, ebenfalls dort hinzugehen. Wenn sie nichts zu tun haben, dann redet Mr. Maynard mit William über Sparsamkeit und über seine Seele. Er kümmert sich sehr um William und darum, wie er die Stoffe und seine Seele behandelt, Ma'am."

Bald darauf hörten wir, daß der Cheflieferant bei Maynard's gekündigt hatte, und William nun der Cheflieferant war mit 23 Shilling in der Woche. „Er kommt eigentlich noch vor dem Mann, der mit dem Lieferwagen fährt", sagte Jane, „und der ist verheiratet und hat drei Kinder." Und sie versprach voller Stolz, bei William ein gutes Wort für uns einzulegen, damit er uns bevorzugt behandle und wir die Tuchballen von Maynard's mit ganz besonderer Pünktlichkeit erhielten.

Nach dieser Beförderung ging es mit Janes jungem Mann rasch bergauf. Eines Tages erfuhren wir, daß Mr. Maynard William ein Buch geschenkt hatte. „Smiles' ‚Selbst ist der Mann' heißt es", sagte Jane, „aber es ist nichts Lustiges. Es beschreibt, wie man im Leben weiterkommt und einiges, was William mir daraus vorgelesen hat, war wirklich *wunderbar*, Ma'am."

Euphemia erzählte mir lachend davon, wurde dann aber plötzlich ernst. „Weißt du, Liebling", sagte sie, „Jane ließ eine Bermerkung fallen, die mir zu denken gab. Sie hat eine Weile überlegt, und dann ganz unvermittelt gesagt: ‚William ist ein bißchen zu gut für mich, stimmt's, Ma'am?'"

„Daran kann ich nichts Bedenkliches finden", erwiderte ich, doch sollten mir schon bald die Augen geöffnet werden.

Eines Sonntagnachmittags saß ich — wahrscheinlich mit einem guten Buch — am Schreibtisch, da bewegte sich etwas an meinem Fenster vorbei. Ich hörte hinter mir einen Schrei des Entsetzens und sah Euphemia mit gefalteten

Händen und geweiteten Augen. „George", flüsterte sie, „hast du das gesehen?"

Dann begannen wir gleichzeitig, langsam und feierlich: „*Ein Zylinder! Gelbe Handschuhe! Ein neuer Regenschirm!*"

Es kann Einbildung sein, Liebling", sagte Euphemia, „aber diese Krawatte sah genauso aus wie deine. Ich glaube, Jane sorgt dafür, daß er Krawatten trägt. Kürzlich sagte sie mir in einem Ton, der einiges über deine übrige Kleidung verriet: ‚Hübsche Krawatten trägt er, der Herr!' Und er ahmt alle deine Neuheiten nach."

Wieder einmal ging das junge Paar auf seinem gewohnten Spazierweg an unserem Fenster vorbei — Arm in Arm. Jane, mit neuen, weißen Baumwollhandschuhen, sah ungemein stolz, glücklich und unbehaglich drein, und William wirkte in seinem neuen Zylinder gesucht elegant.

Als sie zurückkehrte, befand sie sich auf dem Gipfel des Glücks. „Mr. Maynard hat mit William gesprochen, Ma'am", sagte sie, „und er wird in der nächsten Saison Kunden bedienen dürfen, genau wie die jungen Verkäufer, Ma'am, und wenn er sich bewährt, wird er bei nächster Gelegenheit sogar stellvertretender Leiter. Er muß sich so vornehm wie möglich benehmen, Ma'am, und er will es auf jeden Fall versuchen. Mr. Maynard hält wirklich ausgesprochen viel von ihm."

„Er kommt tatsächlich voran", sagte meine Frau.

„Ja, Ma'am", sagte Jane nachdenklich, „er kommt wirklich voran." Und dabei seufzte sie.

Am nächsten Sonntag dann fragte ich meine Frau beim Tee: „Irgendetwas ist anders als sonst, Liebling. Was ist passiert? Hast du die Vorhänge gewechselt, oder die Möbel umgestellt oder was ist sonst ungewöhnlich? Hast du etwa eine neue Frisur? Ohne mich vorzuwarnen? Ich merke ganz deutlich eine Veränderung, kann aber beim besten Willen nicht herausfinden, was es ist."

Meine Frau klärte mich sogleich mit Grabesstimme auf: „George“, sagte sie, „dieser — dieser William hat sich heute noch nicht gezeigt. Und Jane weint sich oben die Augen aus.“

Es folgte eine Schweigeminute. Jane — wie ich schon erwähnt habe — hörte auf, im ganzen Haus herumzusingen, und behandelte unsere zerbrechlichen Besitztümer mit ungewohnter Sorgfalt, was meine Frau tief berührte, weil sie es für ein besonders trauriges Zeichen hielt. Nächsten und übernächsten Sonntag bat Jane um Ausgang, „um mit William spazierenzugehen“ und meine Frau, die niemals Geständnisse erzwingt, erteilte ihr die Erlaubnis, ohne Fragen zu stellen. Jedesmal kam Jane mit gerötetem Gesicht und entschlossener Miene zurück. Schließlich wurde sie eines Tages gesprächig.

„Man will mir William wegnehmen“, sagte sie plötzlich mit stockendem Atem, als ihr Blick gerade auf Tischtücher fiel. „Ja, Madam, sie ist eine Putzmacherin und kann auf dem Klavier spielen.“

„Aber bist du nicht am Sonntag mit ihm ausgegangen?“ fragte meine Frau.

„Nicht mit ihm ausgegangen, Madam, ihm nachgegangen. Ich bin neben ihnen hergegangen und habe ihr gesagt, daß er mit mir verlobt ist.“

„Um Gottes willen, Jane, das hast du gesagt? Wie haben sie darauf reagiert?“

„Sie haben mich wie Luft behandelt. Und ich hab' dann gesagt, daß sie mir dafür büßen wird.“

„Das kann kein sehr angenehmer Spaziergang gewesen sein, Jane.“

„Für niemanden nicht, Ma'am.

Ich wollte“, sagte Jane, „ich könnte Klavier spielen. Aber trotzdem laß ich ihn mir auf keinen Fall von ihr wegnehmen. Sie ist älter als er, Ma'am, und ihr Haar ist nicht ganz bis zu den Wurzeln blond, Ma'am.“

An einem Feiertag im August folgte dann die entscheidende Auseinandersetzung. Die Einzelheiten des Streites kennen wir nicht genau, wir wissen nur, was die arme Jane andeutungsweise fallen ließ. Aufgeregt und staubbedeckt kam sie lodernden Herzens nach Hause.

Meines Wissens wollten die Putzmacherin, deren Mutter und William die Galerie in South Kensington besuchen. Gleichviel, jedenfalls sprach Jane sie ruhig, aber bestimmt irgendwo auf der Straße an und machte ihren Anspruch auf das geltend, was sie — ungeachtet der Auffassung, die in der Literatur vertreten wird — für ihr unveräußerliches Eigentum hielt. Sie ging, glaube ich, sogar so weit, Hand an ihn zu legen. Die drei behandelten sie auf vernichtend überhebliche Art. Sie „winkten einer Droschke", es kam zu einer Szene. William wurde von seiner künftigen Frau und Schwiegermutter in den Wagen gezerrt und den widerstrebenden Händen unserer Jane, seiner im Stich gelassenen Geliebten, entrissen. Sogar Drohungen, „sie der Polizei zu übergeben" wurden laut.

„Arme Jane!" sagte meine Frau und hackte das Kalbfleisch, als hätte sie William unter dem Messer. „Eine Schande ist das. Ich würde ihn einfach vergessen. Er ist deiner nicht würdig."

„Nein Ma'am„, entgegnete Jane, „er *ist* schwach.

Diese Frau ist an allem schuld", fuhr sie fort. Sie konnte sich nicht überwinden, den Namen „dieser Frau" über die Lippen zu bringen oder auch nur ihre Mädchenhaftigkeit anzuerkennen. „Ich weiß einfach nicht, was sich manche Frauen dabei denken — einem anderen Mädchen den Mann wegzunehmen. Aber es tut weh, davon zu reden", sagte Jane.

Daraufhin hatte unser Haus Ruhe vor William. Aber etwas in der Art, wie Jane die vordere Treppenstufe schrubbte oder die Zimmer auskehrte, eine gewisse Bösartigkeit, überzeugte mich davon, daß die Geschichte noch nicht zu Ende war.

„Bitte, Ma'am, darf ich morgen auf eine Hochzeit gehen?" fragte Jane eines Tages.

Meine Frau wußte instinktiv, um wessen Hochzeit es sich handelte. „Glaubst du, daß das klug ist, Jane?" fragte sie.

„Am liebsten würde ich ihn überhaupt nicht mehr sehen", sagte Jane.

„Liebling", sagte meine Frau, als sie zwnazig Minuten nach Janes Weggehen aufgeregt in mein Arbeitszimmer trat. „Jane war bei der Schuhablage, hat alle alten Schuhe und Stiefel genommen und sie in einer Tasche auf die Hochzeit getragen. Sie wird doch hoffentlich nicht . . ."

„Jane", sagte ich, „entwickelt Charakter. Hoffen wir das Beste."

Jane kam mit blassem, verkniffenem Gesicht zurück. Alle Stiefel schienen noch in der Tasche zu sein, und meine Frau stieß einen übereilten Seufzer der Erleichterung aus. Wir hörten sie hinaufgehen und die Stiefel mit ziemlicher Heftigkeit abstellen.

„Ziemlich viele Leute auf der Hochzeit, Ma'am", bemerkte sie dann in leichtem Plauderton beim Kartoffelschälen in der Küche; „und so ein schöner Tag." Sie erwähnte zahllose weitere Nebensächlichkeiten offensichtlich, um das Wichtigste an der ganzen Sache nicht zu berühren. „Es war alles sehr ehrbar und schön, Ma'am, aber *ihr* Vater hat nicht einmal einen schwarzen Mantel getragen und hat irgendwie nicht dazugepaßt, Ma'am. Mr. Piddingquirk . . ."

„*Wer?*"

„Mr. Piddingquirk — das *war* William, Ma'am, hat weiße Handschuhe getragen und einen Mantel wie ein Pfarrer, mit einer wunderhübschen weißen Chrysantheme. Er hat so gut ausgesehen, Ma'am. Und ein roter Teppich war dort, wie bei feinen Leuten. Und es heißt, daß er dem

Gemeindeschreiber vier Shilling gegeben hat, Ma'am. In einer richtigen Kutsche sind sie gefahren, nicht in einer Droschke. Und die Leute haben mit Reis geworfen, und ihre zwei kleinen Schwestern haben welke Blumen gestreut. Irgend jemand hat einen Pantoffel geworfen und dann ich einen Stiefel . . ."

„Einen *Stiefel*, Jane?"

„Ja, Ma'am. Auf *sie* gezielt. Aber getroffen hat es *ihn*. Ja, Ma'am, schwer. Das wird ein blaues Auge, wenn Sie mich fragen. Ich habe nur diesen einen geworfen. Ein zweites Mal habe ich mich nicht mehr getraut. Alle kleinen Jungen haben aufgejauchzt, als es ihn getroffen hat . . ."

Und nach einer Pause: „Es tut mir leid, daß der Stiefel *ihn* getroffen hat."

Eine weitere Pause folgte. Die Kartoffeln wurden leidenschaftlich geschält. „Er war immer ein bißchen zu gut für mich, Ma'am. Und man hat ihn mir weggenommen."

Die Kartoffeln waren schon längst fertig. Jane erhob sich hastig, seufzte und stellte die Schüssel heftig auf den Tisch.

„Es ist mir gleichgültig", sagte sie, „es ist mir völlig gleichgültig. Er wird seinen Fehler schon noch einsehen. Es geschieht mir auch recht. Ich habe mir zu viel auf ihn eingebildet. Ich hätte meine Nase nicht so hoch tragen sollen. Und ich bin froh, daß es ist, wie es ist."

Meine Frau war in der Küche und kümmerte sich ums Essen. Nach dem Geständnis des Stiefelwurfes hat meine Frau die arme Jane wahrscheinlich mit zorniger Bestürzung in ihren braunen Augen gemustert. Aber ich glaube, daß sie bald wieder sanft geworden sind, und in diesem Moment muß Jane ihrem Blick begegnet sein.

„Oh, Ma'am!" sagte Jane in überraschend verändertem Ton. „Wenn man bedenkt, wie es *hätte* sein können! Ach Ma'am, ich *hätte* so glücklich sein können! Ich hätte es wissen müssen, aber ich habe es nicht gewußt . . . Es ist so gütig von Ihnen, daß ich mit Ihnen sprechen darf . . . weil es so schwer für mich ist . . . so schweeer."

Und ich nehme an, daß sich Euphemia sosehr vergessen hat, Jane zu gestatten, ihr volles Herz an ihrer mitleidvollen Schulter auszuschütten. Meine Euphemia hat, Gott sei Dank, nie richtig begriffen, weshalb es so wichtig ist, sich „seinem Stande gemäß" zu betragen. Und seitdem hat Janes Schrubben und Kehren viel von seiner einstigen heftigen Bitterkeit verloren.

Tatsächlich ging am nächsten Tag irgend etwas mit dem Metzgerjungen vor sich, — aber dies gehört kaum zu dieser Geschichte. Und schließlich ist Jane noch jung, der Wandel der Zeit hinterläßt Spuren an ihr. Kummer widerfährt uns allen, aber ich glaube nicht so recht an einen Kummer, der niemals vergeht.

Nach Art der Moderne: Liebesgeschichte ohne Liebe

Aubrey Vair ist dem gebildeten Leser selbstverständlich ein Begriff. Er hat zu verschiedenen Anlässen drei Bände mit zartsinnigen Versen veröffentlicht — darunter wohl auch einige, die eine gewisse Taktlosigkeit verrieten —, und seine Spalte „Literarisches" im *Climax* ist allgemein bekannt. Eine Abbildung, die sein Byronsches Antlitz zeigt, ist zusammen mit einem Interview in der *Perfect Lady* erschienen. Soweit ich weiß, ist es Aubrey Vair gewesen, der nachgewiesen hat, daß der Humor eines Dicken noch übler als dessen Gefühlsseligkeit ist, ebenso wie er bei Shakespeare ein „unterschwelliges bourgoises Flair" entdeckt hat. Eines wird nicht allgemein bekannt sein: daß Aubrey Vair nämlich neben erotischen Inspirationen auch erotische Erfahrungen aufzuweisen hat. Seit kurzem hat er sich Goethe zu seinem literarischen Vorbild erkoren, was möglicherweise mit seinem zeitweiligen Abweichen von sexueller Redlichkeit in Verbindung gebracht werden darf.

Immerhin gehören solche Erfahrungen zum Gewöhnlichsten, was Literaten zu schwächen vermag. Sie verursachen Umwälzungen und malerische Effekte in der sonst gleichförmigen Seelenlandschaft ihres Respekt heischenden Lebens, Effekte, die an die Wirkung der Habsucht heranreichen und sicherlich die des Alkohols übertreffen; und solche Labilität wird Genialität genannt, oder deutlicher, Bewußtsein von Genialität, wie Aubrey Vair es besaß. Seit Shelley den Ton angibt, fühlt sich ein Mann von Talent in der Auffassung bestärkt, daß seine persönliche Selbstentfaltung mit seinen ehelichen Pflichten nicht vereinbar ist, und dementsprechend ist auch gerade so viel eheliche Untreue, wie sie ihm seine Möglichkeiten und sein Mut gestatten, zum Zeichen seiner Absage an das Philistertum geworden. Tugendhaftigkeit ist ja häufig nichts als Mangel an Phantasie. Auf jeden Fall ist mir noch kein mittelmäßiges Genie untergekommen, dessen Gefühle nicht in einem unentwirrbaren Durcheinander gewesen wären und das nicht gelegentlich sein Leid in einer Flut von Sonetten beklagt hätte.

Sogar Aubrey Vair tat dies, weinte zur Nacht Sonette in sein Notizbuch, und wenn dann seine Frau in ihren Pantoffeln herunterkam, um nachzuschauen, weshalb er nicht schlafen ging, gab er vor, er schreibe an einer kleinen literarischen Causerie. Natürlich brachte sie kein Verständnis für ihn auf. Er tat dies, noch bevor die andere Frau auftauchte, so tief wurzelt die eheliche Untreue in einem Geist mit Talent. Tatsächlich schrieb er vor der Begegnung mit dieser anderen Frau mehr Sonette als nach diesem Ereignis, denn später verbrachte er dann den Großteil seiner Zeit damit, an seinen alten Werken Streichungen vorzunehmen, indem er sie neu überarbeitete und die fertige Paßform seiner Leidenschaft, entsprechend ihrer besonderen Größe und Erscheinung, umformte.

Aubrey Vair lebte in einer kleinen roten Villa mit einem Rasen an der Hinterfront und einem Ausblick auf die Downs hinter Reigate. Er lebte von wohlüberlegten Investitionen, ergänzt durch den Ertrag seiner literarischen Arbeiten. Seine Frau war hübsch, lieb und sanft und fand ihr vollkommenes Glück darin, daß ihr kleiner Aubrey Vair gut und abwechslungsreich aß, und daß ihr Haus das sauberste und netteste unter allen Häusern war, die sie je betreten hatte — eben darin besteht ja die zarte Bescheidenheit guter Ehefrauen. Aubrey Vair genoß die Mahlzeiten und war stolz auf das Haus. Dennoch litt er, denn sein

Genie verfiel. Außerdem setzte er ein wenig Fett an und drohte dick zu werden.

Wir lernen im Leid, was wir im Liede lehren, und Aubrey Vair wußte sicher, daß seine Seele keinen nennenswerten Ertrag liefern konnte, solange seine Gefühle nicht einer Folter ausgesetzt waren. Aber wie er sie martern sollte, darin lag das Problem, denn Reigate ist eine anständige Gegend.

So schwankten Aubrey Vairs romantische Sehnsüchte eine Weile haltlos umher, einer Schlingpflanze gleich, die man mitten in ein Blumenbeet gepflanzt hat. Dann aber, als die Zeit erfüllet ward, kam die andere Frau und ließ sich von den rankenden Herzenssehnsüchten Aubrey Vairs umschlingen, und ein romantisches Abenteuer trug sich zu, wie es hier wahrheitsgetreu berichtet wird.

Eigentlich war die andere Frau ein Mädchen, und Aubrey Vair traf sie bei einer Tennispartie in Ledhill zum ersten Mal. Seit dem unglücklichen Zwischenfall, bei dem Miss Morton sich das Auge verletzt hatte, spielte Aubrey Vair nicht mehr Tennis, und auch deshalb nicht, weil er in letzter Zeit dabei rasch außer Atem geriet, sich stärker erhitzte und mehr schwitzte, als sogar für einen Dichter gut ist; die junge Dame wiederum war erst kürzlich nach England gekommen und konnte nicht Tennis spielen. So ließen sie sich neben Miss Baynes' tauber Tante in den zwei Korbstühlen vor den Stockrosen nieder, und bald entspann sich eine ungezwungene Unterhaltung.

Der Name der anderen Frau war eher unpassend — Miss Smith — aber ihrem Gesicht und ihrer Aufmachung nach hätte man dies nie vermutet. Ihre Herkunft dagegen war vielversprechend — Vollwaise, die Mutter war eine Hindu gewesen, der Vater ein indischer Staatsbeamter, und Aubrey Vair — selbst eine glückliche Mischung zwischen Kelte und Teutone, wie es ja alle Literaten heutzutage sein müssen — glaubte natürlich daran, daß eine Rassenmischung literarische Folgen haben müsse. Sie war weiß gekleidet. Im Laufe der Zeit hatten sich feine, blasse Gesichtszüge ausgebildet, mit überraschender Tiefe des Ausdrucks, und eine Wolke zart gekräuselten schwarzen Haars über den dunklen Augen. Und sie war schüchtern, was einen angenehmen Kontrast zur üblichen Freimütigkeit des Reigater Mädchentyps bildete.

„Ein wunderbarer Rasen ist das — der schönste in Redhill", sagte Aubrey Vair im Verlauf der Unterhaltung, „und er gefällt mir gerade deshalb so gut, weil man die Gänseblümchen stehengelassen hat." Mit dem eleganten Schwung seiner zierlichen Hand zeigte er auf die Gänseblümchen.

„Wirklich herzige kleine Blumen", sagte die Dame in Weiß, „und sie haben mich immer an England erinnert, vor allem wahrscheinlich wegen eines Bildes, das ich da drüben gesehen habe, als ich noch sehr klein war. Es zeigte Kinder, die Ketten aus Gänseblümchen flechten. Ich war entschlossen, mir nach meiner Heimkehr dieses Vergnügen unbedingt zu gönnen. Aber leider fühle ich mich nun zu alt für Vergnügungen dieser Art."

„Ich sehe nicht ein, weshalb wir diese einfachen Freuden nicht mehr genießen sollten, wenn wir älter werden — weshalb sollte uns das Erwachsenwerden so viel vergessen machen. Ich meinerseits . . ."

„Hat Ihre Gattin Janes' Rezept für gefüllte Forellen?" fragte Miss Baynes' taube Tante plötzlich.

„Ich weiß es wirklich nicht", sagte Aubrey Vair.

„Gut", sagte Mrs. Baynes' taube Tante. „Es dürfte sogar Ihnen schmecken."

„Alles schmeckt mir", gab Aubrey Vair zurück. „Ich bin nicht sehr wählerisch . . ."

„Ach, ein köstliches Gericht", sagte Mrs. Baynes' taube Tante und versank wieder in stille Betrachtungen.

„Ich wollte sagen", nahm Aubrey Vair den Faden wieder

auf, „daß ich noch immer mein größtes Vergnügen an kindlichen Spielen finde. Ich habe einen kleinen Neffen, mit dem ich viel Zeit verbringe. Wenn wir miteinander Drachen steigen lassen, ist schwer zu entscheiden, wer von uns beiden glücklicher ist. Übrigens sollten Sie es mit den Gänseblümchenketten ebenso machen. Verleiten Sie doch irgendein kleines Mädchen dazu."

„Aber das habe ich doch schon! Ich habe die Kleine von den Mortons auf einen Spaziergang durch die Wiesen mitgenommen und schüchtern das Thema angeschnitten. Daraufhin warf sie mir vor, leichtfertige Dinge treiben zu wollen. Es war eine schreckliche Enttäuschung."

„Die Gouvernante hier", sagte Aubrey Vair, „raubt diesem Kind auf erschütternde Weise seine Jugend. Was soll aus einem Leben werden, das nicht mit einer richtigen Kindheit beginnt?

Manche Menschen sind nie jung", fuhr er fort, „und sie werden nie erwachsen. Sie führen ein absolut farbloses Leben. Sie sind — sie sind bleichsüchtig. Keiner von ihnen erfährt jemals, was Liebe ist, und nie werden sie den Schmerz enttäuschter Liebe kennenlernen. Sie sind — im Augenblick fällt mir kein besserer Vergleich ein — menschliche Blumentöpfe, in die keine Seele gepflanzt worden ist. Und eine Seele, die sich richtig entfalten soll, muß zuallererst einmal eine gesunde Kindheit entwickeln."

„Ja", sagte die dunkle Dame nachdenklich, „eine unbekümmerte, ja beinahe wilde Kindheit, so müßte man beginnen."

„Dann durchleben wir die Jugend, eine Zeit des Erstaunens und des erwachenden Selbstvertrauens."

„Und gelangen zu Kraft und Tatendrang", setzte die dunkle Dame das Gespräch fort. Ihre träumerischen Augen ruhten auf den Downs und ihre Finger umspannten die Knie, während sie sprach. »Ach, wie großartig ist es zu leben — als Mensch — selbstbewußt und frei.«

„Und schließlich erreichen wir", sagte Aubrey Vair, „den Gipfel und die Krönung des Lebens." Er hielt inne und warf ihr einen hastigen Blick zu. Dann sank seine Stimme beinahe zu einem Flüstern. „Und die Krönung des Lebens ist die Liebe."

Einen Moment lang begegneten ihre Augen einander, aber sie blickte sofort wieder weg. Aubrey Vair empfand eine sonderbare Erregung, denn sein Atem ging stockend, aber seine Gefühle waren zu kompliziert, als daß sie hätten gedeutet werden können. Davon abgesehen regte sich in ihm ein gewisses Erstaunen über die Wendung, die das Gespräch genommen hatte.

Plötzlich stieß ihm Mrs. Baynes' taube Tante ihr Hörrohr gegen die Rippen, und irgendwer auf dem Tennisplatz schrie „Null zu Null".

„Habe ich Ihnen erzählt, daß Janes Töchter Scharlach gehabt haben?" fragte Mrs. Baynes' taube Tante.

„Nein", antwortete Aubrey Vair.

„Ja, und nun schält sich bei ihnen die Haut", sagte Mrs. Baynes' taube Tante, kniff die Lippen fest zusammen und nickte ihnen beiden langsam und bedeutungsvoll zu.

Eine Pause trat ein. Alle drei versanken in Gedanken von solcher Tiefe, daß alle Worte versagten.

„Liebe", hob nun Aubrey Vair in streng philosophischem Ton wieder an. Gleichzeitig lehnte er sich zurück und faltete die Hände vor dem Bauch wie ein Heiliger beim Gebet. Den Blick wandte er dabei nicht von seinen Schuhspitzen. — „Liebe ist, so glaube ich, das einzig Wahre und Wirkliche im Leben. Sie übersteigt alle Vernunft, alle Selbstsucht, alle Beweisgründe. Aber ich habe noch von keinem Zeitalter gelesen, in dem sie so wenig Würdigung gefunden hätte wie in unserem. Noch nie hat man sie so sehr in vorgeschriebene Bahnen gedrängt, noch nie so geschmäht, so eingeengt, so geknechtet und unterdrückt. Polizisten sagen: ‚Diese Richtung, Eros!' Und das Resultat:

Unsere Gefühle werden von der Jagd nach Ruhm und Reichtum abgelöst. Am Ende können wir mit viel Glück die goldglänzenden Sinnbilder unseres Erfolges vorweisen. Bei all dem aber bleiben wir todmüde Sklaven im eitlen Schauspiel des Lebens, mit unerfüllter Sehnsucht im Herzen."

Aubrey Vair seufzte, und eine Pause trat ein. Das Mädchen blickte ihn aus dem geheimnisvollen Dunkel ihrer Augen an. Sie hatte viele Bücher gelesen, aber Aubrey Vair war der erste Literat, den sie kennengelernt hatte, und sie verwechselte dies mit Genialität — wie Mädchen es schon immer getan haben.

„Wir sind", fuhr Aubrey Vair im Bewußtsein, daß er einen guten Eindruck machte, fort, „wir sind wie Feuerwerkskörper, nichts als tote, reglose Dinge, bis der gewisse Funke zündet, und dann — wenn es nicht zu feucht ist — lodert die schlafende Seele in all ihrer Glut und Schönheit. Das ist Leben! Wissen Sie, manchmal glaube ich, wir wären glücklicher, wenn wir nach diesen seligen Momenten sterben könnten, wie die Eintagsfliegen. Denn was folgt, ist nur mehr Zerfall.

„Wie?" fragte Mrs. Baynes' taube Tante überraschend. „Ich habe Sie nicht verstanden."

„Eben wollte ich sagen", rief Aubrey Vair und ordnete seine Gedanken. „Eben wollte ich sagen, daß wenige Leute in Redhill einen Rasen besitzen, der sich mit dem von Mrs. Morton messen kann."

„Das haben andere auch schon gesagt", schrie Mrs. Baynes' taube Tante zurück. „Aber erst, seit sie ihre neuen falschen Zähne hat."

Diese Unterbrechung lenkte ein wenig ab. Dennoch . . . „Ich bin Ihnen zu Dank verpflichtet, Mr. Vair", sagte das dunkle Mädchen beim Abschied, „daß Sie mir so viel Stoff zum Nachdenken gegeben haben."

Und ihr Benehmen zeigte Aubrey Vair deutlich, daß er seine Zeit nicht verschwendet hatte.

Eine geschmeidigere Feder als die meine wäre nötig, um die Leidenschaft für Miss Smith zu beschreiben, die seit jenem Tag in Aubreys Herz wie Unkraut zu wuchern begann. Er wurde nachdenklich, wurde sogar gereizt, wenn er Miss Smith längere Zeit nicht sah. Mrs. Aubrey Vair bemerkte die Veränderung, die mit ihm vorging, und schrieb sie bissigen Rezensionen in der *Saturday Review* zu. Zweifelsohne geht diese Zeitung manchmal zu weit. Er las die „Wahlverwandtschaften" ein zweites Mal und borgte das Buch dann Miss Smith. Und dieses recht kluge und gewiß sehr schöne Mädchen mit den melancholischen Augen erwiderte zweifellos seine Leidenschaft in irgendeiner Form, so unglaublich dies den Mitgliedern des Aeropag-Clubs, dem — wie wir wissen — Aubrey Vair angehört, auch erscheinen mag.

Er erzählte ihr viel von Liebe und Schicksal, und all diesem Bric-á-brac der mittelmäßigen Poeten. Und sie sprachen miteinander über sein Genie. Er suchte ihre Gesellschaft mit Eifer, aber auf diskrete Weise, er zeigte ihr die gemäßigteren seiner unveröffentlichten Sonette und rezitierte sie. Unserem Dafürhalten nach war sein Byronsches Antlitz käsig, aber der weibliche Geschmack folgt eigenen Maßstäben. Außerdem glaube ich, daß Frauen — auch einigermaßen kluge Frauen — deshalb den Dichter (ebenso wie den Prediger) allen anderen Männern vorziehen, weil diese beiden aus ihrem Gefühlsleben ein Spektakel zu machen verstehen.

Schließlich, an einem Tag in jenem Sommer, traf er sie allein, möglicherweise zufällig, auf einem ruhigen Weg, der nach Horley führt. Zu beiden Seiten wuchsen dichte Hecken voller Geißblatt, Wicken und Königskerzen.

Zuerst redeten sie vertraulich über seinen poetischen Ehrgeiz, dann las er ihr jene Verse vor, die später in *Hobson's Magazine* veröffentlicht wurden: »Immer so traulich, seit ich dich getroffen.« Das hatte er am Vortag geschrieben. Ich halte das Gefühl zwar für reichlich abgedroschen, dafür aber liegt in diesen Zeilen eine Spur von Aufrichtigkeit, die man in allen anderen Gedichten Aubrey Vairs nicht zu finden vermag.

Er rezitierte ziemlich gut, eine Woge echter Empfindung beseelte ihn, während er las, und eine weiße, ausgestreckte Hand bewegte sich zum Rhythmus der Verse.

„Immer, mein Liebstes, für dich“, schloß er und sah zu ihr auf.

Bis dahin hatte er hauptsächlich an sein Gedicht und dessen Wirkung gedacht, aber nun vergaß er unverzüglich darauf. Ihre Arme hingen schlaff herab, die Hände ruhten ineinander. Zärtlichkeit lag in ihren Augen.

„Ihre Verse greifen ans Herz“, sagte sie leise.

Ihr lebhaftes Mienenspiel konnte auch die feinste Regung würdevoll widerspiegeln. Als er sie so ansah, vergaß er seine Frau und seinen Rang als mittelmäßiger Dichter. Möglich ist ferner, daß seine klassischen Gesichtszüge ebenfalls eine gewisse Veränderung durchmachten. Einen kurzen Moment lang — und dieser sollte ihm ewig in Erinnerung bleiben — hob ihn sein Schicksal über das eitle, nichtige, kleine Selbst empor auf eine edlere Höhe schlichter Größe. Die Abschrift von „Immer so traulich“ flatterte zu Boden. Alle Einwände verblaßten. Nur eines zählte noch.

„Ich liebe dich“, sagte er plötzlich.

Etwas wie Furcht zeigte sich in ihren Augen. Ihre Hände klammerten sich fest ineinander. Sie wurde sehr blaß.

Sie neigte ihr Gesicht leicht zu ihm, und ihre Lippen bewegten sich, wie um zu sprechen. In diesem Augenblick gab es nur noch sie beide auf der Welt. Sie zitterten heftig. Mit einem Flüstern fragte sie ihn: „Liebst du mich?“

Aubrey Vair stand vibrierend und sprachlos da und blickte ihr in die Augen. Ein Leuchten lag darin, wie er es noch nie zuvor gesehen hatte. Seine Gefühle waren in wildem Aufruhr. Was er getan hatte, ängstigte ihn zu Tode. Er brachte kein weiteres Wort mehr hervor. Er nickte.

„Wie habe ich das verdient?“ sagte sie plötzlich im selben bangen Flüsterton, und dann: „Oh, mein Liebster, mein Liebster!“

Und daraufhin drückte Aubrey Vair sie an sich, ihre Wange an seine, seine Lippen an die ihren.

Auf diese Weise machte Aubrey Vair die bedeutendste Erfahrung seines Lebens. Bis zum heutigen Tag taucht sie regelmäßig in seinen Werken auf.

Ein kleiner Junge, der ein Stück weiter unten in den Hecken herumkletterte, beobachtete das Pärchen voller Erstaunen, dann mit Spott und Verachtung. Er wußte noch nichts von seiner Bestimmung und wandte sich deshalb mit dem Gefühl ab, daß zumindest er niemals diese haarsträubende Unmännlichkeit begehen würde, ein Mädchen zu umarmen. Für Reigates Skandalchronik war es ein unersetzlicher Verlust, daß seine Scham über das Verhalten seines Geschlechtsgenossen so tief war, daß er keine Worte dafür fand.

Eine Stunde später kehrte Aubrey Vair friedlich gestimmt nach Hause zurück. Zum Tee gab es sein Lieblingsgebäck — Mrs. Vair hatte schon Tee getrunken —, auch Chrysanthemen, vornehmlich weiße — seine Lieblingsblumen — standen in der chinesischen Vase, die er zu besingen pflegte. Sein Frau näherte sich ihm von hinten und küßte ihn, während er aß.

„Mein kleiner Herzensschatz“, sagte sie und küßte ihn hinterm Ohr.

Und während sein Ohr geküßt wurde, und er den Mund voller Kekse hatte, erkannte Aubrey Vair mit schrecklicher Deutlichkeit, daß das Leben eine ausgesprochen komplizierte Angelegenheit ist.

Der Sommer ging dahin; der Herbst kam heran, und die Blätter fielen von den Bäumen. Es war Abend, das warme Licht der sinkenden Sonne streifte die Downs, aber ein blauer Nebel kroch schon das Tal herauf. In Reigate brannten schon ein, zwei Lichter.

Auf halber Höhe der steilen Straße, die die Downs hinaufführt, gibt es eine Holzbank, von der aus man die verstreuten roten Villen und die blauen Hügelketten dahinter sehen kann. Dort saß das Mädchen mit dem umschatteten Gesicht.

Ein Buch lag achtlos auf ihren Knien. Sie saß vornübergebeugt, das Kinn in die Hand gestützt. Mit traurigen Augen blickte sie über das Tal hinweg in den dunkler werdenden Himmel.

Aubrey Vair tauchte zwischen den Haselnußbüschen auf und setzte sich zu ihr. Einige welke Blätter lagen in seiner Hand.

Sie bewegte sich nicht. „Und?" fragte sie.

„Soll es zur Flucht kommen?" fragte er.

Aubrey Vair war ziemlich blaß. Er hatte schlimme Nächte hinter sich, mit Träumen vom „Continental Expreß", manchmal war ihm sogar Mrs. Aubrey dicht auf den Fersen — immer stellte er sich vor, wie sie die Tragödie ins Lächerliche zog, indem sie ihm tränenüberströmt ein zusätzliches Paar Socken oder andere Kleinigkeiten, die er vergessen hatte, nachbrachte — und das gesamte Reigate im Gefolge. Er war noch nie durchgebrannt, und in seiner Vorstellung tauchten Hotelbesitzer auf, die Schwierigkeiten machten. Mrs. Aubrey Vair könnte ja schon telegraphiert haben. In einer prophetischen Vision sah er die Schlagzeile eines Boulevardblattes: „Junge Dame entführt einen mittelmäßigen Dichter". Kein Wunder also, daß ein Zittern in seiner Stimme lag, als er fragte: „Soll es zur Flucht kommen?"

„Wie du willst", antwortete sie und sah ihn dabei nicht an.

„Ich möchte, daß du dir darüber ganz im klaren bist, wie sehr dich so etwas belasten könnte. Sogar ein Mann", sagte Aubrey Vair langsam, den Blick auf die Blätter in seiner Hand geheftet, „erregt mit solchen Affären ein gewisses Aufsehen. Für eine Frau bedeutet es den Ruin — in sozialer und moralischer Hinsicht."

„Das ist nicht Liebe", sagte das Mädchen in Weiß.

„Ach, Liebste! Denk auch an dich!"

„Unsinn!" sagte sie kaum hörbar.

„Was sagst du?"

„Nichts!"

„Aber könnten wir uns nicht einfach weiterhin treffen, uns lieben, ohne großen Skandal, ohne Elend? Könnten wir nicht . . ."

„Das", unterbrach ihn Miss Smith, „würde unsagbar schrecklich sein."

„Diese Unterhaltung ist gräßlich. Das Leben ist so verwickelt. Ein Netz dünner Fäden hält uns immer irgendwie gefangen. Ich weiß nicht, was ich tun soll. Du mußt bedenken . . ."

„Ein Mann würde diese Fäden zerreißen!"

„Es gibt keine Männlichkeit", sagte Aubrey Vair, plötzlich von moralischer Entrüstung durchglüht, „wenn es sich um Unredlichkeit handelt, Geliebte . . ."

„Wir könnten wenigstens zusammen sterben, Liebster", sagte sie.

„Gütiger Gott!" entfuhr es Aubrey Vair. „Ich meine — denke an meine Frau."

„Du hast bisher auch nicht an sie gedacht."

„Selbstmord hat so einen Beigeschmack von Feigheit, von Drückebergertum", sagte Aubrey Vair. „Um ehrlich zu sein, ich besitze das typische englische Vorurteil, daß ein Davonlaufen — gleichgültig in welcher Form — nun einmal abzulehnen ist."

Miss Smith lächelte schwach. „Ich sehe nun deutlich,

was ich bisher nicht bemerkt habe. Wir lieben einander auf unterschiedliche Art."

„Möglicherweise handelt es sich hier um Unterschiede zwischen den Geschlechtern", erwiderte Aubrey Vair und verfiel sogleich in Schweigen, weil ihm diese Bemerkung unangemessen zu sein schien.

Eine Weile saßen sie wortlos nebeneinander. Die zwei Lichter unten in Reigate vervielfachten sich zu einer Schar heller Punkte, und darüber erschien ein Stern. Das Mädchen fing zu lachen an, ein fast lautloses, hysterisches Lachen, das Aubrey Vair seltsam nervös machte.

Dann stand sie auf. „Man wird sich Sorgen machen, wo ich bin", sagte sie. „Ich glaube, ich muß gehen."

Er folgte ihr bis zur Straße. „Dann ist das also das Ende?" fragte er, mit einer seltsamen Mischung aus Erleichterung und heftigem Bedauern.

„Ja, das ist das Ende", antwortete sie und wandte sich ab. Im selben Augenblick regte sich in Aubrey Vairs Seele das Gefühl eines unermeßlichen Verlustes. Es war eine absolut neuartige Empfindung. Sie war vielleicht zwanzig Schritte entfernt, als er unter der Wucht seiner Verzweiflung wild aufstöhnte und ihr mit ausgebreiteten Armen nachlief.

„Annie", schrie er, „Annie! Ich habe Unsinn geredet! Annie. Erst jetzt weiß ich, daß ich dich liebe. Ich kann dich nicht entbehren. Es darf nicht sein. Ich hatte ja keine Ahnung." Die Last der Verzweiflung war unerträglich. „Geh nicht fort, Annie", schrie er mit gebrochener Stimme, und Tränen traten in seine Augen.

Plötzlich drehte sie sich um, da fielen seine Arme herab. Sein Ausdruck veränderte sich beim Anblick ihres blassen Gesichtes.

„Du verstehst nicht", sagte sie. „Ich habe Lebewohl gesagt."

Sie blickte ihn an. Er war offensichtlich in höchster Verzweiflung, auch ein bißchen außer Atem, und er hatte eben erst aufgehört zu schluchzen. Seine Erbärmlichkeit wurde mitleiderregend. Sie trat nahe an ihn heran, nahm sein feuchtes Antlitz zwischen ihre Hände und küßte ihn wieder und wieder. „Leb wohl, kleiner geliebter Mann!" sagte sie, „und leb wohl, Irrsinn der Liebe!"

Dann wandte sie sich ab mit einem Laut, der ein Lachen oder ein Schluchzen hätte sein können — sie selbst wußte nicht einmal, was es war, als sie alles in ihrem Roman beschrieb — und rannte fort aus dem Leben des Aubrey Vair. An der Kreuzung trennten sich ihre Wege.

Aubrey Vair stand an der Stelle, an der sie ihn geküßt hatte, sein Geist ebenso betäubt wie sein Körper. Nachdem ihre weiße Gestalt verschwunden war, stieß er unwillkürlich einen Seufzer aus, atmete erschöpft aus, ermahnte sich und schleppte sich gedankenverloren durch das dürre Laub nach Hause. Gefühle sind etwas Schreckliches.

„Schmecken die Kartoffeln, mein Lieber?" fragte Mrs. Aubrey Vair beim Essen. „Ich habe sie selbst zubereitet."

Langsam schwebte Aubrey Vair von düsteren, unergründlichen Betrachtungen herab auf das Niveau von Bratkartoffeln. „Diese Kartoffeln", bemerkte er schließlich nach einer Pause, während der er mit seinen Erinnerungen kämpfte. „Ja, diese Kartoffeln haben genau den Farbton der welken Blätter der Haselnuß."

„Was für ein phantasievoller Dichter er doch ist", sagte Mrs. Aubrey Vair. „Koste sie! Sie sind wirklich gut, die Kartoffeln."